PAUL HARDING
ist das Pseudonym eines bekannten Historikers

Von Paul Harding sind außerdem erschienen:

Die Galerie der Nachtigallen (Band 63010)
Das Haus des roten Schlächters (Band 63021)
Der Prinz der Finsternis (Band 63038)
Sakristei des Todes (Band 63044)

Vollständige Taschenbuchausgabe Oktober 1997
Droemersche Verlagsanstalt Th. Knaur Nachf., München

Titel der Originalausgabe »Murder Wears A Cowl«

Umschlaggestaltung Agentur Zero, München
Umschlagfoto Artothek, Peissenberg
Satz MPM, Wasserburg
Druck und Bindung Elsnerdruck, Berlin
Printed in Germany
ISBN 3-426-63045-1

2 4 5 3 1

Paul Harding

Der Kapuzenmörder

Kriminalroman
aus dem Mittelalter

Aus dem Englischen
von Rainer Schmidt

Knaur

Für meine Tochter
Vanessa Mary

PROLOG

Nur das Knarren eines Seils am Schafott störte die dunkle Stille, die wie eine Wolke über der weiten Fläche vor St. Bartholomew in West Smithfield lag. Tagsüber herrschte auf dem Gelände buntes, lärmendes Treiben, aber nachts beanspruchten die Geister es für sich. Das große Schafott mit den vorstehenden Balken und den gelben, verknoteten Seilen war ein gewohnter Anblick, genau wie die Leichen, die hier baumelten, mit ihren verrenkten Hälsen, vorquellenden Augen und geschwollenen Zungen zwischen gelben Zähnen. Die Stadtväter hatten verfügt, daß hingerichtete Straftäter stets drei Tage hängen sollten, bis die Leichen anfingen zu verwesen und die Raben mit ihren scharfen Schnäbeln die Augen und das weiche Fleisch des Gesichts weghackten.

Niemand näherte sich dem Schafott bei Nacht. Die alten Weiber behaupteten, die Fürsten der Hölle kämen hierher zum Tanzen. Selbst die Hunde, Katzen und Bussarde der Stadt mieden den Ort, wenn es dunkel war. Der Bettler Ragwort jedoch dachte anders. Bei Tag saß er immer an der Ecke der St. Martin's Lane in Westcheap, streckte den Gläubigen, den Reichen und den Hilfsbereiten, die Londons großen Markt überquerten, um bei St. Paul ihren Geschäften nachzugehen, seine kupferne Bettelschale entgegen und bat wimmernd um Almosen. Nachts aber verzog Ragwort sich nach Smithfield und schlief unter dem Schafott. Er fühlte sich dort sicher. Niemand würde es wagen, ihn hier zu überfallen, und die grausigen Leichen, die da über ihm baumelten, akzeptierte er als Gefährten, ja, als Beschützer vor den

Räubern, Dieben und nächtlichen Streunern, die die engen Gassen von London heimsuchten. Manchmal, wenn er nicht schlafen konnte, hockte er auf den hölzernen Brettern, die ihm als Beine dienten, und schwatzte wie eine Elster mit den Kadavern. Er fragte sich, wie sie gelebt hatten und was schiefgegangen war, und sie waren die besten, ja, die einzigen Zuhörer, wenn er seine eigene trostlose Geschichte erzählte: Wie er Soldat gewesen war, geboren und aufgewachsen in Lincolnshire, und dann Bogenschütze in der Armee Edwards von England in Schottland. Wie er mit ein paar Dutzend Kameraden eine Burg angegriffen hatte und die Sturmleiter hinaufgestiegen war, und wie Gott ihn mit der Unterstützung eines rothaarigen Schotten in die Tiefe der Hölle gestürzt hatte. Die Leiter war umgefallen und Ragwort in den wasserlosen Burggraben geflogen, und als er wegkriechen wollte, blieben seine Beine in einem klebrigen, schwarzen, brennenden Ölmorast stecken. Tagelang hatte er geschrien, monatelang sich in Qualen gewunden, nachdem die Wundärzte ihm beide Beine unterhalb der Knie säuberlich abgehackt und ihm die hölzernen Bretter angeschnallt hatten. Dann hatten sie ihm ein paar Münzen gegeben, ihn auf einen Karren gesetzt und südwärts nach London geschickt, wo er den Rest seines Lebens betteln sollte.

Ragwort hatte sich damit abgefunden. Er hatte gute Kundschaft; die großen Lords und die fetten Rechtsanwälte waren großzügige Gönner. Er aß gut, trank jeden Tag einen Krug Rotwein, und wenn es kalt wurde, ließen ihn die guten Brüder des Spitals von St. Bartholomew in ihrem Keller schlafen. Ragwort behauptete, er habe Visionen, merkwürdige Phantasien, die ihn im Traum heimsuchten; manchmal war er sicher, rotgehörnte Dämonen in den Straßen Londons zu sehen. Am Abend des 11. Mai 1302, als Ragwort es sich unter den Gehenkten bequem machte, überkam ihn wieder einmal eine Vorahnung von bevorstehendem Unheil: Seine Beinstümpfe taten weh, es kribbelte ihn im Nacken, und sein Magen blubberte wie ein Topf mit siedendem Fett. Unruhig schlief er eine Weile und wachte auf, als eine kräftige Brise die Kadaver über ihm in makabrem Totentanz wippen und kreiseln ließ. Ragwort schlug gegen die Fußsohlen eines der Toten.

»Pst!« zischte er. »Laßt den alten Ragwort lauschen!«

Der Bettler hockte da wie ein Hund und spitzte die Ohren. Dann hörte er es: das Klatschen von Sandalen auf dem Pflaster und schweres Atmen. Eine dunkle Gestalt kam auf ihn zu. Ragwort zog sich weiter zurück und verschwand fast hinter den Beinen der baumelnden Leichen. Er spähte der herannahenden Gestalt entgegen. Wer war das? Eine Frau? Ja, eine Frau. Sie trug ein dunkles Gewand und hatte einen schweren Schritt. Eine alte Frau, folgerte Ragwort, als er graues Haar unter der Kapuze hervorlugen sah; auch die Schultern waren ein wenig gebeugt. Sie schien es nicht eilig zu haben und stellte keine Bedrohung dar; weshalb schlug Ragwort dann das Herz bis zum Halse? Weshalb war seine Kehle trocken und kroch diese furchtbare Kälte in seinem Nacken herauf, als habe einer der Gehenkten sich herabgelassen und streichle ihn? Dann erkannte Ragwort den Grund: Er hörte noch andere Schritte. Jemand lief hinter der alten Frau her. Diese zweite Person bewegte sich schnell und äußerst zielstrebig. Die Frauengestalt blieb stehen, als auch sie die Schritte hörte.

»Wer ist da?« rief sie. »Was willst du?«

Ragwort straffte sich und steckte die Faust in den Mund. Er fühlte das Böse herannahen. Er wollte warnend schreien. Etwas Furchtbares würde geschehen. Eine zweite Gestalt löste sich aus der Dunkelheit und kam auf die alte Frau zu.

»Wer bist du?« wiederholte sie. »Was willst du? Ich bin in Gottes Angelegenheiten unterwegs.«

Ragwort stöhnte leise. Sah die Frau es denn nicht? Spürte sie nicht das Unheil, das da durch die Dunkelheit herankroch? Die zweite Gestalt kam immer näher. Ragwort konnte nur einen Mantel und eine Kapuze erkennen. Als der Mond hinter den Wolken hervorkam, schimmerte weiße Haut, und Ragwort sah, daß auch der zweite Fremde Sandalen trug. Die alte Frau entspannte sich.

»Ach, du bist es!« fauchte sie. »Was gibt's denn?«

Ragwort verstand die gemurmelte Antwort nicht. Die beiden schienen zu verschmelzen. Ragwort sah Stahl aufblitzen und kniff die Augen zu. Er hörte das sanfte Schneiden einer rasiermesserscharfen Klinge, die durch Haut, Ader und Luftröhre drang. Ein grauenhafter Schrei zerstörte die Stille und endete in einem schrecklichen Gurgeln, als die alte Frau auf den Pflastersteinen zusammenbrach und an dem Blut erstickte, das ihr in die Kehle quoll. Ragwort öffnete die Augen. Die zweite Gestalt war verschwunden. Die alte Frau lag wie ein zerknülltes Kleiderbündel auf dem Boden. Sie bewegte sich noch einmal, aber Ragwort saß vor Grauen wie gelähmt da und sah, wie das Blut in einem dünnen Rinnsal zwischen den Steinen auf ihn zufloß.

Ein paar Tage später saß Isabeau die Flamin in einer Kammer unter dem Dach einer verfallenen Villa an der Ecke zwischen Old Jewry und Lothbury und zählte die sorgfältig aufgestapelten Münzen, die Früchte einer Nacht voll harter Arbeit. Drei Besucher hatte sie empfangen: einen jungen Edelmann, lüstern und kraftvoll, einen Reitersoldaten von der Garnison im Tower und einen alten Kaufmann, der sie gern fesselte, bevor er sich neben sie legte. Isabeau grinste. Er machte immer die wenigste Mühe, war schnell befriedigt und großzügig in seiner Dankbarkeit. Isabeau zog die Bänder aus ihrem leuchtend roten Haar und schüttelte ihre Locken.

Dann streifte sie das blaue Damastkleid ab und warf es zusammen mit ihrem Hemd und der Strumpfbandhose unordentlich auf einen Haufen. Sie stand auf und drehte sich vor der blanken Metallplatte, die ihr als Spiegel diente, hin und her. Dieses Ritual vollzog sie jede Nacht. Die alte Mutter Tearsheet hatte es ihr geraten.

»Eine Kurtisane, die auf sich achtet, Isabeau«, hatte die alte Vettel gekichert, »bleibt jünger und lebt länger. Merk dir das.«

Isabeau ging zu der Zinnschüssel, die auf dem Lavarium stand, und mit einem Schwamm und einem Stück kastilischer Seife, das ihr ein dankbarer genuesischer Kapitän geschenkt hatte, wusch sie sich sorgfältig den glatten, alabasterweißen Körper. Sie fuhr zusammen, als ein kleiner Vogel, der unter der Dachkante des alten Hauses umherflatterte, an die Fensterläden stieß. Eine Katze, die unten auf der dunklen Gasse jagte, sang dem Mond ihr schrilles Lied. Isabeau hielt inne und lauschte auf das Knarren des alten Hauses. Sie mußte sehr vorsichtig sein. Der Mörder hatte schon vierzehn ihrer Schwestern ermordet – oder waren es mehr? So roh hatte er ihnen die Hälse durchgeschnitten, daß ihre Köpfe nur noch an Knochen und Muskelfasern gebaumelt hatten. Eine Tote hatte sie gesehen, Amasis, die junge französische Hure, die immer so zierlich die Milk Street auf und ab getrippelt war und nach Kunden Ausschau gehalten hatte. Isabeau wandte sich wieder ihrer Waschschüssel zu und genoß das sinnliche Gefühl des Schwamms auf ihrer Haut. Sie umfaßte ihre vollen jungen Brüste und strich sich über den muskelstraffen, flachen Bauch. Ein Geräusch kam von der Treppe – vermutlich eine stöbernde Ratte, dachte sie, griff nach dem Handtuch und begann sich abzutrocknen. Sie stellte die Kerze auf eine kleine Truhe neben dem riesigen Bett mit der Schwanenfedermatratze, dann zog sie ein zerknülltes Nachthemd über.

»Isabeau.« Die Stimme war leise.
Die Hure drehte sich um und starrte auf die Tür.
»Isabeau, Isabeau, bitte, ich muß dich sehen!«
Das Mädchen erkannte die Stimme und ging lächelnd und auf leisen Sohlen zur Tür. Sie schob die großen Eisenriegel zurück, öffnete die Tür und schaute die dunkle Kapuzengestalt an, die eine kleine Kerze mit der Hand abschirmte.
»Was wollt Ihr denn?« Isabeau trat einen Schritt zurück. »Doch wohl nicht jetzt«, spöttelte sie, »zu dieser nachtschlafenden Stunde?«
»Hier«, antwortete der unerwartete Gast. »Halte die Kerze!«
Isabeau streckte die Hand aus, und für einen kurzen Augenblick sah sie die breite Messerklinge, die auf ihre zarte, weiche Kehle zuschoß. Sie fühlte einen furchtbaren, feurigen Schmerz und brach zusammen, und ihr Lebenssaft strömte an ihrem frischgewaschenen Körper herunter.

Im Louvre-Palast auf der Ile de France, im Schatten der massigen Kathedrale von Notre-Dame, gab es ein Labyrinth von geheimen Korridoren und Gängen. Manche endeten einfach vor kahlen Wänden. Andere schlängelten sich dermaßen, daß ein Eindringling schnell den Mut verlor. Am Ende dieses Labyrinths, gleichsam im Mittelpunkt eines riesigen Spinnennetzes, lag die geheime Kammer Philipps IV., ein achteckiger Raum mit holzgetäfelten Wänden und nur zwei pfeilschmalen Schlitzfenstern hoch oben in der Wand. Der Boden war mit einem dicken, fast einen Fuß tiefen Wollteppich bedeckt. Philipp IV. liebte diesen Raum. Hier war nie ein Geräusch zu hören, und die Tür war so geschickt in die Holztäfelung eingebaut, daß es schwierig war, hereinzukommen, und für den Unaufmerksamen um so verwirrender, wieder hinauszugelangen. Stets war der Raum von Dutzenden von Bienenwachskerzen erleuchtet – den besten, die der

Hofkämmerer besorgen konnte. In der Mitte stand ein viereckiger, mit grünem Friestuch bedeckter Eichenholztisch, dahinter ein hochlehniger Stuhl und zu beiden Seiten je eine große Truhe mit sechs Schlössern. In jeder dieser Truhen befand sich eine Kassette mit weiteren fünf Vorhängeschlössern. Darin bewahrte Philipp von Frankreich seine geheimen Briefe und Memoranden und die Berichte seiner Spione aus ganz Europa auf. Hier saß Philipp in der Mitte seines Netzes und spann sein Geflecht aus Lügen und Betrug, um die anderen Herrscher in Europa einzuwickeln, seien sie Fürst oder Papst.

Philipp von Frankreich saß jetzt zurückgelehnt auf seinem großen Stuhl, starrte zu den goldenen und silbernen Sternen an der Decke hinauf und trommelte sacht mit den Fingern auf der Tischplatte. Ihm gegenüber saß sein Kanzler und Meister der Geheimnisse, der abtrünnige William von Nogaret. Der Bewahrer der königlichen Geheimnisse sprach leise, aber schnell von den europäischen Höfen und beobachtete dabei die ganze Zeit diesen gleichmütigsten aller Könige. Philipp mit seinem langen, blassen Gesicht, den hellblauen Augen und Haaren, die glänzten wie poliertes Gold, Philipp, dem die Menschen den Beinamen »der Schöne« gegeben hatten, sah vom Scheitel bis zur Sohle aus wie ein König. Er verströmte Majestät, wie eine Frau Parfümduft verströmt, aber Nogaret wußte, daß sein Herr ein verschlagener, schlauer Fuchs war, der stets undurchdringliche Miene und Haltung bewahrte und es den anderen überließ, seine wahren Absichten zu erraten.

Nogaret hielt inne und schluckte heftig. Er schob seinen Stuhl ein kleines Stück zur Seite, denn er wußte, daß sich auf seiner Seite des Tisches eine furchtbare Oubliette befand, eine Falltür, die mit einem Hebel unter der königlichen Schreibtischplatte bedient wurde. Nogaret wußte, was geschehen würde, wenn diese Falltür sich plötzlich auftäte. Er selbst hatte schon gesehen, wie ein Opfer auf die stählernen Spitzen der Pfähle dort unten gefallen war.

»Ihr zögert, William?« sagte der König leise.

»Euer Gnaden, da wäre noch die Frage der Finanzen.«

Philipps blaue Augen richteten sich träge auf Nogaret.

»Wir haben unsere Steuern.«

Nogarets dunkle Augen blinzelten, und er strich sich sanft über die Wange, eine Geste, die sein gelbliches schmales Gesicht noch ernster und verkniffener aussehen ließ.

»Euer Gnaden, ein Krieg gegen Flandern wird die Staatskasse bald leeren!«

»Wir könnten uns etwas borgen.«

»Die Lombards wollen nichts verleihen!«

»Es gibt Kaufleute, die das tun werden.«

»Die sind durch die Steuern bis an ihre Grenzen belastet.«

»Was schlagt Ihr also vor, William?«

»Da wäre die Kirche.«

Philipp lächelte schmal und starrte seinen obersten Geheimagenten an.

»Das würde Euch gefallen, was? Ihr möchtet, daß wir die Kirche besteuern?« Philipp beugte sich vor und verschränkte die schmalen Finger ineinander. »Manche Leute, William«, fuhr er fort, »manche Leute behaupten, daß Ihr nicht an die Kirche glaubt. Ihr glaubt nicht an Gott oder *Le Bon Seigneur.*«

Nogaret erwiderte den Blick ebenso ausdruckslos. »Manche Leute sagen das gleiche von Euch, Euer Gnaden.«

Philipp schaute spöttisch. »Aber mein Großvater war der Heilige Ludwig, während Euer Großvater, William, und auch Eure Mutter als Ketzer verurteilt, in ein Faß Teer gesteckt und auf dem Markt verbrannt wurden.«

Philipp sah, daß die Muskeln in Nogarets Gesicht sich vor Wut strafften. Das gefiel ihm. Er genoß es, wenn andere die

Beherrschung verloren und die wahre Natur ihrer Seelen zum Vorschein kam. Seufzend lehnte sich der König zurück.

»Genug, genug davon«, sagte er leise. »Wir können und wir werden der Kirche keine Steuern abnehmen.«

»Dann können wir und werden wir«, fauchte Nogaret, die Worte des Königs nachahmend, »nicht in Flandern einfallen.«

Philipp kämpfte die aufbrandende Wut in sich nieder und lächelte. Mit sanfter Hand strich er über das grüne Filztuch der Tischplatte. »Seid vorsichtig, William«, murmelte er. »Ihr seid meine rechte Hand.« Der König hielt die Finger hoch. »Aber wenn meine rechte Hand wüßte, was meine Linke tut, dann würde ich sie abhacken.«

Philipp wandte sich um, griff nach dem Weinkrug, füllte einen Becher bis obenhin und betrachtete den Wein, der funkelnd und sprudelnd unter dem Rand schäumte. Dann reichte er ihn Nogaret.

»Nun, Meister der Geheimnisse, genug von diesem Wortgeplänkel. Ich brauche Geld, und Ihr habt einen Plan.«

Nogaret nippte behutsam an seinem Wein und schaute den König an.

»Ihr habt doch einen Plan?« beharrte der König.

Nogaret stellte den Becher auf den Tisch. »Ja, Euer Gnaden, ich habe einen. Er wird uns in die englische Politik verwickeln.« Er beugte sich vor und begann leise zu reden.

Philipp hörte zunächst leidenschaftslos zu, aber als Nogaret sein Komplott schilderte, verschränkte der König seine Arme und umarmte sich fast selbst vor Behagen über die honigsüßen Worte und Sätze, die da von Nogarets Lippen troffen.

EINS

Edward von England saß zusammengesunken auf einer Fensterbank in der kleinen Ankleidekammer hinter dem Thronsaal des Palastes zu Winchester Eine Zeitlang sah er zu, wie einer seiner Greyhounds die Reste einiger Zuckerwaffeln von einem juwelenbesetzten Silberteller verschlang und dann federnd in die gegenüberliegende Ecke lief, um sich dort hinzuhocken und zu scheißen. Edward lächelte flüchtig und betrachtete unter buschigen Augenbrauen hervor die beiden Männer, die vor ihm auf Schemeln saßen. Der ältere, John de Warenne, der Earl von Surrey, erwiderte seinen Blick ausdruckslos. Edward betrachtete das grausame Gesicht des Earls: die Hakennase, das kantige Kinn und die Augen, die ihn irgendwie an den Greyhound dort in der Ecke erinnerten. De Warenne, sinnierte er, mußte irgendwo unter diesem kurzgeschnittenen Haar ein Gehirn haben, aber einen Eid hätte er darauf nicht ablegen wollen. Der Mann hatte nie eine eigene Idee, und seine übliche Reaktion auf alles bestand darin, anzugreifen und zu töten. Heimlich nannte Edward ihn seinen Greyhound, denn worauf Edward auch deutete, de Warenne stürzte sich augenblicklich darauf und apportierte es. Jetzt saß der Earl nur da und war verdattert ob der wütenden Litanei von Fragen, die der König gestellt hatte; er behielt seinen Herrn im Auge und wartete darauf, daß der nächste Befehl erteilt wurde. Obwohl es ein frühsommerlicher Morgen war, trug de Warenne noch einen dicken Wollmantel und wie immer auch ein Kettenhemd und die braunwollene Soldatenhose in weiten Reitstiefeln, an denen noch

die Sporen klirrten. Edward nagte an seiner Lippe. Ob der Earl sich niemals umkleidete? Und was passierte, wenn er zu Bett ging? Trug seine Frau Alice die Spuren seines Kettenhemdes auf ihrem zarten, weißen Körper?
Edward sah den Mann neben de Warenne an: er trug ein schlichtes, dunkelblaues Wams, das mit einem breiten Ledergürtel gehalten wurde. Mit seinem dunklen, düsteren Gesicht, dem glattrasierten Kinn, den tiefliegenden Augen und dem widerspenstigen schwarzen Haarschopf, der von feinen grauen Strähnen durchzogen war, unterschied er sich von de Warenne wie die Nacht vom Tage. Edward zwinkerte Hugh Corbett zu, seinem Obersekretär, Sonderbeauftragten und Geheimsiegelbewahrer.
»Ihr habt das Problem verstanden, Hugh?« fragte er schroff.
»Jawohl, Euer Gnaden.«
»Jawohl, Euer Gnaden«, äffte Edward ihn nach.
Das sonnenverbrannte Gesicht des Königs verzog sich zu einem spöttischen Lächeln; seine Lippen kräuselten sich, und er sah eher aus wie ein zähnefletschender Hund denn wie ein Gesalbter des Herrn. Er stand auf und reckte seine Riesengestalt, bis die Gelenke knackten; dann fuhr er sich mit den Fingern durch die stahlgraue Löwenmähne, die ihm in den Nacken hinunterwallte.
»Jawohl, Euer Gnaden«, höhnte der König noch einmal. »Selbstverständlich, Euer Gnaden. Ganz wie Euer Gnaden wünschen.« Edward holte mit dem Fuß aus und trat mit seinem Stiefel gegen den Schemel des Sekretärs. »Dann sagt mir, Master Corbett, was ist denn mein Problem?«
Der Sekretär hätte dem König gern kurz und bündig mitgeteilt, daß er arrogant, jähzornig, grausam und rachsüchtig sei und zu wilden Wutausbrüchen neige, die ihm nichts einbrächten. Aber statt dessen faltete er die Hände auf dem Schoß und starrte den König an.

Edward trug noch seinen dunkelgrünen Jagdanzug, und Stiefel, Hose und Wams waren dick mit Schlamm bespritzt. Zudem verströmte er bei jeder Bewegung Wolken von Schweißgeruch; Corbett wußte nicht, wer schlimmer war, der König oder sein Greyhound. Edward hockte sich vor Corbett nieder, und der Schreiber erwiderte kühl den Blick seiner rotgeränderten, bernsteingefleckten Augen.
Der König war in gefährlicher Stimmung. Das war er immer nach der Jagd; das Blut strömte dann noch heiß und schnell durch die königlichen Adern.
»Sagt's mir«, forderte Edward ihn mit gespielter Liebenswürdigkeit auf. »Sagt mir, was für ein Problem wir haben.«
»Euer Gnaden, Ihr habt es mit einem Aufstand in Schottland zu tun. Der Rädelsführer, William Wallace, ist ein echter Soldat und ein geborener Führer.« Corbett sah den Ärger in der Miene des Königs. »Wallace«, fuhr er fort, »macht sich die Sümpfe und die Moore, den Nebel und den Wald von Schottland zunutze, um Angriffe zu führen, Ausfälle zu unternehmen und hier und da einen blutigen Hinterhalt zu legen. Man kann ihn nicht festnageln; er taucht immer da auf, wo man am wenigsten mit ihm rechnet.« Corbett verzog das Gesicht. »Um es kurz zu machen, Euer Gnaden, er tanzt Eurem Sohn, dem Prinzen von Wales und dem Befehlshaber Eurer Streitkräfte, munter auf der Nase herum.«
Die Lippen des Königs teilten sich zu einem falschen Lächeln. »Und, Master Corbett, um es kurz zu machen, wie lautet der Rest des Problems?«
Der Sekretär warf de Warenne einen Seitenblick zu, aber fand dort keinen Trost. Der Earl saß da wie aus Stein gemeißelt, und Corbett fragte sich nicht zum ersten Mal, ob John de Warenne, der Earl von Surrey, seinen Verstand noch beisammen hatte.
»Der zweite Teil des Problems«, fuhr Corbett fort, »besteht

darin, daß Philipp von Frankreich an seiner Nordgrenze Truppen zusammenzieht und binnen Jahresfrist einen Großangriff gegen Flandern führen wird. Einerseits, so Gott will, wird man ihn besiegen; wenn er aber andererseits siegreich bleibt, wird er sein Reich ausdehnen, einen unserer Verbündeten vernichten, unseren Wollhandel stören und unsere Schiffe drangsalieren.«

Edward richtete sich auf und deutete Applaus an. »Und was ist der dritte Teil des Problems?«

»Ihr sagtet, Ihr hättet einen Brief vom Londoner Bürgermeister bekommen, aber noch, Euer Gnaden, habt Ihr nicht gesagt, was darin steht.«

Der König setzte sich, schob die Hand in sein Wams und zog eine weiße Pergamentrolle hervor. Er entrollte sie, und sein Gesicht wurde ernst.

»Ja, ja«, sagte er. »Ein Brief vom Bürgermeister und vom Stadtrat von London, und sie bitten uns um Hilfe. Ein blutiger Mörder treibt sein Unwesen, ein Schlächter, der Huren, Prostituierten und Kurtisanen vom einen Ende der Stadt bis zum anderen die Kehlen durchschneidet.«

Corbett schnaubte verächtlich. »Seit wann kümmern sich die Stadtväter um ein paar tote Dirnen? Geht einmal im tiefen Winter durch die Straßen von London, Euer Gnaden, dann werdet Ihr die Leichen rotgeschminkter Huren finden, steifgefroren im Straßengraben, verhungert auf den Kirchentreppen.«

»Das ist etwas anderes.« De Warenne ergriff das Wort und wandte dabei langsam den Kopf, als sehe er Corbett zum ersten Mal.

»Inwiefern ist es anders, Mylord?«

»Es sind keine gemeinen Straßenhuren, sondern hochrangige Kurtisanen.«

Corbett lächelte.

»Das findet Ihr komisch, Schreiber?«
»Nein! Aber da steckt doch mehr dahinter, oder?«
Edward balancierte die kleine Pergamentrolle zwischen den Fingern. »O ja«, antwortete er müde. »Da steckt noch mehr dahinter. Zunächst einmal: Diese Kurtisanen kennen eine Menge Geheimnisse. Sie haben den Sheriffs und den Honoratioren der Stadt klipp und klar gesagt, wenn nicht bald etwas geschähe, würden die Damen der Nacht womöglich anfangen, jedem von ihrem Wissen zu erzählen.«
Corbetts Grinsen wurde breiter. »Ich würde alles dafür geben, dabeizusein, wenn das passiert – wenn die schmutzige Wäsche unserer tugendsamen Bürger in aller Öffentlichkeit gewaschen wird.«
Edward lächelte bei dem Gedanken. »Das gilt auch für mich, aber diese Bürger ziehen Steuern für mich ein. Die Stadt London bietet mir zinsfreie Darlehen.« Seine Stimme wurde zu einem Knurren. »Jetzt erkennt Ihr mein Problem, Corbett. Ich brauche Silber, um Philipp aus Flandern herauszuhalten und um Wallace aus Schottland zu verjagen, denn sonst werden meine Armeen dahinschmelzen wie Eis vor einem Feuer.« Der König wandte sich ab, räusperte sich heftig und spuckte in die Binsenstreu. »Die Huren interessieren mich einen Dreck, und die Bürger auch. Aber ich will ihr Gold. Und ich will Rache.«
»Euer Gnaden?« fragte Corbett.
Edward starrte finster zu dem Greyhound hinüber, der sich eben anschickte, das Bein an einem der Wandbehänge zu heben. Geistesabwesend zog der König einen Stiefel aus und schleuderte ihn nach dem Hund, der aufjaulte und davonsprang.
»Ein paar Huren sind gestorben«, sagte Edward. »Aber es gibt zwei Todesfälle, die ich nicht hinnehmen werde.« Er holte tief Luft. »Es gibt eine Gilde hochgeborener Witwen in der Stadt.

Sie nennen sich die Schwestern der Hl. Martha und sind ein Laienorden, der sich guten Werken verschrieben hat – genauer gesagt, der leiblichen und geistlichen Fürsorge junger Mädchen, die ihr Geld auf der Straße verdienen. Diese Schwestern habe ich unter meinen persönlichen Schutz gestellt. Sie versammeln sich im Kapitelhaus von Westminster Abbey, wo sie gemeinsam beten und ihr Vorgehen planen. Die Schwestern tun gute Werke, und ihre Oberin ist Lady Imelda de Lacey, deren Gemahl mit mir auf dem Kreuzzug war. Habt Ihr ihn je kennengelernt, Corbett?«
Der Sekretär schüttelte den Kopf, aber er beobachtete den König aufmerksam. Edward war ein seltsamer Mann. Er fluchte, und er konnte gewalttätig sein, heimtückisch, verschlagen, habgierig und rachsüchtig, aber er hielt immer sein Wort. Persönliche Freundschaft war ihm so heilig wie die Messe. Der König erinnerte sich vor allem der Gefährten seiner Jugend, der Ritter, die mit ihm und der inzwischen verstorbenen, aber immer noch sehr geliebten Königin Eleanor nach Outremer gezogen waren, um dort zu kämpfen. Wenn einer dieser Gefährten oder seine Interessen zu Schaden kamen, dann handelte der König schnell und tatkräftig. Corbett empfand ein heimliches Grausen; er hatte seiner Frau Maeve versprochen, unverzüglich nach London zurückzukehren. Gemeinsam mit ihrem drei Monate alten Töchterchen Eleanor wollten sie dann nach Wales reisen, um Maeves Familie zu besuchen, und nun fürchtete er sich vor dem, was der König womöglich verlangen würde.
»Zu den Schwestern der Hl. Martha«, fuhr Edward langsam fort, »gehörte die Witwe eines meiner treuesten Gefährten, Lady Catherine Somerville. Vor zwei Wochen kehrte Lady Catherine spät abends aus Westminster zurück; ihre Begleiterin verließ sie bei St. Bartholomew, und Lady Somerville begab sich auf dem kürzesten Wege über Smithfield zu ihrem

Haus am Barbican. Aber dort kam sie nie an. Am nächsten Morgen fand man sie tot vor dem Galgen. Man hatte ihr die Kehle durchgeschnitten. Sie starb genauso wie die Huren, denen sie helfen wollte.« Edward funkelte de Warenne an. »Wer würde eine alte Frau auf eine so barbarische Weise ermorden? Ich will Vergeltung«, knurrte der König. »Ich will, daß der Mörder gefaßt wird. Die Stadtväter sind in Aufruhr. Sie wollen, daß ihr guter Name unbefleckt bleibt, und daß die Witwen der hochrangigen Lords geschützt werden.«

»Ihr erwähntet noch einen zweiten Todesfall, Euer Gnaden?«

»Ja. Auf dem Gelände der Westminster Abbey steht ein kleines Haus. Ich habe Abt und Mönche überredet, es einem alten Kaplan von mir, Pater Benedict, zu überlassen – als Dankgabe, als Sinekur, als Pfründe. Er war ein frommer alter Priester, der seinen Nächsten liebte und Gutes tat. In der Nacht, nachdem Lady Somerville getötet wurde, verbrannte Pater Benedict in seinem Hause.«

»Mord, Euer Gnaden?«

Der König verzog das Gesicht. »Oh, es sah wie ein Unfall aus, aber ich glaube, es war Mord. Pater Benedict mag alt gewesen sein, aber er war vorsichtig und immer noch flink auf den Beinen. Ich begreife nicht, weshalb er die Tür seines Hauses erreicht haben soll, sogar den Schlüssel in der Hand hielt – und dann nicht herauskam.« Der König spreizte die Finger und betrachtete nachdenklich eine alte Schwertnarbe auf dem Handrücken. »Und bevor Ihr fragt, Corbett: Es gibt einen Zusammenhang. Pater Benedict war Kaplan bei den Schwestern der Hl. Martha.«

»Gibt es ein Motiv für diese Morde?«

»In Gottes Namen, Corbett, das weiß ich doch nicht!«

Der König stand auf und hinkte durch das Zimmer, um seinen Stiefel zu holen. Corbett spürte, daß sein königlicher Herr ihm etwas verheimlichte.

»Euer Gnaden, da ist noch etwas, nicht wahr?«
Jetzt begann de Warenne, an einem losen Faden seines Mantels zu zupfen, als gebe es plötzlich im ganzen Zimmer nichts Interessanteres. Corbetts Bangigkeit wuchs.
»Ja, ja, Corbett, da ist noch mehr. Einer Eurer alten Freunde ist wieder in London.«
»Ein alter Freund?«
»Sir Amaury de Craon, der persönliche Abgesandte Seiner Allerchristlichsten Majestät König Philipp von Frankreich. Er hat ein Haus in der Gracechurch Street gemietet und ein stattliches kleines Gefolge sowie freundschaftliche Briefe von meinem königlichen Bruder, dem König von Frankreich, mitgebracht. Ich habe de Craon sicheres Geleit zugesagt, aber wenn dieser Dreckskerl hier ist, dann braut sich in London mehr Ärger zusammen, als ich mir vorstellen möchte.«
Corbett rieb sich das Gesicht mit beiden Händen. De Craon war Philipps Sonderagent. Wo er erschien, zog er Ärger nach sich: Verrat, Aufstand, Verschwörung, Intrige.
»De Craon mag ein Dreckskerl sein«, meinte Corbett, »aber er ist kein gemeiner Mörder. Er kann mit diesen Bluttaten nichts zu tun haben.«
»Nein«, sagte de Warenne. »Aber die Fliegen, die Scheiße fressen, sind auch nicht für sie verantwortlich.«
»Sehr beredt ausgedrückt, Mylord.«
Corbett wandte sich wieder dem König zu, der jetzt an der Wand lehnte.
»Euer Gnaden, was hat das mit mir zu tun? Ihr habt mir Euer Wort gegeben, daß ich nach der Staatsreise in den Westen für zwei Monate von allen meinen Dienstpflichten befreit sein würde.«
»Ihr seid nur ein Schreiber!« stichelte de Warenne aus dem Mundwinkel.
»Ich bin kein schlechterer Mann als Ihr, Mylord!«

Der alte Earl tat einen langen, rumpelnden Rülpser und schaute weg.
»Ich wünsche, daß Ihr nach London geht, Hugh.«
»Euer Gnaden, Ihr habt mir Euer Wort gegeben!«
»Ihr könnt mich an meinem königlichen Arsch lecken. Ich brauche Euch in London. Ich will, daß Ihr den Morden ein Ende macht, daß Ihr den Täter findet und dafür sorgt, daß der Hundsfott in Tyburn aufgeknüpft wird. Und Ihr sollt herausfinden, was de Craon und sein Kumpan Raoul de Nevers im Schilde führen. Was es für Scheißhaufen sind, in denen sie da wühlen.«
»Wer ist de Nevers?«
»Weiß der Himmel. Irgend so ein kleiner französischer Edelmann mit dem Gehabe eines Hofgecken.« Der König grinste. »Beide haben Interesse an Euch gezeigt. Sie haben sogar der Lady Maeve einen Höflichkeitsbesuch abgestattet.«
Corbett erschrak, und ein banger Schauder überlief ihn. Daß de Craon Intrigen schmiedete, war eine Sache – aber de Craon unter seinem Dach, bei seiner Frau und seinem Kind, das war etwas ganz anderes.
»Ihr werdet also nach London gehen, Hugh?«
»Ja, Euer Gnaden, ich werde nach London gehen, meine Frau, mein Kind und meinen Haushalt holen, wie es geplant war, und nach Wales reisen.«
»Bei Gott, das werdet Ihr nicht tun!«
Corbett erhob sich. »Bei Gott, Sire, das werde ich doch tun!« Er blieb vor de Warenne stehen und schaute auf ihn hinunter. »Und Ihr, Mylord, solltet mehr Milch trinken. Das wird die Winde in Eurem Magen besänftigen.«
Der Sekretär ging zur Tür, aber er drehte sich um, als er Stahl wispern hörte. Edward stand neben seinem Thron und hatte sein großes Schwert aus der Scheide gezogen, die dort an der Lehne hing.

»Euer Gnaden haben die Absicht, mich zu töten?«
Edward funkelte ihn an, und Corbett sah, daß der König dicht vor einem seiner gefürchteten Wutausbrüche stand. Die bekannten Zeichen waren alle da: Mit bleichem Gesicht nagte er an seiner Lippe, machte bedrohliche Gesten mit dem Schwert und fuhr mit dem Fuß nervös in der Binsenstreu herum. Wie ein Kind, dachte Corbett, wie ein verwöhntes Gör, das seinen Willen nicht bekommt. Er wandte sich wieder zur Tür, aber der Becher, den der König nach ihm warf und der Corbetts Kopf nur knapp verfehlte, war vor ihm dort. Corbett wollte eben den Riegel heben, als er die Spitze eines Dolches an seinem Hals spürte. De Warenne stand hinter ihm; ein Wort vom König, und der Earl würde ihn töten, das wußte Corbett. Er fühlte, wie der Griff seines eigenen Dolches in den Gürtel gedrückt wurde.
»Was nun, Mylord Earl?« fragte er leise und schaute über die Schulter zum König hinüber, der jetzt zusammengesunken auf seinem Thron saß. Alle Anzeichen der Wut waren verschwunden, und sein Blick war flehentlich.
»Kommt zurück, Hugh«, murmelte er. »Um Gottes willen, kommt zurück.«
Er warf sein Schwert in die Binsen. Der Sekretär drehte sich um und kam auf ihn zu; er war klug genug, zu wissen, wann er die Grenzen der königlichen Geduld erreicht hatte.
»Steckt den Dolch ein, de Warenne! Mein Gott noch mal, wir sind doch Freunde und nicht drei betrunkene Landstreicher in einer Schenke! Corbett, setzt Euch!«
Der König starrte seinen Obersekretär an. Corbett sah, daß Edward Tränen in den Augen hatte, und stöhnte innerlich. Mit einem der königlichen Wutanfälle konnte er umgehen, aber wenn Edward weinerlich wurde, war er sowohl lächerlich als auch höchst gefährlich. Corbett dachte an das letzte Gespräch zwischen dem König und seiner ältesten Tochter,

die heimlich einen Mann geheiratet hatte, der nach Meinung des Königs unter ihrem Stande war. Erst hatte Edward es mit Wut versucht, dann mit Tränen, und als auch das nicht half, hatte er seine Tochter verprügelt, ihren Schmuck ins Feuer geworfen und die unglückliche Prinzessin zusammen mit ihrem Gemahl in das zugigste Landschloß von ganz England verbannt. Die Wutanfälle des Königs konnten allerdings noch gefährlicher sein. Corbett hatte von schottischen Städten gehört, die so verwegen gewesen waren, seiner Belagerung zu widerstehen; sie waren schließlich im Sturm erobert worden, und er hatte weder Frauen noch Kinder geschont.

Der König schnippte mit den Fingern, worauf de Warenne seinen Dolch wegsteckte und für alle Wein eingoß. Dann hockte der alte Earl da und schlürfte geräuschvoll aus seinem Becher, wobei er hin und wieder Corbett anfunkelte, als hätte er dem Schreiber am liebsten den Kopf von den Schultern geschlagen.

»Alle verlassen mich«, begann der König kläglich. »Meine geliebte Eleanor ist tot. Burnell ist fort – Ihr erinnert Euch an den alten Schurken, Hugh? Bei den Zähnen der Hölle, ich wünschte, er wäre jetzt bei mir.«

Der König wischte sich mit dem Handrücken über die Augen, und Corbett lehnte sich zurück und bewunderte Edward, den Schauspieler, in einer seiner Lieblingsrollen – als alternder König, der um vergangene Glorie trauert. Natürlich erinnerte Corbett sich an Eleanor, Edwards schöne spanische Gemahlin. Als sie noch gelebt hatte, waren die Wutanfälle des Königs im Zaum gehalten worden. Und Kanzler Burnell, der Bischof von Bath und Wells – er war ein schlauer alter Fuchs gewesen und hatte Corbett wie seinen eigenen Sohn geliebt.

»Alle sind fort«, jammerte der König. »Mein Sohn haßt mich, meine Töchter heiraten, wen sie wollen. Ich biete den Schotten Frieden und Wohlstand an, aber sie schleudern

mir alles ins Gesicht, und Philipp von Frankreich tanzt um mich herum, als wäre ich ein gottverdammter Maibaum.«
Der König streckte die Hand aus und umklammerte Corbetts Handgelenk. »Aber Euch habe ich noch, Hugh. Meinen rechten Arm. Mein Schwert. Meinen Schutz und Schild.«
Corbett biß sich heftig in die Lippe. Er durfte nicht lächeln oder de Warenne anschauen, der jetzt sein Gesicht tief über den Weinbecher gesenkt hatte.
»Ich flehe Euch an«, winselte der König, »Hugh, ich brauche Euch. Nur noch dieses eine Mal. Geht nach London, bringt diesen Unrat in Ordnung. Ihr werdet Eure Gemahlin sehen und Eure kleine Tochter.« Der Griff des Königs wurde härter. »Ihr habt sie Eleanor getauft. Das werde ich Euch nicht vergessen. Ihr geht doch, oder?« Er umklammerte Corbetts Handgelenk immer fester.
»Ja, Euer Gnaden, ich werde gehen. Aber wenn diese Sache erledigt und das Spiel vorbei ist, werdet Ihr dann Euer Wort halten?«
Edward lächelte wacker genug, aber Corbett sah doch den Spott in seinem Blick.
»Ich bin keine Schachfigur, Euer Gnaden«, murmelte Corbett und blickte zur Seite. Kicherte der Earl etwa über ihn?
»De Warenne!« fauchte er.
Der Earl blickte auf.
»Wenn Ihr noch einmal den Dolch gegen mich zieht, Mylord, dann werde ich Euch töten!« Corbett stand auf und ging zur Tür.
»Hugh, kommt zurück.« Der König hatte sich gleichfalls erhoben und balancierte sein Schwert auf beiden Händen. »Eine Schachfigur seid Ihr nicht, Corbett, aber ich habe Euch zu dem gemacht, was Ihr seid. Ihr kennt meine Geheimnisse, und ich habe Euch Reichtum gegeben und einen

Landsitz in Leighton. Und jetzt gebe ich Euch noch mehr. Kniet nieder!«

Überrascht beugte Corbett das Knie, und so flink er nur konnte, berührte der König seinen Sekretär mit dem Schwert einmal auf dem Kopf und dann auf beiden Schultern, und zum Schluß gab er ihm einen sanften Backenstreich.

»Ich schlage Euch zum Ritter.«

Die Proklamation war kurz und schlicht. Corbett klopfte sich verlegen den Staub von seinem Rock. Edward schob das Schwert wieder in die Scheide.

»In einem Monat wird die Kanzlei Euch Euren Adelsbrief senden. Na, Corbett, was sagt Ihr nun?«

»Euer Gnaden, ich danke Euch.«

»Scheißdreck!« knurrte Edward. »Wenn Warenne Euch noch einmal bedroht und Ihr ihn dann umbringt, müßte ich Euch hinrichten lassen. Aber nun seid Ihr ein Ritter mit Titel und Sporen, und so wird es ein Kampf zwischen zwei Ebenbürtigen sein.« Der König faßte Corbetts Hand. »Jetzt geht Ihr besser. Meine Schreiber werden die notwendigen Briefe aufsetzen und Euch ermächtigen, in dieser Angelegenheit in meinem Namen zu handeln.«

Corbett ging hinaus, so schnell er konnte; insgeheim war er erfreut über die Ehre, die ihm erwiesen worden war, aber im stillen verfluchte er den König, weil er wieder seinen Willen durchgesetzt hatte.

In der Ankleidekammer wischte de Warenne sich die Augen und wollte sich ausschütten vor Lachen über die Doppelzüngigkeit des Königs. Eine Zeitlang sonnte sich Edward in der Bewunderung des Earls, aber dann beugte er sich plötzlich zu ihm hinüber.

»John«, wisperte er, »ich liebe Euch wie einen Bruder. Aber wenn Ihr noch einmal den Dolch gegen Corbett zieht, dann – bei meiner Krone – bringe ich Euch eigenhändig um!«

Corbett kehrte in sein Gemach zurück und begann geistesabwesend, seine Habseligkeiten zusammenzusuchen und in Satteltaschen zu stopfen. Maeve würde toben, dachte er. Ihr schönes, friedfertiges Gesicht würde sich in Zornesfalten legen, ihre Augen würden schmal werden, und wenn sie die richtigen Worte gefunden hätte, würde sie den König verfluchen, und seinen Hof und die Pflichten ihres Gatten dazu. Corbett lächelte leise. Andererseits würde Maeve sich nur zu bald wieder versöhnen lassen. Der Ritterschlag würde sie mit Stolz erfüllen, und sie würde eine Weile innehalten, ehe sie mit der saftigen Beschreibung seines königlichen Herrn fortführe. Und dann war da noch Eleanor: drei Monate alt, und schon ließ sie erkennen, daß sie so schön wie ihre Mutter werden würde. Ein lebenslustiges, wohlgeratenes Mädchen. Corbett war geneckt worden, weil er sich doch wohl einen Sohn gewünscht habe, aber eigentlich war ihm das nicht so wichtig, solange Maeve und das Kind gesund waren. Er setzte sich auf die Bettkante und lauschte mit halbem Ohr auf die Geräusche, die unten vom Schloßhof heraufhallten. Das Kind mußte gesund sein! Er dachte an seine erste Frau Mary und ihre Tochter, die jetzt schon so viele Jahre tot waren. Manchmal erschienen ihre Gesichter ganz klar vor seinem geistigen Auge, und dann wieder verloren sie sich in einem undurchdringlichen Nebel.

»Es darf nicht noch einmal geschehen«, murmelte Corbett und klopfte mit der Stiefelspitze auf den Boden. »Es darf nicht noch einmal passieren!«

Er griff nach der Flöte, die auf dem Bett lag, und spielte ein paar leise Töne. Er schloß die Augen; schon stieg die Vergangenheit vor ihm auf. Mary war an seiner Seite, und das kleine Mädchen, so rasch von der Pest dahingerafft, stolperte vor ihr her. Andere Erinnerungen folgten: Robert Burnell mit seinem listigen, schlauen Blick, Alice-atte-Bowe mit ihrem schö-

nen, leidenschaftlichen Gesicht. Andere Gesichter erschienen, viele längst tot, verstrickt in schrecklichem Verrat oder tückischen Morden zum Opfer gefallen. Corbett dachte an die zunehmende Reizbarkeit des Königs und an seine gefährlichen Stimmungsschwankungen, und er fragte sich, wie lange er wohl noch im königlichen Dienst stehen würde.
»Ich habe genug Gold«, murmelte er bei sich. »Und den Landsitz in Essex.« Er schüttelte den Kopf. »Der König wird mich nicht gehen lassen, aber wie lange wird der König noch da sein?« Corbett starrte zu Boden, ließ die Flöte durch die Finger gleiten und freute sich an dem Gefühl des polierten Holzes. »Es ist Verrat«, flüsterte er, »an den Tod eines Königs auch nur zu denken.« Aber der König war weit über das sechzigste Jahr hinaus, und wenn er starb, was kam dann? Der goldgelockte Prinz von Wales war von ganz anderem Holz mit seiner Liebe zur Jagd, zu hübschen jungen Männern und zu den Freuden von Bett und Tisch.
Wenn der alte König tot ist, überlegte Corbett, was wird dann sein Nachfolger tun? Würde der neue König ihn auch brauchen, oder würde man ihn ablösen? Was würde Maeve sagen? Bei dem Gedanken an seine Frau erinnerte er sich an das, was der König über de Craon gesagt hatte.
»Was der rothaarige, fuchsgesichtige Bastard wohl will?« murmelte Corbett. Er stand von der Bettkante auf und trat an den von Pergamenten überhäuften Tisch. Zwei Blätter fielen ihm besonders ins Auge. Das eine war ein schmutziges, abgegriffenes Stück Velin, und die Schrift darauf bestand aus einer Mischung aus Zahlen und merkwürdigen Zeichen; es war die Geheimschrift, die sein Spitzel in Paris benutzte. Daneben, säuberlich mit grünblauer Tinte geschrieben, lag die Übersetzung des Codes, die einer der Schreiber des Geheimsiegels angefertigt hatte. Corbett nahm sie zur Hand, überflog sie rasch und fluchte. Er hatte

dem König davon berichten wollen. Der Spitzel, vorgeblich ein englischer Kaufmann, der auf dem Pariser Markt Wein einhandelte, war dem englischen Flüchtling und Verbrecher Richard Puddlicott in einer Schenke vor den Toren des Louvre-Palastes begegnet; Puddlicott war mit William Nogaret zusammengewesen, dem obersten Geheimagenten Philipps IV. Er wurde in England gesucht, als Dieb und als Mörder, der einen königlichen Kurier umgebracht hatte – aber vor allem war er ein Hochstapler. Niemand besaß eine genaue Beschreibung Puddlicotts, doch mit seinen Betrügereien hatte er manch einen Kaufmann um den Profit gebracht. Er hatte als Schreiber in Cambridge gearbeitet, verwandte aber inzwischen seinen beträchtlichen Witz und Verstand darauf, anderen Leuten ihren schwer verdienten Reichtum abzuknöpfen, und tauchte immer wieder mit seinen Gaunereien in England oder in Frankreich auf. Keinem Gesetzeshüter war es gelungen, ihn zu fassen und zur Strekke zu bringen. Corbetts Spitzel in Paris hatte ihn als blonden Mann mit roten Wangen beschrieben, der leicht hinkte. Aber der Seneschall des Königs in Bordeaux hatte Puddlicott als schwarzhaarig geschildert, von gelblicher Hautfarbe und gesund an Leib und Gliedern.

Corbett las den Brief noch einmal. Der Spitzel hatte lediglich gesehen, daß der Geheimagent mit Puddlicott gesprochen hatte, aber er konnte nicht sagen, worüber; allerdings hatte Nogaret einen freundlichen und aufmerksamen Eindruck gemacht.

»Ich hätte es dem König sagen müssen!« wiederholte Corbett. Er ging mit den Dokumenten zur Tür und rief nach einem Schreiber, der sie sofort zum König bringen sollte.

Danach schaute Corbett sich in dem unordentlichen Zimmer um. Seine vorherige Erregung hatte sich gelegt, und jetzt, dachte er, machte er sich am besten gleich auf den Weg.

»Früh begonnen, früh gewonnen«, murmelte er. »Wo ist denn nun der ehrliche Ranulf?«
Corbetts Diener, der ehrliche Ranulf, hockte in einer Ecke des Palastes mit einigen Gardesoldaten des königlichen Gefolges und verleitete sie langsam, aber sicher, zu einem Würfelspiel. Der rothaarige, blasse Diener blickte feierlich in die Runde; seine grünen Katzenaugen waren ernst und stetig.
»Ich habe wenig Geschick für das Würfelspiel«, behauptete er. Die Soldaten grinsten, denn sie glaubten, sie hätten hier einen Gimpel gefunden. Ranulf klimperte mit der Börse.
»Ich habe ein bißchen Silber«, sagte er, »und mein Kamerad hier auch.« Er deutete auf Corbetts Pferdeknecht und Stallburschen, den blonden, mondgesichtigen Maltote, der wie ein unschuldiger Ackerknecht neben ihm hockte. Maltote lächelte die Soldaten eulenhaft an, und Ranulf grinste, denn er hatte sie in der Falle. Man würfelte, Ranulf verlor und dann fing er unter Ausrufen wie »Anfängerglück!« zu gewinnen an. Er war ganz vertieft in das Spiel, als er sah, wie die Soldaten furchtsam aufblickten, und zugleich fühlte er die eiserne Hand seines Herrn auf seiner Schulter.
»Ranulf, mein Bester«, sagte Corbett honigsüß. »Auf ein Wort.«
Ranulf schaute wütend zu ihm auf. »Master, ich bin mitten im Spiel.«
»Ranulf«, sagte Corbett, »das bin ich auch. Auf ein Wort – abseits von deinen Freunden.«
Ranulf rappelte sich hoch, und Corbett führte ihn davon, ohne seine Schulter loszulassen.
»Master, was ist denn?« Ranulf verzog das Gesicht, als Corbetts Finger sich fest in seine Schulter gruben.
»Zunächst einmal, Ranulf, habe ich dir verboten, diese Würfel bei den Soldaten des Königs zu benutzen. Es sind Männer, die hart arbeiten, und du bist nicht hier, um ihnen jeden

Penny, den sie verdienen, abzuknöpfen. Zweitens«, fuhr er fort und ließ die Schulter los, »hast du sofort nach London zurückzukehren.«

Ranulf ließ den Ausdruck gespielter Unschuld fallen und grinste boshaft.

»Und drittens«, fügte Corbett hinzu, »müssen wir unsere Sachen packen.«

»Master«, flüsterte Ranulf heiser, »ich gewinne doch gerade.«

»Das weiß ich, Ranulf. Und du wirst ihnen jeden Penny zurückgeben. Maltote?«

Ranulf trottete wehmütig zurück in die Ecke und verdrehte die Augen, als Maltote an ihm vorbeiging. Corbett musterte den jungen Stallburschen besorgt.

»Du trägst doch keine Waffen?« fragte er wachsam.

Der Bursche grinste.

»Gut!« Corbett grinste zurück und sah mit Bewunderung den unschuldigen Ausdruck in den kornblumenblauen Augen des Jungen. Nie hatte Corbett einen Soldaten gesehen, der so viel wie Maltote von Pferden verstand, sie so geschickt zu behandeln und zu führen wußte, und der dabei derart hoffnungslos im Umgang mit Waffen war. Wenn Maltote ein Messer bei sich trug, schnitt er sich damit entweder selbst oder irgendeinen anderen. Trug er einen Bogen, dann stolperte er darüber, oder er stach einem unschuldigen Nebenmann damit ins Auge, und er war gefährlicher als jeder Feind, wenn er mit Speer oder Schwert bewaffnet war.

»Maltote, Maltote«, murmelte Corbett. »Früher einmal warst du ein unschuldiger Reitersoldat, ein guter Kavallerist, und dann hast du Ranulf kennengelernt.« Corbett verzog schmerzlich das Gesicht, als er den bewundernden Ausdruck im Blick seines Dieners sah. »Ja, ja, ich weiß schon«, knurrte er, »was Ranulf von Würfeln, Wein und Weibern nicht weiß, ist zu wissen nicht wert. Aber wir müssen jetzt nach London.

Wir müssen unverzüglich aufbrechen. Hol zwei Pferde aus dem königlichen Stall, reite, so schnell du kannst, zu Lady Maeve und sag ihr, daß Ranulf und ich nachkommen.« Corbett fuhr sich mit der Zunge über die Lippen. »Und sag ihr noch«, schloß er, »daß wir nicht nach Wales reisen, sondern noch ein Weilchen in London bleiben.«
Der junge Bursche nickte nachdrücklich und hastete davon; er hielt nur kurz inne, um zuzuschauen, wie Ranulf mit Grabesmiene die unrechtmäßigen Gewinne zurückgab, die er mit seinen präparierten Würfeln erzielt hatte. Corbett sah ihm nach und schloß die Augen; hoffentlich würden Gott und Maltote ihm seine Feigheit verzeihen. Schließlich würde der junge Bote der erste sein, der Lady Maeves Zorn in seiner ganzen Wucht zu spüren bekäme.

ZWEI

Die Gestalt im Schatten wartete. In dem spärlichen Licht, das durch das schmale Fenster hereindrang, sah man nichts außer dem Blinken der Messingnadel, als die Gestalt sie langsam in eine kleine Wachspuppe stach. Die Puppe war mit Sorgfalt angefertigt worden, nur aus reinstem Bienenwachs von Kerzen, die auf Kirchenaltären oder in den silbernen und goldenen Kerzenleuchtern der Reichen standen. Für einen Gegenstand des Hasses war das wächserne Ebenbild doch äußerst liebevoll verfertigt worden. Es war nur sechs Zoll groß, aber sein Schöpfer hatte mit dem Geschick eines Bildschnitzers das runde Gesicht geformt, die langen Arme und die vorgewölbten, festen Brüste. Ein wenig orangegelb gefärbte Wolle klebte auf dem Kopf, und ein roter Krepp war um den Leib geschlungen, so daß es aussah, als trage die Gestalt einen voluminösen Rock. Blicklose Augen – zwei kleine Knöpfe – starrten die Gestalt an, die sie geschaffen hatte, derweil diese sie betrachtete und kichernd noch einmal die Haarnadel in den weichen, heißen Leib stieß. Dann zog die Gestalt die Nadel wieder heraus und schnitt der Wachsfigur säuberlich den Hals durch.

In ihrer kleinen Kammer über dem Laden eines Tuchwarenhändlers in der Cock Lane saß Agnes Redheard und hatte schreckliche Angst. Sie wagte nicht, auszugehen. Seit Tagen hatte sie nichts mehr zu essen gekauft, und ohne Kundschaft war ihr Vorrat an Pennies winzig. Sie hatte Hunger und Durst und war so einsam, daß sie ihren Körper umsonst hergegeben hätte – nur für den Trost, daß jemand mit ihr redete oder ihrem Geplapper zuhörte. Aber jetzt kleidete sich das Mädchen fieberhaft an, denn sie glaubte, ihre Rettung stünde bevor. Sie zog den leuchtend roten Kittel über ihren üppigen Körper, verknotete die Lederriemen ihrer Holzpantinen und kämmte sich das zerzauste rote Haar mit einem Kamm, der auch schon bessere Tage gesehen hatte. Dann schaute sie sich in der Dachstube um.

»Gott!« wisperte sie. »Wie gern wäre ich aus dieser Kammer befreit!«

Das Zimmer war ihr zum Gefängnis geworden, seit sie in jener Nacht durch die düsteren Gassen gehuscht war und gehofft hatte, ihre Freundin Isabeau werde sie auf dem Fußboden schlafen lassen. Agnes Redheard hatte den Bäcker verflucht, der sie nicht etwa mit nach Hause genommen, sondern sie in einer dunklen Ecke der Straße roh benutzt hatte; danach hatte er nur die Hälfte des Versprochenen gezahlt, sie mit Flüchen verjagt und ihr gedroht, die Wache zu rufen.

Agnes war durch die Old Jewry gekommen und stehengeblieben, als eine verhüllte Gestalt aus dem Haus geschlüpft war, in dem Isabeau wohnte. Erst hatte sie es merkwürdig gefunden, aber dann hatte sie vom dunklen Ladeneingang aus einen Blick auf das Gesicht erhaschen können; sie hatte gelächelt und war eilig die Treppe hinaufgestiegen, um Isabeau zu necken. Aber sie war erst halb oben gewesen, als sie auf dem Blut ausrutschte, das aus der durchgeschnittenen Kehle ihrer Freundin die Treppe herunterrann. Sie hatte geschrien und geschrien und die ganze Straße geweckt. Aber dann hatte Agnes den Mund gehalten. Sie hatte das Gesicht gesehen, doch sie konnte nicht glauben, daß eine so heilige Persönlichkeit eine so obszöne Tat begehen konnte. Sie hatte eine Feder und ein Stück Pergament gekauft und eine dringende Nachricht nach Westminster geschickt. Jetzt hatte ihr die wohltätige Person geantwortet und sie aufgefordert, in die kleine Kapelle bei Grey Friars zu kommen.

Agnes raffte ihren verschlissenen Mantel und eilte die Treppe hinunter. Draußen grinste und winkte der Straßenbengel mit dem schmutzigen Gesicht, dem sie einen Penny dafür gab, daß er ihre Haustür bewachte.

»Keine Fremden, Mistress!« rief er.

Agnes lächelte, und der Junge wunderte sich, denn die Hure hatte ihr Gesicht nicht geschminkt. Er verstand auch nicht, weshalb sie sich in ihrer Kammer versteckte und ihm Geld dafür gab, daß er sie vor Fremden warnte, die sich dem Haus näherten. Er sah ihr nach, dann hustete er und spuckte aus. Was immer da nicht stimmen mochte, er hoffte nur, Agnes Redheard würde nicht herausfinden, daß er ihre Nachricht gar nicht nach Westminster gebracht hatte. Er hatte das Papier einfach irgendwo in die Gosse geworfen und den Penny, den sie ihm gegeben hatte, für einen Korb kandierte Pflaumen ausgegeben.

Agnes eilte unterdessen durch die Straßen, vorbei an weißäugigen Bettlern, die um Almosen winselten, und einem Krüppel auf zwei Holzbrettern, der schrie, er habe in Smithfield den Teufel gesehen – aber niemand hörte ihm zu. Unter den überhängenden Stockwerken der großen Häuser waren die Läden geöffnet, und in Leder gekleidete Lehrjungen boten lautstark ihr heißes Hammelfleisch, würziges Rind und weiches Brot zum Kauf an. Agnes roch die leckeren Düfte, die aus den Garküchen wehten, und ihr Magen zog sich vor Hunger zusammen. Einmal wurde ihr so schwindlig, daß sie stehenbleiben und sich an einen Türrahmen lehnen mußte; sie schaute zu, wie ein altes Weib an der Ecke eines Hausgangs die Röcke hochraffte und sich niederhockte, um zu pinkeln. Die Alte sah, daß Agnes sie beobachtete, und lachte gackernd, wobei sie rotes Zahnfleisch und gelbe, verfaulte Zähne zeigte. Agnes schaute hastig weg, ballte die Fäuste und lief weiter. Sie folgte dem Verlauf des Stadtgrabens, in dem Müll und Abfall schwammen; die Kadaver von Katzen und Hunden faulten zusehends in der starken Sommersonne. Sie wandte sich nach rechts und lief die Aldersgate Street hinunter zur St. Martin's Lane und dann durch schmale Gassen, die sie nach Grey Friars bringen würden. Sie blieb an einer Kreuzung stehen, wo der Bezirksbüttel auf einem Schemel das Diebesgut eines Einbrechers aufgetürmt hatte, der jetzt auf dem Weg zum Schafott in Tyburn war. Mehrere Leute erhoben Anspruch auf dieselben Gegenstände, und es entbrannte ein heftiger Streit, der allen den Weg versperrte. Agnes hatte nicht die Kraft, sich hindurchzudrängen. Neben ihr stand ein Straßenhändler mit einem kleinen Handkarren voll Brot, Käse und gekochten Aalen. Agnes' Hand näherte sich dem Wagen; sie mußte essen, sie brauchte etwas zu beißen. Plötzlich warf ein kleiner Gassenjunge eine tote, aufgedunsene Kröte auf den Karren. Der Straßenhändler packte sie und schleuderte sie schimpfend und schreiend zurück, und Agnes nutzte die Gelegenheit. Sie ergriff ein kleines, hartes Roggenbrot und ein Stück Käse; dann sah sie eine Lücke im Gedränge, schlüpfte hindurch und verschwand in einer engen, stinkenden Gasse. Noch einmal bog sie links ab und sah vor sich die kleine Kirche. Agnes hatte den Mund voll Brot und Käse, aber sie hätte vor Freude aufschreien können. Sie war da, sie war in Sicherheit. Eilends lief sie die bröckelnden Stufen hinauf und drängte sich durch die dunkle Tür. Die Botschaft, die man ihr unter die Kammertür geschoben hatte, war ganz kurz gewesen: Sie sollte vor dem Angelusläuten in die Kirche kommen und dort warten.

Am Fuße einer Säule hockte sie sich nieder und stopfte den Rest Brot und Käse in den Mund; langsam kaute sie den letzten Bissen. Sie fühlte sich gekräftigt, aber – oh – so müde. Ihre Augen wollten sich schließen, als sie die Flüsterstimme hörte.

»Agnes! Agnes!«

Das Mädchen stand auf und spähte in die Dunkelheit.

»Wo seid Ihr?« rief sie.

Keine Antwort. Sie bekam Angst und drückte sich rückwärts an die Säule. Wenn sie dort bliebe, dachte sie, wäre sie wohl sicher.

»Bitte!« rief sie. »Was ist denn?«

Sie schob sich um die Säule herum und hatte das Gesicht zur Seite gedreht und den Hals entblößt – so verwundbar. Der Mörder auf der anderen Seite der Säule tötete Agnes Redheard mit einem einzigen Streich seines Messers. Agnes riß die Augen weit auf und blickte starr und entsetzt, als sie auf den harten Steinboden fiel, während der Mörder eine Wachspuppe zu einer Kugel zusammenquetschte und sie in seinen weiten Ärmel schob. Ein paar Augenblicke stand die Gestalt noch über dem Leichnam des Mädchens.

»Lebe wohl, Agnes«, wisperte die Stimme. »Du magst mich gesehen haben, aber wußtest du denn nicht, daß ich dich auch bemerkt habe?«

Corbett und Ranulf verließen Winchester am Morgen nach Maltotes Abreise. Der König selbst kam in den Außenhof herunter, um sich zu verabschieden, und eine Zeitlang blieb er noch stehen, um mit Corbett über ein paar unbedeutende Angelegenheiten zu plaudern. Dann packte er das Zaumzeug, trat dicht an das Pferd heran und starrte zu Corbett hinauf.

»Ihr werdet Euch darum kümmern, Hugh. Ihr werdet diesem Morden ein Ende machen.«

»Ich werde mein Bestes tun, Euer Gnaden.«

»Die Sache mit Puddlicott ...«, murmelte der König.

»Der Kerl ist ein Gauner, und eines Tages wird er hängen.«
»So einfach ist es nicht.« Der König klopfte dem Pferd den Hals. »Wenn er die Freundschaft Master Nogarets besitzt, so wird Puddlicott demnächst eine bedeutende Rolle in unserer Politik spielen. Aber« – er lächelte schmal – »das werden wir sehen, wenn es soweit ist.« Dann ließ er das Zaumzeug los und trat zurück. »Richtet Lady Maeve und der kleinen Eleanor meine Grüße aus. Und haltet mich auf dem laufenden. Ich werde noch eine Weile hier in Winchester bleiben, und danach geht es in den Norden, nach Hereford.«
Corbett nickte, gab seinem Pferd einen Klaps und ritt, gefolgt von Ranulf, der das Packpferd führte, auf dem schmalen Pflasterweg zum Schloß hinaus und in die Stadt hinunter. Keine Stunde später, die Glocken von Winchester läuteten gerade zur Prim, ließen sie das Stadttor hinter sich und folgten den gewundenen Landwegen ostwärts zur alten Römerstraße. Der Himmel war wolkenlos, und als die Sonne höherstieg, ließ Corbett sein Pferd langsamer gehen und genoß den warmen, süßen Duft der Landluft. Die Bauern waren draußen und arbeiteten auf ihren Äckern, und auf den Wiesen weideten Rinder und Schafe und bewegten sich träge durch das satte, grüne Gras, das von Schlüsselblumen, Immergrün und anderen Wildblumen überwuchert war. Noch tropfte der Tau von den Hecken, und Corbett hörte den Kuckuck und die Tauben und den Gesang der Drosseln hoch oben in der samtenen Dunkelheit der Bäume. Ein Fuchs schnürte mit einem fetten jungen Karnickel zwischen den Zähnen über den Weg, daß Ranulf erschrocken fluchte.
Sie machten für eine Weile halt und frühstückten; Ranulf hatte in der Schloßküche verdünnten Wein und Weißbrot erbettelt. Corbetts Diener war mißmutig. Er haßte das Land. Wenn es nach ihm gegangen wäre, hätte er sich die Augen

verbinden lassen, bis er Cripplegate erreicht und sich im farbenprächtigen, stinkenden Getriebe der Londoner Straßen hätte verlieren können. Corbett indessen war glücklich. Er wußte nicht, welches der größte Segen war: Er war vom König befreit, er kehrte nach London zurück, und wenn Maltote seine Aufgabe richtig erfüllt hatte, würde Maeves Zorn seine Schärfe bereits verloren haben. Gleichwohl sah er, wie unglücklich Ranulf war, und als sie aufstiegen und weiterritten, erklärte er seinem Diener, warum sie zurückkehrten. Ranulf verlor die Angst vor dem offenen Land; er lauschte mit runden Augen, bis Corbett geendet hatte, und dann stieß er einen leisen Pfiff aus.

»Bei den Zähnen der Hölle!« flüsterte er und ahmte unbewußt den König nach. »Da metzelt also jemand die Huren von London. Ein Priester ist ermordet. Und dieser dreckige Franzose wühlt wie eine Ratte nach Unrat.« Sprachlos schüttelte Ranulf den Kopf.

»Und vergiß Puddlicott nicht.«

Ranulf-atte-Newgate verzog das Gesicht. »Wer könnte Puddlicott vergessen?«

»Was meinst du damit, Ranulf?«

»Na ...« Der Diener zuckte die Achseln. »Bevor ich in Euren Dienst trat, Master ...«

»Du meinst, da warst du ein Nachtvogel und ein Dieb?«

»Ein Dieb war ich nicht!«

»Natürlich nicht, Ranulf, aber sagen wir, du fandest es schwierig, zwischen deinem und fremdem Eigentum zu unterscheiden.«

Ranulf funkelte seinen Herrn an. Seine Vergangenheit war ein Gegenstand, den sie nur selten erörterten, denn wenn Corbett nicht gewesen wäre, hätte man Ranulf in Newgate aufgehängt und den Leichnam in die Kalkgruben beim Charterhouse geworfen.

Corbett zwinkerte. »Entschuldige, Ranulf. Was wolltest du sagen?«
»In den Gassen von Southwark und in den Diebsküchen in der Gegend von Whitefriars, da war Puddlicott eine Legende. Er konnte in jedes Haus einbrechen, jede Truhe ausrauben. Es hieß, er könne einen Mann rasieren, ohne ihn zu wecken.«
»Weiß jemand, wie er aussah?«
Ranulf schaute zu einem Falken hinauf, der träge über dem Feld kreiste. »Nein. Manche sagen, er war klein und dick, und andere haben ihn als groß und dünn beschrieben. Ein Mann hat einmal gesagt, er habe rotes Haar, und ein anderer, es sei schwarz. Er spricht fließend Latein und kann Euch davon überzeugen, daß Schwarz weiß ist, daß Ihr ein Schurke seid und ich ein ehrlicher Mann. Aber für die Morde an den Huren kann er nicht verantwortlich sein.«
»Wie meinst du das?«
»Als ich klein war, ist in London einmal etwas Ähnliches passiert. Da war ein Mann – meine Mutter wußte, wie er hieß, aber ich habe es vergessen –, der haßte Frauen. Er kaufte sich die Dienste von Huren, aber sein Schwanz wollte sich nur aufrichten, wenn er sie verprügelte. Na ja, die Sache wurde immer schlimmer, und schließlich fand er seine Lust nur noch, wenn er sie beobachten konnte, während er ihnen die Kehle zuschnürte.«
»Ein Mann für das Tollhaus«, bemerkte Corbett.
»Völlig durcheinander im Oberstübchen. Er streifte immer in einem roten Mantel durch die Straßen von Southwark. Zwanzig hat er mindestens erdrosselt, bevor seine eigene Familie ihn zur Strecke brachte.«
»Was ist aus ihm geworden?«
»Meine Mutter sah zu, wie er bei lebendigem Leibe unterm Galgen gekocht wurde, in der Nähe vom Stadthaus des Bischofs von Ely. Sie hat erzählt, daß er stundenlang ge-

schrien hat. Ein solcher Mann ist unser Mörder, nicht Puddlicott.«
Corbett schauderte es, und er wandte sich ab. De Craon war eine Sache, aber was war mit diesem Wahnsinnigen? Er dachte an Maeve, und seine bange Sorge vertiefte sich. Wenn die Jagd erst begonnen hätte, wäre sie dann sicher? Und warum, überlegte Corbett, tötete der Mann jetzt achtbare Damen? Vielleicht sogar den alten Kaplan?
Schweigend ritten sie weiter. Am Mittag stiegen sie bei einer Aleschenke ab, und später fanden sie mit Hilfe ihrer königlichen Vollmachten ein sauberes Bett und ein einfaches Mahl in einem kleinen Kloster bei Andover, am Rande des großen Waldes.
Spät am nächsten Vormittag erreichten sie London; über Red Cross gelangten sie nach Cripplegate und ins Straßengewirr der Stadt. Ranulf entspannte sich sofort und betrachtete strahlend die Köche, die vor ihren Garküchen Brot, Bier, Wein und Rinderrippen feilboten. An der Ecke der Catte Street stand eine Sängerschar, Knaben aus einer Kirche in der Nachbarschaft, die ein frommes Lied sangen. Zwischen den Strophen erzählte ein Reisender von der Kirche zu Bethlehem und von einer Säule, an die sich die Jungfrau Maria gelehnt hatte. »Und diese«, schrie der Mann, »bleibt feucht seit dem Tag, da sie dort rastete, denn kaum hat man die Säule abgewischt, schwitzt sie wieder.«
An der Ecke der Westcheap blieb Corbett stehen, um einem feurigen Prediger zuzuhören. »Wehe dieser Stadt!« wetterte der Mann, und seine Augen glühten wie Kohlen. »Wehe den Huren, die gestorben sind! Sie haben ihr Urteil selbst über sich gebracht!«
Der Prediger, in dessen Augen der Wahnsinn brannte, funkelte Corbett und Ranulf an. »Satan sorgt für die Seinen!« schrie er. »Erst nährt er sie mit Brosamen aus seinem eigenen

Munde, als wären sie seine kleinen Lieblinge, doch dann wendet er sich gegen sie und zerreißt sie wie ein wilder Hund, schlingt sie in seinen stinkenden, schwarzen Schlund wie lauter saftige Bissen.«

Corbett betrachtete das Skelettgesicht des Mannes. War ein Wahnsinniger wie dieser hier verantwortlich für die Morde an den Huren wie jene, deren rote Perücken er vor sich in der Menge sah?

»Sollen wir ihn verhaften, Master?« scherzte Ranulf.

Der Sekretär starrte den Fanatiker an. Der Kerl war schlank und geschmeidig wie eine Katze, und wenn er schrie, sprangen ihm die Augen aus dem Kopf, als wäre er selbst der Teufel. Wangen und Kiefer waren fleischlos wie bei einem Einsiedler, der von Brot und Sumpfwasser lebte.

Plötzlich beendete der Prediger seine Schmählitanei, sprang herab und führte einen seltsamen, phantastischen Tanz auf.

Corbett schüttelte den Kopf. »Ich bezweifle, daß der Kerl geradeaus gehen kann«, bemerkte er. »Geschweige denn, daß er eine kräftige Dirne niederringen und ein scharfes Messer handhaben kann.«

Sie ritten weiter durch eine schmale Gasse und stiegen dann ab, um ihre Pferde an einer Schar zerlumpter Kinder vorbeizuführen, die um den Kadaver eines gelben Straßenköters tanzten, der von einem Karren zermalmt worden war; seine blauen Gedärme quollen aus dem schlaffen Bauch. An der Ecke hatten die Büttel einen Mann gefaßt, der unrechtmäßig Wasser aus dem großen Wasserspeicher gezapft hatte. Jetzt zwangen sie ihn, einen lecken Wassereimer auf dem Kopf zu tragen, den sie schadenfroh immer wieder füllten.

Corbett grinste Ranulf an. »Es ist doch gut, wieder in London zu sein«, meinte er säuerlich.

Ranulf nickte heftig und betrachtete das Farbenmeer ringsum: Kapuzen, Mäntel und Kittel in allen Schattierungen. Die braunroten und senfgelben Mäntel der städtischen Beamten, die goldene Seide hochgeborener Ladys, die Wollmäntel der Kaufleute, die zurückgeschlagen waren, um schwere Börsen und breite, juwelenbesetzte Gürtel zur Schau zu stellen. Ein paar Tempelritter kamen vorüber; das große Kreuz prangte auf den Schultern ihrer Mäntel, und ihre Wimpel und Banner knatterten im Wind. Corbett und Ranulf zogen weiter durch die Cheapside und drängten sich durch eine Horde junger Adliger, die eine Meute schlanker, sehniger Jagdhunde bewunderten, die zum Kauf feilgeboten wurden.

Endlich bogen sie in die Bread Street ein. Sie ließen die Pferde bei der Schenke zum Roten Wams zurück und gingen über die Straße auf Corbetts Stadthaus zu, wobei sie vorsichtig über die plätschernde Gosse stiegen. Ranulf, der die schweren Satteltaschen zu tragen hatte, wünschte, sein Herr möge weitergehen, aber Corbett blieb stehen, um die frisch bemalte Haustür zu bewundern, die jetzt unter ihrem Lack schimmerte; er sah, daß der Handwerker auch schwere Stahlbolzen in dichten Reihen zur Verstärkung angebracht hatte. Im übrigen, sah Corbett grinsend, hatte Maeve die Maler bestellt, die das dreistöckige Gebäude neu gestrichen hatten; und so widersetzlich, wie nur Maeve sein konnte, hatte sie nicht etwa den Putz weiß und die Balken schwarz, sondern den Putz schwarz und das Balkenwerk weiß anstreichen lassen, und über der Tür prangte eine farbenprächtige Abbildung des Wappens von Llewellyn neben dem Wilden Roten Drachen von Wales.

Sie schlichen durch den Hauseingang an der Seite und zur Hintertür ins Haus. Zwei alte Diener begrüßten sie, der Waliser Griffin und seine Frau Anna. Beide hatten Maeve schon in Wales gedient und waren ihrer Herrin getreu ins »Land der Fremden« gefolgt, wie sie es nannten, als Maeve nach der Hochzeit mit Corbett nach London gezogen war.

Für Griffin und seine Frau war England so fremdartig wie Outremer, und die Einwohner von London waren Dämonen in Menschengestalt. Corbett indessen hatten sie akzeptiert, und sie begrüßten ihn ekstatisch und plapperten auf Walisisch. Corbett lächelte nur und küßte beide auf die Wange, und durch Zeichen gab er ihnen zu verstehen, daß sie Maeve seine Ankunft nicht bekanntgeben sollten. Er wandte sich zu Ranulf und wollte etwas sagen, aber der Diener hatte die Satteltaschen zu Boden fallenlassen und war prompt verschwunden. Ranulf hatte ziemliche Angst vor Maeve; er hatte beträchtliche Ehrfurcht vor einer Frau, die nicht nur schön war, sondern einen Verstand besaß, der dem seinen überlegen war, und eine Zunge, so scharf wie ein Rasiermesser.

Griffin schaute Corbett mit schräggelegtem Kopf an und deutete auf die Taschen.

»Ja, ja«, sagte der Sekretär, »ich wäre dir dankbar, wenn du sie wegbringen könntest. Ranulf kommt bald zurück. Er ist wahrscheinlich zu seinem kleinen Sohn.«

Der Alte schüttelte den Kopf und verdrehte die Augen, als verstehe er nicht, was Corbett da redete, aber der Sekretär argwöhnte, daß er es doch tat. Er war sogar sicher, daß Griffin jedes Wort verstand; doch der Alte bestand darauf, daß er Waliser sei, und genoß im stillen die Verwirrung, die er damit verursachte. Plötzlich packte Anna, Maeves alte Amme, Corbett bei der Hand, machte ein ernstes Gesicht und wiederholte immer wieder ein paar Worte, von denen er nur »Llewellyn« verstand. Der Sekretär schüttelte den Kopf, drückte den beiden Bediensteten freundlich die Hände und schlich auf leisen Sohlen zum Söller hinauf.

Oben an der Treppe blieb er stehen und spähte durch die halboffene Tür. Drinnen saß Maeve in einem rotbraunen Kleid; sie trug einen blauen Gürtel um die Taille und hatte einen Schleier mit goldenen Spangen an ihren blonden Haaren befestigt.

Sie saß auf einem Schemel vor dem Feuer. Corbett stöhnte leise, denn seine Frau stach wütend auf eine Stickerei ein – ein sicheres Zeichen dafür, daß Lady Maeve nicht eben in bester Stimmung war. Sie verabscheute Handarbeiten und haßte das Sticken, ließ gern aber ihre Wut am nächstbesten Stückchen Stoff aus. Trotzdem sang sie leise vor sich hin, irgendein fremdartiges walisisches Wiegenlied, und dabei bewegte sie die kleine Wiege mit der Spitze ihres Pantoffels hin und her.
Corbett, der genau wußte, welche Furien gleich auf ihn einstürmen würden, stand da und genoß die friedliche, häusliche Szene. Er schaute sich im Raum um und sah bewundernd, wie Maeve den Söller in ein luxuriöses, ja, opulentes Gemach verwandelt hatte. Schreiner hatten halbhohe Holztäfelungen an den Wänden angebracht, während das Ziegelmauerwerk darüber mit dicker weißer Farbe bestrichen worden war, teils unter farbenprächtigen Wandteppichen verborgen oder mit sorgfältig gemalten Wappen in den Farben der Familien Corbetts und Maeves geschmückt. Rote Wollteppiche, keine Binsen, bedeckten den Boden, und die Fenster am Ende des Söllers waren verglast, einige sogar in brillanten, stark voneinander abgesetzten Farben. Steinmetze hatten den alten Kamin erneuert; ein zierlich gemeißeltes Sims ruhte auf zwei mächtigen Pfeilern mit Drachen, Skorpionen und Schlangen. Corbett lehnte sich an die Tür und schnupperte die süße Wärme; Maeve mußte Kräuterpäckchen in das kleine Holzfeuer geworfen haben. Plötzlich hob seine Frau den Kopf, als wisse sie, daß sie beobachtet wurde.
»Was ist denn das, Weib?« rief Corbett und stieß die Tür auf. »Da komme ich nach Hause und finde meine Frau untätig vor dem Kamin sitzen!«
Maeve schrie auf, ließ ihre Stickerei fallen und rannte durch das Zimmer; der weiße Schleier umflatterte ihren Kopf wie ein Banner.

»Hugh! Hugh!« Sie warf Corbett die Arme um den Hals und drückte ihn fest an sich, dann nahm sie sein Gesicht in beide Hände und küßte ihn leidenschaftlich auf den Mund.
»Du hättest dich aber auch anmelden sollen!« rief sie und trat zurück. »Ein Gentleman, der kürzlich zum Ritter geschlagen wurde, sollte solche Höflichkeiten wahren!«
»Du hast die Neuigkeit also schon gehört?«
»Natürlich. Maltote hat es erzählt.«
Corbett schluckte heftig. »Und die andere Neuigkeit?«
Maeve lächelte verschmitzt. Corbett umfaßte ihre Hände und zog sie noch einmal an sich. Es wunderte ihn, daß sie nicht wütend war; die glatte, makellose Haut ihres Gesichts war nicht angespannt, und an Stirn und Lippen waren keine Falten zu sehen – sichere Anzeichen dafür, daß der Zorn seiner Frau bereits verraucht war. Die Lippen, von denen er eben gekostet hatte, waren weich und warm, und in den Augen lag ein spöttischer Blick.
»Du bist nicht wütend, Maeve?«
»Warum sollte ich? Mein Gemahl ist wieder da.«
»Wegen der Neuigkeiten, meine ich.«
»Sir«, antwortete Maeve mit gespielter Überraschung, »Ihr seid zum Ritter geschlagen worden.«
»Madame«, brachte Corbett rauh hervor, »wir reisen nicht nach Wales. Du wirst deinen Onkel nicht sehen.«
Maeve schob ihm den Arm um die Taille.
»Richtig, richtig«, spöttelte sie. »Wir reisen nicht nach Wales.« Ihr Gesicht wurde ernst. »Aber meinen Onkel werde ich doch sehen.«
»Was heißt das?«
»Er kommt her. Ich habe Maltote bereits mit der Einladung losgeschickt.«
Corbett mühte sich angestrengt, keine Miene zu verziehen, obwohl er am liebsten geschrien hätte. Daran hatte er nicht

gedacht: daß Lord Morgan ap Llewellyn in sein Haus gerauscht kommen könnte wie ein wilder Wind aus den Bergen von Wales. O Gott, dachte Corbett, er wird hier sein; er wird essen und trinken, als sei's seine Henkersmahlzeit. Sein Gefolge wird sich in den Schenken von London besaufen, und die Wache wird sie verhaften und in den Kerker werfen, wenn sie versuchen, sich die Hälse zu brechen. Des Nachts werden sie brüllen und toben, und Lord Morgan wird wilde Gesänge vortragen und dann in Tränen um Wales und seine verschwundene Glorie ausbrechen. Und am nächsten Morgen wird der Lord putzmunter wieder aufstehen und anfangen, über Edwards Wales-Politik zu streiten. Er wird Ranulf zum Spiel herausfordern, und das Haus wird von ihren Flüchen widerhallen, wenn sie nach Kräften versuchen, sich gegenseitig zu betrügen. Schwer ließ sich Corbett auf einen Schemel fallen.
»Lord Morgan kommt?« fragte er matt.
Maeve hockte sich neben ihn und nahm seine Hand.
»Oh, Hugh, bitte, keine Einwände. Er mag ja wild sein, aber er wird alt.«
»Dein Onkel«, knirschte Corbett, »wird niemals alt.«
»Hugh, er liebt mich, und unter seinem wilden Temperament verbirgt sich eine tiefe Bewunderung für dich.«
Oh, du guter Gott, dachte Corbett. Er wollte weiteren Protest erheben, als er die Tränen sah, die in den Augen seiner Frau blinkten – eine ihrer liebsten Waffen: Entweder bist du jetzt einverstanden, sagte sie ihm damit, oder ich werde im Haus herumirren wie eine Märtyrerin, die verbrannt werden soll.
»Wie lange bleibt er?« fragte Corbett.
»Zwei Monate.«
Mit anderen Worten: Sechs. Corbett seufzte. »Dann soll Lord Morgan kommen.«
Maeve küßte ihn wieder. »Wir werden alle zusammensein«, flüsterte sie, und ihre Augen leuchteten vor Freude.

Ja, dachte Corbett müde, wir werden alle zusammensein.
Maeve klatschte in die Hände. »Er kann das Zimmer hinten im Haus bekommen, und seine Diener können die Halle unten haben oder vielleicht in einer Schenke wohnen.«
Corbett erhob sich, griff seiner Frau ins Haar und lächelte. »Ich werde beschäftigt sein«, stellte er fest, und plötzlich packte er Maeve bei den Schultern.
»Der König hat gesagt, du hättest Besuch gehabt, Maeve. Der Franzose, de Craon, und sein Kumpan de Nevers.«
Maeve verzog das Gesicht. »De Craon war charmant. Oh, ich weiß, Hugh, er ist ein Fuchs, aber er hat mir ein Tuch mitgebracht, reine Seide von den Webstühlen Lyons, und einen Silberlöffel für Eleanor.«
»Weg damit!« knurrte Corbett.
»Hugh!«
»De Craon ist ein grausamer Schurke, der mir nur Böses will.«
»Hugh, er war so höflich.«
»Und sein Kumpan?«
»De Nevers?« Maeve zog eine Grimasse. »Hübsch. Stiller als de Craon, diplomatisch und liebenswürdig. Ich mochte ihn.«
Corbett funkelte seine Frau an, bis ihm klar wurde, wie lächerlich er aussehen mußte. »Entschuldige«, brummte er. »Aber bei de Craon ist mir immer unbehaglich.«
Maeve griff nach seiner Hand. »Dann vergiß ihn, wie ich es getan habe. Komm und sieh dir unsere Tochter an.«
Corbett folgte ihr und betrachtete seine kleine Tochter. Mit ihren drei Monaten sah Eleanor schon aus wie Maeve: wunderschöne, zarte Haut, klare und regelmäßige Züge. Er berührte eines der winzigen Fingerchen. »So klein!« flüsterte er. Die Hand des Babys war warm und weich wie ein Seidenkissen. Er drückte sie behutsam, und unter ihrer kleinen Steppdecke bewegte Eleanor sich und lächelte im Schlaf.
»Es geht ihr gut?«

»Natürlich.«
Corbett legte die Hand behutsam auf die Stirn des Babys, und Maeve beobachtete ihn wachsam. Ihr Mann, der sonst so ruhig, ja, kühl war, hegte die schlimmsten Befürchtungen hinsichtlich dessen, was dem Kind passieren könnte. Maeve wandte den Blick ab. Was sie auch unternahm, im Herzen ihres Mannes spukten immer noch Geister. Und der am meisten furchterregende – erstaunlich bei einem so distanzierten Mann – war die Furcht, diejenigen zu verlieren, die ihm am nächsten standen, und allein zu sein. Sie nahm ihn bei der Hand.
»Laß uns gehen«, sagte sie leise. »Unser Gemach ist bereit. Wein, Brot und Früchte stehen am Bett.« Maeve lächelte verschmitzt. »Und das Bett ist mit roter Seide bezogen«, flüsterte sie. »In der Mitte sind zwei Turteltauben eingestickt.« Ihr Gesicht wurde ernst. »Vielleicht möchtest du ruhen? Etwas Süßes trinken? Du mußt müde sein nach dem langen Ritt.«
Corbett erwiderte das Lächeln. »Ruf Anna«, sagte er leise und zog Maeve an sich. »Sie soll bei Eleanor sitzen, und dann werde ich dir zeigen, wie müde ich bin!«

DREI

Am nächsten Morgen stand Corbett früh auf. Er löschte die Kerze im Wandhalter und öffnete die Läden vor dem kleinen Fenster, das auf den Garten mit den paar Obstbäumen hinter dem Haus hinausging. Der Tag brach an, und schon zerschnitten die ersten hellen Lichtstreifen den Himmel. Er hörte das Läuten der Glocken von St. Lawrence Jewry in der Morgendämmerung; sie gaben wie immer das Zeichen zum Öffnen der Stadttore und zum Beginn des Tagwerks. Corbett kehrte zum Bett zurück und gab seiner schlafenden Frau einen Kuß auf die Wange; dann blieb er eine Zeitlang an Eleanors Wiege stehen und betrachtete seine kleine Tochter, die mit ernster Miene zurückschaute. Er war fasziniert. Das Kind war so friedlich, so gleichmütig. Bevor er aufgestanden war, hatte er sie vor sich hin gurgeln hören; sie hatte geschmatzt und mit der Holzpuppe geplappert, die Maeve neben ihr auf das kleine Polsterkissen gelegt hatte.

Widerstrebend wandte er sich ab und zog hastig seine Sachen an, die Maeve am Abend zuvor für ihn auf die Truhe gelegt hatte: eine dunkelblaue Hose und ein weiches, weißes Hemd, dazu ein ärmelloses Wams mit einer Kordel um den Leib. Die aber warf Corbett beiseite. Er wußte, daß er womöglich Grauenhaftes zu erwarten hatte, und so nahm er den Schwertgurt vom Haken an der Wand und schnallte ihn um. Dann nahm er Stiefel und Mantel und schlich sich auf Zehenspitzen aus dem Zimmer, gerade als Eleanor bemerkte, daß sie Hunger hatte, und anfing zu brüllen, als wolle sie ihrem Vater einen bisher unbekannten Aspekt ihres Charakters zeigen.

»Die Tochter ihrer Mutter«, dachte er bei sich, als er die Treppe hinaufstieg und die Tür zu Ranulfs Kammer aufstieß. Wie immer sah es hier aus, als habe ein heftiger Kampf stattgefunden. Daß der Diener anwesend war, erkannte Corbett nur an dem lauten Schnarchen. Genüßlich rüttelte er ihn wach, dann ging er nach unten in die Küche und wartete. Die Küchenjungen hatten noch kein Feuer gemacht; also schenkte er sich einen Becher verdünntes Ale ein. Ranulf erschien; er hatte glasige Augen und war unrasiert. Corbett erlaubte ihm, seinen Durst zu löschen, bevor er den immer noch halb Schlafenden zur Haustür hinaus und über die Straße zur Schenke schob. Es gab den üblichen Aufruhr und scherzhaften Widerspruch, bis ein vierschrötiger Stallknecht die Pferde herausführte und sattelte. Ranulf spritzte sich aus der großen Bütte noch einmal Wasser ins Gesicht und hielt dem Burschen eine Standpauke, in der er ihm zu verstehen gab, daß manche Leute eben arbeiten müßten und sich nicht im Stroh räkeln könnten. Dies wiederum entlockte dem Stallknecht einen Schwall von Beschimpfungen, die Ranulf sich voller Genuß anhörte. Er wandte sich immer wieder um und stieß Schmähungen aus, als sie schon in die Mercery und zum Rathaus hinunter ritten.

Es würde ein schöner Tag werden; Ladenjungen und Händler zogen bereits ihre Stände vor die Häuser, richteten Stangen auf, spannten Segeltuchplanen und legten ihre Waren bereit. Die Luft war schon dick vom Holzrauch aus den kleinen Hütten der Handwerker hinter der Cheapside. Karren mit Feldfrüchten rumpelten über das Kopfsteinpflaster, und die Fuhrknechte ließen ihre Peitschen knallend durch die Luft sausen und verfluchten ihre Pferde. Lehrjungen in Wämsen aus Segeltuch und Leder hatten ein wachsames Auge auf die Bettler, die sich im Schatten zwischen den Häusern herumdrückten. Das waren Banditen – keine echten Armen, sondern Strauchdiebe und Simulanten, die nach leichter Beute Ausschau hielten, ehe das Geschäft des Tages begann. Vier von der Stadtwache marschierten vorbei und führten eine Reihe von Nachtvögeln mit sich: Trunkenbolde, Diebe, zerzauste Huren und lärmende Burschen. Sie wurden zum großen Wasserspeicher gebracht, wo die meisten von ihnen den ganzen Tag in einem Käfig stehen würden, um von den braven Bürgern beschimpft zu werden, deren Nachtschlaf sie gestört hatten.

Corbett blickte auf, als die Glocken im Turm von St. Mary Le Bow zu läuten begannen, und er sah, wie das große Leuchtfeuer, das den Londonern in den dunklen Stunden den Weg wies, gelöscht wurde. Jetzt fingen auch andere Glocken zu läuten an und riefen die Gläubigen zur Morgenmesse. Ranulf spähte umher und sog all diese Bilder gierig in sich auf, dann schaute er Corbett düster an und begann, laut zu klagen, daß er noch nichts gegessen und einen Mordshunger hätte. Sie machten an einer Garküche halt und schlangen sich die Zügel um die Arme, während sie gierig heißes, würziges Rindfleisch aus kleinen Schüsseln aßen. Ranulf schwatzte von seinem Söhnchen, der illegitimen Frucht einer seiner vielen Amouren. Corbett hörte aufmerksam zu. Ranulf wollte den Jungen gern zu einem kurzen Aufenthalt in das Haus in der Bread Street bringen. Corbett lächelte tapfer, aber sein Herz wurde schwer von Verzweiflung. Lord Morgan, Ranulf und Ranulfs kleiner Sohn – da wäre es endgültig aus mit Ruhe und Frieden in seinem Haus.

Corbett schluckte den letzten Bissen Fleisch hinunter und wusch sich die Hände in einer Kanne mit Rosenwasser, die ein schmalgesichtiger kleiner Bengel herausbrachte. Der Junge sah verhungert aus; seine Augen waren fast so groß wie das ganze Gesicht. Corbett drückte ihm eine Münze in die Hand. »Kauf dir auch etwas zu essen, mein Junge.«

Er trocknete sich die Hände an seinem Mundtuch ab und wartete, um zu sehen, ob der Junge auch tat wie geheißen. Dann führten sie die Pferde am Zügel die Cheapside hinunter. Corbett hörte nur noch mit halbem Ohr zu, wie Ranulf seinen Sohn in glühenden Farben schilderte. Er dachte an die Ereignisse des Abends zuvor. Er und Maeve hatten einander wild und leidenschaftlich geliebt, und dann waren sie zusammen zum Essen in die Küche hinuntergegangen, bevor sie wieder ins Bett zurückgekehrt waren. Er dachte an Maeves Neckereien und an sein müßiges Geplauder über die Angelegenheiten des Hofes. Aber dann war seine Frau unruhig und besorgt geworden, denn er hatte ihr berichtet, warum er nach London zurückgekehrt war.

»Ich habe von diesen Morden gehört«, erklärte sie, setzte sich auf und zog die Decke um sich. »Erst hat niemand etwas bemerkt. In einer Stadt wie dieser werden Mädchen ermordet oder verschwinden, und niemand kümmert sich darum.« Sie schüttelte den Kopf. »Aber der Tod dieser Frauen, die Art, wie sie gestorben sind ... Ist es wahr?«

Corbett, der flach auf dem Rücken lag, regte sich plötzlich. »Ist das wahr?«

»Es heißt, der Mörder ...« Maeve zog schaudernd die Knie unters Kinn. »Es heißt, er verstümmelt die Leichen der Mädchen.«

Corbett sah sie überrascht an. »Wer hat dir denn das erzählt?«

»So wird allgemein getratscht. Die meisten Frauen haben Angst, nachts noch hinauszugehen. Aber der letzte Todesfall hat sich tagsüber ereignet.« Und Maeve berichtete von dem neuesten Mord und von dem verstümmelten Leichnam einer Hure, der im Vorraum einer Kirche bei Grey Friars gefunden worden war.

Corbett streichelte sanft ihren nackten Arm. »Aber warum die

Angst? Die Frauen, die er getötet hat, waren allesamt Huren und Kurtisanen.«

»Na und?« Maeve warf den Kopf in den Nacken. »Frauen waren es trotzdem, und Lady Somerville war sicher keine Hure.«

Corbett schwieg. Irgendwie hatte er den Verdacht, daß es sich mit Lady Somervilles Tod nicht so verhielt wie mit den anderen Fällen. Hatte die alte Dame etwas entdeckt? Oder hatte sie den Mörder überrascht?

Jetzt schaute Corbett in die Runde, während die Cheapside sich allmählich füllte. Schon sah er die Huren in ihren bunten Kleidern und den grellfarbigen Perücken. Plötzlich kam ihm der Tag nicht mehr so strahlend vor, denn er erinnerte sich an das, was Maeve von Verstümmelungen gesagt hatte. Ihm war unbehaglich. Sonst hatten seine Gegenspieler, sei es de Craon oder ein berechnender Mörder, immer Gründe und Motive für ihre Taten. Aber jetzt? Jagte er – wie Ranulf es am Tag zuvor vermutet hatte – einen Verrückten, einen Wahnsinnigen mit einem verqueren Haß auf Frauen, dem es leichter fiel, arme Straßendirnen zu überfallen, der sich aber auch ändern konnte und sich dann gegen jede Frau wenden würde, wenn sie nur einsam und verletzlich genug war? Am liebsten hätte Corbett kehrtgemacht und wäre nach Hause zurückgeritten. Ihm war zumute, als müsse er ein sehr dunkles Haus mit einem Labyrinth von Gängen betreten, und irgendwo drinnen lauerte ein Mörder auf ihn. O Gott, betete er, laß mich unversehrt daraus hervorgehen; aus der Falle des Jägers, o Herr, befreie mich.

Corbetts düstere Stimmung besserte sich nicht, als er am Rathaus einen Büttel sah, der dort auf der Treppe die Habseligkeiten eines gehenkten Verbrechers versteigerte: Einen verschrammten Tisch, zwei zerbrochene Stühle, eine zerrissene Matratze, zwei Fingerhüte, eine Hose, ein Hemd, ein Wams und einen verbeulten, mit silbernen Einlegearbeiten verzierten Zinnbecher. Der Mann hatte anscheinend eine Kirche ausgeraubt, aber sein Komplize war entkommen, und so verkündete jetzt ein ziemlich schäbiger Geistlicher, mit einer Kerze in der einen und einer Glocke in der anderen Hand, mit lauter Stimme seine Exkommunikation in einer Litanei von Flüchen.

»Er sei verflucht, wo immer man ihn findet. Daheim oder auf dem Felde, auf Landstraße oder Pfad, im Wald oder auf dem Wasser. Er sei verflucht im Leben und im Sterben, beim Essen und beim Trinken, hungrig oder durstig, im Schlafen, im Wachen, im Stehen, im Sitzen, beim Arbeiten, beim Ruhen, beim Urinieren, beim Koten und beim Bluten. Er sei verflucht im Haar seines Hauptes, an Schläfen und Stirn, an Mund, Brust und Herz, an seinem Geschlecht, an Füßen und Zehennägeln!« Immer weiter ging die furchtbare, eintönige Deklamation.

»Ich glaube«, sagte Ranulf flüsternd zu Corbett, »das arme Schwein dürfte es inzwischen verstanden haben.«

Corbett grinste und warf Ranulf die Zügel seines Pferdes zu. »Stell sie bei einer Schenke ein«, befahl er. »Wir treffen uns drinnen.«

Ein Bettler mit Kapuze und maskiertem Gesicht kauerte im Eingang des Rathauses und wimmerte um Almosen, während ein Höker auf der anderen Seite hübsche Bänder feilbot. Corbett blieb stehen und bedeutete den beiden, aus dem Weg zu gehen.

»Ich weiß, wer ihr seid«, sagte er leise. »Ihr seid Banditen und Betrüger; während ich mich mit dem Bettler beschäftige, wird der andere sich heranmachen und mir die Börse stehlen.«

Die beiden Kerle wieselten hastig davon, und Corbett ging durch den Eingang und über einen Hof in ein kleines Amtsgebäude. Das Rathaus bestand eigentlich aus einer ummauerten Fläche mit mehreren solcher Gebäude, die ein großes, dreistöckiges Haus umstanden. Corbett wartete im Eingang auf Ranulf. Über eine wacklige Holztreppe gelangten sie in einen geräumigen, weißgestrichenen Raum, wo Schreiber an einem Tisch saßen und große Rollen von Velin und Pergament bekritzelten. Keiner von ihnen blickte auf, als Corbett und Ranulf eintraten, aber ein großer, dicker Mann, der am oberen Ende des Raumes saß, erhob sich und kam herbeigewatschelt. Corbett erkannte das pausbäckige rote Gesicht über dem schlechtsitzenden Gewand und dem essensfleckigen Wams.

»Master Nettler.« Corbett streckte die Hand aus, und Nettler, der Bezirkssheriff für den Norden der Stadt, ergriff sie. Seine wäßrigen blauen Augen leuchteten erfreut.

»Wir haben Euch erwartet, Hugh. Die Briefe des Königs sind gestern abend gekommen.« Nettler warf einen Blick auf die Schreiber und senkte seine Stimme. »Niemandem kann man trauen«, raunte er. »Der Mörder könnte jeder hier im Zimmer sein. Ich habe nichts damit zu tun. Einer der Untersheriffs wird Euch unterrichten. Kommt! Kommt!«

Er führte sie hinaus und durch einen Gang in eine kleine, staubige Kammer. Ein Schreiber saß an einem hohen Tisch in der Ecke und kopierte Briefe. Neben ihm stand ein hochgewachsener, breitschultriger, einnehmender Mann, den Nettler als Alexander Cade vorstellte, einen Untersheriff der Stadt. Als alle miteinander bekannt gemacht worden waren, ging Nettler unvermittelt hinaus, und der Untersheriff beendete seinen Brief, während Corbett ihn musterte. Er hatte schon von Cade gehört, einem ausgezeichneten Diebsfänger mit scharfem Blick, der einen Schurken auch in einer überfüllten Schenke erkannte. Die Gauner der Londoner Unterwelt fürchteten ihn zu Recht, aber trotz seiner Größe wirkte Cade wie ein Hofgeck mit seinem buntgesäumten Gewand, den hohen Reitstiefeln, dem Batisthemd und der kleinen Schädelkappe, die er hinten auf dem dichten, schwarzen Haar trug. Der gespaltene Bart war säuberlich gestutzt, und mit seiner bräunlichen Gesichtshaut und dem trägen, gutmütigen Blick wirkte Cade wie einer, der die guten Dinge des Lebens zu schätzen wußte, nicht etwa die skrupellose Jagd auf Schurken und Gauner. Er winkte Corbett und Ranulf zu einer Fensterbank, während er seinen Brief beendete. Danach wandte er sich schwungvoll um.

»Ihr seid hier wegen der ermordeten Huren?« Cade verzog das Gesicht. »Oder soll ich ehrlich sein? Dann gilt Eure Anwesenheit nicht ihnen, sondern dem Tod Lady Somervilles und Pater Benedicts.«

Cade flüsterte seinem Schreiber etwas zu, worauf der von seinem hohen Hocker herunterrutschte, zu einem der Regale ging und einen Stapel Dokumente herüberbrachte.

»Danke«, sagte Cade leise. »Du kannst gehen.«

Er wartete, bis der alte Mann die Tür hinter sich geschlossen hatte; dann zog er einen Schemel heran und setzte sich Corbett gegenüber.

»Es gibt drei Dinge, die mich interessieren«, sagte er dann. »Die Morde an den Huren, die Morde an Lady Somerville und Pater Benedict, und die Ankunft Puddlicotts hier in London.«

Corbett klappte überrascht den Mund auf.

»O ja«, sagte Cade. »Unser Freund, der Meister der Verkleidungen, Richard Puddlicott mit einem Dutzend Namen und in vielfältiger Gestalt, ist wieder in der Stadt.« Cade riß die Augen weit auf. »Diesmal will ich ihn fassen! Ich will diesen gerissenen Hund in Ketten sehen!«

»Woher wißt Ihr, daß er hier ist?«

»Lest das.« Cade reichte ihm einen Stapel Dokumente. »Lest«, wiederholte er. »Und nehmt Euch Zeit, Master Cor-

bett. Oder sollte ich Euch Sir Hugh nennen?« Cade lächelte. »Wir haben es bereits vernommen. Nehmt unsere Glückwünsche entgegen. Lady Maeve ist sicher sehr erfreut.«
»Ja. Ja«, murmelte Corbett, »das ist sie.«
Cade wandte sich ab, schenkte zwei Becher Wein ein und reichte sie Corbett und Ranulf. »Ich lasse Euch jetzt allein. Wenn Ihr alles gelesen habt, reden wir weiter.«
Cade schlenderte hinaus. Ranulf wandte sich dem Fenster zu und schaute hinaus; draußen wurde eine Reihe Gefangener in den Hof geführt. Corbett studierte die Dokumente. Die beiden ersten waren Briefe, in denen den Sheriffs von London mitgeteilt wurde, wie erzürnt der König darüber sei, daß so viele blutige Morde in der Stadt begangen wurden, besonders aber über den grausigen Tod der Lady Somerville und die geheimnisvollen Umstände des Brandes, in dem Pater Benedict ums Leben gekommen war. Das nächste Dokument war ein Memorandum, offensichtlich von Cade selbst verfaßt; es enthielt eine Liste der ermordeten Frauen und dazu das jeweilige Datum des Todes. Corbett pfiff leise. Es waren insgesamt sechzehn, Lady Somerville nicht mitgezählt. Alle Morde waren innerhalb der Stadtmauer verübt worden, und zwar in einem Bereich zwischen Grays Inn im Westen, Portsoken im Osten, Whitecross Street im Norden und der Ropery, die an die Themse stieß, im Süden. Corbett sah auch, daß die Mordserie vor etwa achtzehn Monaten begonnen hatte und daß die Verbrechen in regelmäßigen Abständen von etwa einem Monat verübt worden waren, am dreizehnten oder kurz davor oder danach. Die einzige Ausnahme bildeten Lady Somerville, die am 11. Mai umgebracht worden war, und das letzte Opfer, die Hure, die man in der Kirche von Grey Friars gefunden hatte und die erst zwei Tage zuvor ermordet worden war. Die Huren waren meistens in ihrer eigenen Wohnung getötet worden, drei allerdings, darunter

die letzte, anderswo. Alle waren auf die gleiche, grausige Art gestorben: Man hatte ihnen die Kehle von einem Ohr zum anderen durchgeschnitten, die Genitalien verstümmelt und mit einem Messer zerstochen. Auch hier war Lady Somerville die einzige Ausnahme: Sie war in Smithfield mit einem raschen Schnitt durch die Kehle ermordet worden. Cade hatte noch notiert, daß es sonst keine Spuren von Gewalt gegeben habe, und daß die Kleider der Huren immer sorgfältig zurechtgezogen worden waren. Corbett starrte auf das Memorandum und blickte dann auf.

»Eine Tote jeden Monat«, murmelte er. »Am dreizehnten oder darum herum.«

»Wie bitte, Master?«

»Die Huren. Sie wurden alle am gleichen Datum umgebracht, und immer wurden ihnen die Kehlen durchgeschnitten und die Genitalien verstümmelt.«

Ranulf machte ein ungehöriges Geräusch mit den Lippen. »Und was meint Ihr, Master?«

»Erstens: Es könnte ein Wahnsinniger sein, der gern Frauen ermordet, besonders Huren. Zweitens könnte es jemand sein, der eine bestimmte Hure sucht, oder . . .«

»Oder?«

»Einer, der Schwarze Magie ausübt . . . Magier haben immer gern Blut.«

Ranulf schauderte es, und er wandte den Blick ab. Wenn er aus dem Fenster schaute, sah er den massigen Turm von St. Mary Le Bow, wo Corbett gegen einen von der schönen Mörderin Alice-atte-Bowe angeführten Hexenzirkel gekämpft hatte.

»Ich weiß es nicht«, sagte Corbett leise und wandte sich wieder dem Memorandum zu. Er las den Bericht über den Tod Pater Benedicts, einen kurzen, bitteren Bericht, den der Schreiber des Coroners abgefaßt hatte. Demzufolge waren die Mönche zu Westminster in der Nacht des 12. Mai von tosenden Flammen geweckt worden, und als sie hinausgestürzt waren, hatten sie gesehen, daß Pater Benedicts Haus in einer einsamen Ecke des Abteigeländes in lodernden Flammen stand. Geführt von William Senche, dem Verwalter des nahen Palastes von Westminster, hatten die Brüder versucht, die Flammen mit Wasser aus einem Brunnen zu löschen, aber ihre Bemühungen waren vergebens. Das Haus brannte vollständig aus. Drinnen fanden sie den halbverkohlten Leichnam Pater Benedicts, der mit dem Schlüssel in der Hand bei der Tür lag, neben sich die Überreste seiner Hauskatze.

Eine Ursache für das Feuer war nicht zu erkennen. Der Fensterladen hoch oben an der Wand hatte offengestanden, und ein leichter Wind hatte die Feuersbrunst womöglich aus einem Funken vom Herd oder einer Kerzenflamme entfacht.

Corbett blickte auf. »Merkwürdig!« rief er.

Ranulf, der mit halbem Auge zugeschaut hatte, wie unten die Verbrecher in Ketten gefesselt über den Hof geführt wurden, fuhr zusammen.

»Was denn, Master?«

»Pater Benedicts Tod. Der Priester war ein alter Mann, Ranulf, und hatte daher sicher einen leichten Schlaf. Er steht mitten in der Nacht auf, weil ihn ein Feuer geweckt hat, das auf mysteriöse Weise ausgebrochen ist. Zu alt, um aus dem Fenster zu springen, greift er nach dem Schlüssel, erreicht auch die Tür, aber macht sie nicht mehr auf. Und noch merkwürdiger: Seine Katze stirbt mit ihm. Ein Hund würde vielleicht bei seinem Herrn bleiben, aber eine Katze würde verschwinden, hinausspringen, zumal da doch das Fenster offen war. Aber die Katze stirbt auch.«

»Vielleicht hat der Rauch ihn überwältigt«, erwog Ranulf.

»Nein.« Corbett schüttelte den Kopf. »Ich begreife nicht, wie ein Mann mit dem Schlüssel in der Hand die Tür erreichen kann und nicht wenigstens versucht, den Schlüssel ins Schloß zu schieben und zu drehen. Aber was mich noch ratloser macht, ist die Katze. Die wenigen, die ich gekannt habe, erinnern mich an dich, Ranulf. Sie haben einen scharf ausgeprägten Überlebenssinn, und vor dem Feuer graust ihnen besonders.«

Ranulf wandte sich ab und verzog das Gesicht. Corbett studierte, was Cade unter das Memorandum gekritzelt hatte. Dem Untersheriff zufolge hatte Pater Benedict am Tag seines Todes einen kurzen Brief an den Sheriff geschickt und ihm mitgeteilt, er wisse, daß etwas Schreckliches und Blasphemisches im Gange sei. Weitere Einzelheiten fanden sich indessen nicht. Corbett schüttelte den Kopf und nahm sich den letzten schmierigen, winzigen Pergamentfetzen vor. Ein kurzer Bericht von einem Informanten der Behörden über den Meisterbetrüger Richard Puddlicott, der in der Bride Lane gesehen worden sei, nicht weit vom Stadtpalais des Bischofs von Salisbury. Corbett klopfte mit dem Pergament auf sein Knie und starrte in die schmutzigen Binsen, die auf dem Boden lagen. So viele Geheimnisse, überlegte er, aber Puddlicott faszinierte ihn wirklich. Die Boten des Königs hatten den Schurken durch ganz Europa verfolgt; was also suchte er in England? Hatte seine Anwesenheit etwas mit den Morden zu tun? Oder hielt er sich zu anderen frevelhaften Zwecken in London auf? In eigener Sache oder im Auftrag Amaury de Craons? Gedankenverloren saß Corbett da und trank seinen Wein, bis Cade zurückkam.

»Fandet Ihr die Papiere interessant, Corbett?«

»O ja. Ihr habt keinerlei Hinweis auf den Mörder der Huren?«

»Nicht den geringsten.«

»Und Lady Somerville?«

»Sie kam mit einer Begleiterin von einem Zusammentreffen der Schwestern der Hl. Martha in Westminster zurück. Sie gingen durch Holborn und machten im Hospital von St. Bartholomew kurz halt. Lady Somerville gab dann bekannt, sie wolle über Smithfield zu ihrem Haus beim Barbican gehen. Ihre Begleiterin erhob Einwände, aber Lady Somerville lachte nur. Sie sei alt, sagte sie, und durch ihre guten Werke sei sie bei allen Schurken der Unterwelt gut bekannt, so daß sie ihr nichts tun würden.« Cade zuckte die Achseln. »Lady Somerville hatte einen Sohn, der gerade mit Freunden die Stadt unsicher machte. Er kehrte in den frühen Morgenstunden zurück, stellte fest, daß seine Mutter nicht nach Hause gekommen war, und organisierte eine Suche. Seine Bediensteten fanden die Leiche vor dem Galgen in Smithfield, mit durchschnittener Kehle.«

»Aber sonst wies die Tote keine Verstümmelungen auf?«

»Keine.«

»Und vor ihrem Tod, war Lady Somerville da aufgeregt oder beunruhigt?«

»Nein, eigentlich wohl nicht.«

»Drückt Euch genauer aus, Master Cade.«

Der Untersheriff verbarg seinen Ärger. »Nun ja, eine ihrer Gefährtinnen behauptete, sie habe abwesend gewirkt und immer wieder ein bestimmtes Sprichwort gemurmelt.«

»Nämlich?«

»*Cucullus non facit monachum.* Die Kutte macht noch keinen Mönch.«

»Was meinte sie damit?«

»Das weiß ich nicht. Vielleicht bezog es sich auf eine andere ihrer mildtätigen Aufgaben.«

»Auf welche?«

»Sie hat oft die Kutten der Mönche in Westminster gewaschen. Seht Ihr, der Abt dort, Walter Wenlock, ist krank. Der

Prior ist tot, und so hat Lady Somerville gelegentlich die Aufsicht über die Wäscherei der Abtei übernommen.«
Corbett reichte ihm den Stoß Pergamente zurück.
»Und Pater Benedicts Tod?«
»Da wißt Ihr alles, was wir wissen.«
»Seltsam, daß er die Tür nicht aufgeschlossen hat.«
»Vielleicht hat ihn der Rauch überwältigt, oder sein Gewand hat Feuer gefangen?«
»Und die Katze?«
Cade lehnte sich gegen die Wand und tappte mit einem Schuh auf den Boden. »Master Corbett, wir haben Leichen überall in London, und Ihr fragt mich nach einer Katze?«
Corbett lächelte. »Ich begreife nicht, weshalb die Katze nicht durch das offene Fenster fliehen konnte.«
Cade zog die Brauen hoch und machte dann schmale Augen. »Natürlich«, murmelte er. »Daran hatte ich nicht gedacht.«
»Ich würde das Haus gern sehen – oder was davon noch übrig ist. Und die Nachricht, die Pater Benedict Euch geschickt hat?«
»Wir wissen nicht, was er damit sagen wollte. Das kann alles mögliche bedeuten. Ihr wißt, welche Skandale den Priestern und Mönchen das Leben zur Hölle machen können. Vielleicht war es so etwas; es könnte aber auch mit Westminster zu tun haben.«
»Inwiefern?«
»Nun, die Abtei und der Palast sind verlassen. Die Bauarbeiten sind jäh zum Stehen gekommen, weil der König seine Maurer nicht bezahlen kann. Kanzler und Lord Schatzmeister reisen jetzt mit dem König, und so ist der Hof seit Jahren nicht mehr dort gewesen. Wenlock, der Abt, ist krank, und im Konvent geht es ziemlich lax zu. Ja, die einzige Bedeutung, die Westminster noch hat, besteht darin, daß der König einen großen Teil des Kronschatzes in die Krypta unter dem Kapitelhaus hat schaffen lassen.«

Corbett hob verblüfft den Kopf. »Warum?«
»Wegen der Bauarbeiten im Tower. Die meisten Räume dort sind jetzt nicht mehr sicher. Die Krypta in der Westminster Abbey ist jedoch wahrscheinlich der sicherste Ort in ganz London.«
»Ihr seid sicher, daß der Kronschatz dort gut untergebracht ist?«
»Ja. An dem Tag, als Pater Benedict starb, war ich bei ihm, aber er war derart geistesabwesend, daß ich die Gelegenheit nutzte, die Schatzkammer zu kontrollieren. Die Siegel an der Tür waren unverletzt, und so wußte ich, daß niemand etwas angerührt hatte. Ihr müßt wissen, die Krypta hat nur einen Zugang, nämlich durch die versiegelte Tür. Und selbst wenn jemand hineinkäme – die schmale Treppe, die zur Krypta hinunterführt, ist planmäßig zerschlagen worden, und der Rest des Gebäudes ist durch die dicksten Mauern geschützt, die ich je gesehen habe.«
»Und Master Puddlicott?«
»Ich kann nur sagen«, erwiderte Cade, »daß der Mistkerl in London gesehen wurde, wenngleich die Berichte darüber nur aus zweiter Hand stammen.«
»Wenn er hier ist, führt er Böses im Schilde.«
Cade lachte trocken. »Selbstverständlich. Aber was?«
»Hört, Master Cade, Ihr wißt doch, daß der französische Gesandte de Craon und sein Begleiter de Nevers in London sind? Vorgeblich wollen sie unserem König Freundschaftsbotschaften von ihrem Herrn überbringen, aber einen handfesten Grund für ihre Anwesenheit gibt es nicht.«
»Wollt Ihr damit sagen, sie könnten etwas mit Puddlicott zu tun haben?«
»Möglich ist es. Puddlicott wurde mit Master William Nogaret gesehen, dem Hüter der Geheimnisse Philipps IV.«
Cade schenkte sich auch einen Becher Wein ein und fügte ein großzügiges Quantum Wasser hinzu.

»O ja«, sagte er dann. »Wir wissen, daß de Craon in London ist. Er war bei einem Bürgerempfang dabei und hat dem Bürgermeister seine Akkreditierung überreicht. Seitdem beobachten wir unauffällig sein Haus in der Gracechurch Street, aber er fängt an, uns zu langweilen. Er hat bisher nichts Unziemliches getan; scheinbar interessiert ihn der Schiffsverkehr auf der Themse mehr als alles andere. Und da wir nicht im Krieg mit Frankreich liegen, begeht er damit kein Verbrechen.«
Corbett stand auf und reckte sich. »Alsdann«, seufzte er, »wo fangen wir an?«
Der Untersheriff spreizte die großen Hände. »Wie mein Herr schon sagte, ich stehe zu Euren Diensten.«
»Dann wollen wir Master Cicero folgen – *Et respice corpus.*«
»Wie bitte, Master Corbett?«
»Laßt uns den Leichnam anschauen.« Corbett nahm seinen Mantel. »Darf ich mir die Namensliste der ermordeten Frauen ausborgen?«
Cade reichte sie ihm.
»Das letzte Opfer – ist es schon begraben?«
»Nein. Die Frau liegt im Leichenhaus von St. Lawrence Jewry.« Cade leerte seinen Becher und schnallte sich den Schwertgurt um. »Wenn Ihr sie ansehen wollt, müßt Ihr Euch aber beeilen. Der gute Pfarrer hat die Absicht, sie heute vormittag neben den anderen zu bestatten.«
»Was war das?« stotterte Ranulf. »Ihr sagtet: ›Neben den anderen‹?«
»Ja«, sagte Cade. »Die toten Huren. Die toten Huren werden immer mit einem Karren aus einem kleinen Nebengebäude des Rathauses geholt. Wir bezahlen den Priester von St. Lawrence Jewry dafür, daß er sie beerdigt – einen Shilling jedesmal, wenn ich mich recht entsinne.«
»Und alle außer Lady Somerville sind dort begraben worden?« fragte Ranulf.

»Ja. Und für einen Shilling bekommen sie nicht viel. Ein verschlissenes Leintuch, ein flaches Loch in der Erde und das Totengedenken in der Frühmesse.«
»Erhebt nie jemand Anspruch auf die Leiche?«
»Natürlich nicht. Diese armen Mädchen kommen aus Schottland, aus Irland, aus Flandern, aus Städten und Dörfern bis Cornwall im Westen und Berwick-on-Tweed im Norden.«
»Und niemand kommt zu ihrer Beerdigung?«
»Nein. Wir haben auch schon daran gedacht und sorgfältig die Augen offengehalten.« Cade schauderte es. »Sie werden wie Hunde verscharrt«, murmelte er. »Nicht mal ihre Stammkunden kommen, um ihnen freundlich Lebewohl zu sagen.«
Corbett trank seinen Wein aus und gab Cade den Becher.
»Ihr mögt rot werden, Master Cade, aber ich muß Euch sagen, daß der König Euch sehr schätzt.«
Der Untersheriff machte ein verlegenes Gesicht und scharrte mit den großen Stiefeln.
Corbett ließ seine Falle säuberlich zuschnappen. »Aber ist es nicht merkwürdig, daß Ihr es versäumt habt, eine Liste mit den Freiern der Huren anzufertigen? Wer hat sie besucht? Eure Informanten sind in der Lage, Euch über das Auftauchen eines Gauners wie Puddlicott in Kenntnis zu setzen, nicht aber über die Freier toter Huren.«
Cades Lächeln erstarb. »Schaut.« Der Untersheriff setzte sich auf einen Schemel und zählte die einzelnen Punkte an den stumpfen Fingern ab. »Erstens: Einige dieser Huren waren hochklassige Kurtisanen. O ja, im Tode sind sie arm, aber als sie noch lebten, genossen sie die Gunst etlicher reicher und mächtiger Männer in der Stadt ...«
»Halt«, unterbrach Corbett. »Einige dieser jungen Damen haben für ihre Dienste Silber und Gold bekommen. Was ist damit geschehen?«

Cade zog die Mundwinkel herab. »Die meisten geben gleich alles aus, was sie verdienen. Wenn sie sterben, wird ihre Habe von Leuten geplündert, die es besser wissen sollten. Schließlich haben sie ja keine Erben oder Verwandte, und so wird das, was von ihrem Besitz noch übrigbleibt, sofort von der Krone konfisziert.«
Corbett nickte. »Sprecht weiter.«
»Nun, wie gesagt, die Grundherren und die wohlhabenden Kaufleute würden es nicht gern sehen, wenn ihre Namen mit Frauen in Verbindung gebracht würden, die sie jetzt als gemeine Straßendirnen bezeichnen. Und zweitens ...« Cade holte Luft und wandte den Blick ab, und Corbett spürte, daß der Untersheriff nicht die volle Wahrheit sagte. »Zweitens«, wiederholte Cade, »ist es die Art ihres Todes, die mich wachsam sein läßt. Die meisten wurden in ihrer eigenen Wohnung ermordet; also müssen sie den Täter gekannt haben, denn sonst hätten sie ihm nicht die Tür geöffnet. Master Corbett, ich bin Untersheriff, und die reichen Bürger zahlen mir meinen Sold. Ich möchte nicht derjenige sein, der herausfindet, daß einer der Herren, die mich bezahlen, eine Hure in der Nacht ihres Todes besucht hat.« Jetzt errötete Cade tatsächlich vor lauter Verlegenheit, und er rieb sich mit der Hand die Wange. »Ja, ja, ich gebe es zu«, fuhr er fort, »ich habe Angst. Ich fange jeden Schurken – sei er nun Priester, Kaufmann oder Lord –, aber, Master Corbett, hier liegt die Sache anders. Ich könnte entdecken, daß der Bürgermeister selbst bei einer Hure war, aber was würde das beweisen?«
»Ihr könntet nach einem Muster suchen, nach einem Namen, der bei allen Mordfällen auftaucht.«
Cade stieß mit dem Finger nach Corbett. »Nein, Master Corbett. Ihr seid der Vertraute des Königs, und Ihr wurdet kürzlich zum Ritter geschlagen. Ihr könnt das herausfinden! Ihr könnt mit dem Finger auf einen von denen deuten! Um

Gottes willen, Mann, deshalb hat man Euch doch hergeschickt – und das sage ich, ohne Euch beleidigen zu wollen.«
Corbett nagte an seiner Unterlippe; dann beugte er sich vor und berührte freundlich Cades Hand.
»Ich habe Verständnis dafür«, sagte er leise.
Das hatte er wirklich, und ihm war klar, weshalb ein Untersheriff mit einem Fall betraut worden war, den keiner seiner Vorgesetzten mit der Feuerzange angefaßt hätte. Corbett lächelte leise; nun verstand er, weshalb der König ihn nach London geschickt hatte.
Er betrachtete die Liste, die Cade ihm gegeben hatte. »Ihr seid überaus aufmerksam, Master Cade«, stellte er fest. »Diese Huren müssen ihren Mörder gekannt haben; sie haben sehr viel Vertrauen gezeigt. Sogar die letzte hier, Agnes, deren Leichnam wir gleich in Augenschein nehmen werden. Sie wurde in einer Kirche umgebracht. Vermutlich wurde sie von ihrem Mörder dorthin gerufen.«
»Möglich«, antwortete Cade. »Aber laßt uns den Tod dieser Mädchen einmal beiseite stellen. Wie erklärt Ihr Euch den Mord an Lady Somerville?«
»Ich weiß es nicht«, sagte Corbett. »Vielleicht wußte die alte Frau etwas. Doch eins will ich Euch sagen, Cade: Eure bange Sorge ist wohlbegründet. Wenn wir diesen Mörder verhaften – und keine Angst, das werden wir –, dann wird es ein hochwohlgeborener Dreckskerl sein, der eine Menge zu verbergen hat. Darauf wette ich.«
»Gütiger Gott!« flüsterte Cade.
Corbett starrte auf die gegenüberliegende Wand. »Ich begreife nur nicht«, sagte er, »wieso die Morde zugenommen haben. Eurer Liste zufolge, Master Cade, stirbt jeden Monat am dreizehnten eine Hure. Aber im Mai ändert sich dieses Muster. Lady Somerville wird am Montag, dem elften, ermordet, der Priester am Abend darauf, eine Prostituierte namens

Isabeau am Mittwoch, den dreizehnten, und dann kurz danach das Mädchen in Grey Friars. Welche Krise hat den Mörder gezwungen, von seinem Muster abzuweichen?«

»Womöglich ...«, begann Cade.

»Womöglich was?«

»Womöglich gibt es mehr als einen Mörder.«

VIER

Corbett und Ranulf warteten, während Cade seine Sachen zusammensuchte. Sie verließen das Rathaus und gingen zur Catte Street hinunter, in die Gegend um Old Jewry und die massige Kirche von St. Lawrence. Eine Menschenmenge hatte sich am Pranger vor der Seitenpforte des Friedhofs versammelt, städtisches Gesindel großenteils. Sie verhöhnten einen Mann, der in den Block geschlossen worden war, weil er fehlerhafte Bogensehnen verkauft hatte; seine mangelhafte Ware wurde derweilen um ihn herum aufgehäuft und vor seiner Nase verbrannt. Der arme Unglückliche, dessen Kopf zwischen die Holzbalken geklemmt war, mußte den beißenden Rauch einatmen, der ihm Mund, Nase und Augen reizte. Hin und wieder schleuderte er seinen Peinigern Beschimpfungen entgegen, bevor er wieder in Hustenanfälle verfiel, bei denen er sich den Kopf am Holzblock stieß.

Corbett und seine Begleiter drängten sich durch die Menge auf den heruntergekommenen Friedhof. Cade ging hinüber zum Priesterhaus, klopfte an die Tür und sprach kurz mit jemandem drinnen. Nach einer Weile kam eine kleine, rundliche Gestalt mit einem großen Schlüsselbund heraus. Corbett warf Ranulf einen warnenden Blick zu; er solle sich nur zurückhalten. Die Leibesfülle des Priesters, sein rosiges Gesicht und der weibische Watschelgang ließen vermuten, daß dieser Geistliche sich eher für die Genüsse des Lebens als für die Errettung der Seelen interessierte. Er trug einen grünen, mit hellem Eichhörnchenpelz verbrämten Tuchmantel, und an Handgelenken und Fingern funkelte billiger Schmuck.

Seine kleinen Knopfaugen blitzten Corbett entgegen. Niemand stellte sich vor. Statt dessen öffnete der Priester einen kleinen Lederbeutel, den er bei sich trug, und zog drei mit Essig und Kräutern getränkte Schwämme hervor.

»Die werdet Ihr brauchen«, schnarrte er und reichte jedem einen davon. »Jetzt folgt mir.«

Er führte sie hinten um die Kirche herum zu einem langgestreckten, fensterlosen Schuppen. Dort öffnete er das Vorhängeschloß an der Tür und winkte sie hinein.

»Genießt den Augenschmaus!« stichelte er. »In einer Stunde begrabe ich das arme Weib. Eine Kerze findet ihr auf dem Bord rechts neben der Tür.«

Corbett trat als erster in die Dunkelheit, und sofort drang ihm Verwesungsgestank in die Nase. Er war froh, daß er den Schwamm und einen robusten Magen hatte. Ranulf aber wurde gleich fahlgrau, und nachdem er mit einem Kienspan die Kerze angezündet hatte, befahl Corbett ihm, draußen zu warten.

»Kümmert Euch nicht um die Ratten!« rief der Priester. »Der Sarg steht auf zwei Holzböcken in der Mitte.«

Corbett hielt die Kerze in die Höhe. Trotz seines Unbehagens verspürte er ein trauriges Mitgefühl angesichts der einsamen langen Kiste. Leise fluchend hob Cade den unverschlossenen Deckel hoch und offenbarte den grausigen Anblick der Frau, die dort lag. Anscheinend sollte sie begraben werden, wie man sie gefunden hatte; niemand hatte den Versuch unternommen, den Leichnam herzurichten. Das kreideweiße Gesicht sah im Flackerschein der Kerze noch greller aus; die Haut wurde bereits schwammig, und der Leib war durch die Verwesung aufgedunsen. Corbett untersuchte den langen, purpurrot unterlaufenen Schnitt, der die Luftröhre durchtrennt hatte. Cade preßte die eine Hand mit dem Schwamm fest an Nase und Mund und hob mit der anderen den Kleidsaum des

Mädchens hoch. Corbett warf einen Blick auf die Verstümmelungen, wandte sich ab und erbrach den Wein, den er gerade getrunken hatte. Er taumelte zur Tür, und Cade folgte ihm mit bleichem Gesicht hinaus in die Sonne. Corbett warf dem Priester Schwamm und Kerze vor die Füße.

»Gott erbarme sich ihrer!« murmelte er zwischen Würgekrämpfen. »Sie war jemandes Tochter, jemandes Schwester!« Und unvermittelt mußte er an seine eigene kleine Tochter Eleanor denken. Einmal mußte der verwüstete Fleischklumpen, den er gerade gesehen hatte, ein kleines Kind gewesen sein, das gurrend in der Wiege lag.

»Gott helfe ihr«, sagte Corbett.

Er hockte sich nieder und wischte sich mit dem Handrücken den Mund ab. Ranulf kam mit einer Wasserkanne aus dem Pfarrhaus und hielt sie Corbett wortlos hin, damit er sich Gesicht und Hände waschen konnte. Dann richtete der Sekretär sich auf, funkelte den Priester an und nestelte seinen Geldbeutel auf.

Zwei Silbermünzen flogen in die Richtung des Priesters. »Hier, Pater«, knurrte Corbett, »ich will, daß eine Messe für sie gelesen wird. Und um der Barmherzigkeit willen, besprengt den Sarg mit einer Mischung aus Essig und Rosenwasser, bevor Ihr sie begrabt, und legt ein weißes Tuch über die Tote. Sie hat wahrscheinlich ein elendes Leben gelebt und ist eines schrecklichen Todes gestorben. Sie hat ein wenig Achtung verdient.«

Der Priester schob die Silbermünzen mit der Spitze seines hochhackigen Stiefels von sich. »Das mache ich nicht«, quiekte er.

»Doch, das werdet Ihr, verdammt!« donnerte Corbett. »Sonst beschaffe ich Euch jemanden, der es tut, und wenn das nicht geschieht – ich werde mich davon überzeugen –, dann sorge ich persönlich dafür, daß Euch diese Pfründe hier genommen

wird. Wie ich höre, braucht Seine Gnaden, der König, Kapläne für seine Soldaten in Schottland.« Er trat dicht an den verängstigten Priester heran und schaute auf ihn herab. »Mein Name«, flüsterte er, »ist Sir Hugh Corbett, und ich bin Bewahrer des Geheimsiegels, Freund und Ratgeber des Königs. Ihr werdet tun, was ich verlange, nicht wahr?«
Der aufgeblähte Pfaffe sackte zusammen wie eine Schweinsblase, in die man mit der Nadel gestochen hat. Er nickte und hob sorgfältig die Münzen auf. Corbett wartete nicht lange, sondern ging zur Pforte, wo sie ihre Pferde angebunden hatten. Dort blieb er eine Weile stehen und atmete tief durch. »Wer immer das getan hat«, sagte er und deutete mit dem Kopf zur Kirche, »muß gottlos und böse sein.«
Cade, dem offenbar immer noch übel war, brummte nur irgend etwas und schüttelte den Kopf, und Ranulf machte ein Gesicht, als habe er ein Gespenst gesehen.
Sie gingen durch die Poultry hinunter, und der Magen wollte sich ihnen umdrehen, als sie an den stinkenden Tischen und Scherbottichen der Kürschner vorbeikamen, die mit Messer in den Händen dasaßen und das trockene Fett von der Innenseite der Tierhäute schabten, bevor sie die fertigen Felle in die Bottiche warfen.
Ranulf, dessen Lebensgeister mittlerweile wieder erwacht waren, verspottete die Lehrjungen, die bis zu den Hüften in den großen Wasserbottichen standen und die nassen Häute mit bloßen Füßen walkten. Seine Beleidigungen wurden schlagfertig erwidert, aber den größten Teil ihres Giftes verspritzten die Kürschner gegen einen Mann, den die Büttel an einem ihrer Stände an einen Pfahl gebunden hatten. Ein Plakat am Hals des Kerls erzählte, wie er sich in der vergangenen Nacht im Zustand der Trunkenheit zwischen den Häusern der Kürschner herumgetrieben und wie eine Katze miaut hatte. Eine Beleidigung mit Widerhaken, denn sie sollte andeuten,

daß einige der Kürschner versuchten, Katzenfelle anstelle von echtem Pelz zu verkaufen.

Endlich erreichten Corbett und seine Begleiter die Mercery, wo die Händler hinter den Ständen ihre Waren ausriefen: Spitze, Schleifen, Mützen, Rosenkränze, Kämme aus Buchsbaumholz, Pfeffermühlen und Nähgarn. Sie kamen über den überdachten Großmarkt in West Cheapside und hatten Mühe, ihre Pferde zu bändigen, da sie vor den Kühen scheuten, die durch die Shambles zu den Schlachthäusern bei Newgate getrieben wurden. Die Tiere schienen das drohende Verhängnis zu spüren und sträubten sich gegen die Seile, die man ihnen um den Hals geschlungen hatte. Die Pferde ließen sich von der Panik anstecken und wieherten angstvoll. Weiter oben, in der Nähe von Newgate, waren die Schlachter bereits fleißig gewesen; das Steinpflaster war braun von Blut, Innereien und schleimigem Kot. Dann kamen sie durch Newgate, und der Sommerwind trug die stinkenden Dünste vom Gefängnis und den fauligen Geruch aus dem benachbarten Stadtgraben mit sich.

»Ein Morgen voll übler Gerüche«, murmelte Cade. Er deutete auf den Stadtgraben, einen brodelnden Kessel mit abgestandenem Wasser, toten Ratten, Katzen- und Hundekadavern, menschlichen Abfällen und dem verfaulenden Müll von den Märkten. Cade versetzte Ranulf einen scherzhaften Rippenstoß.

»Immer schön auf dem Pfad der Tugend wandeln«, warnte er. »Vom nächsten Montag an wollen die Sheriffs die Verbrecher in den städtischen Gefängnissen zur Reinigung des Grabens einsetzen; sie sollen dann allen Müll aufs Meer hinausrudern und dort versenken.«

Corbett, der immer noch an die Leiche dachte, die er eben besichtigt hatte, blieb an der Fleet Bridge stehen, um bei den Wasserhändlern mit ihren Bottichen und Wasserfässern eine Kelle frisches Wasser zu kaufen. Die anderen taten es ihm nach, und sie spülten sich die Münder aus, ehe sie durch Holborn in Richtung Strand weiterzogen. Sie kamen an der Kirche von St. Dunstan im Westen und an der Kanzleiregistratur vorbei, zogen unter dem Tor von Temple Bar hindurch und gelangten auf den Strand, die breite Straße, die nach Westminster hinunterführte. Die große Landstraße war von frisch verputzten und gestrichenen Stadtpalästen gesäumt, die in adligem Besitz waren; es wimmelte hier von Richtern, Rechtsanwälten und Schreibern in ihren weiten Faltenmänteln und weißen Hauben, die zu den Gerichtshöfen gingen oder von dort kamen.

Vor dem Hospital Unserer Lieben Frau von Roncesvalles blieb Corbett stehen und bewunderte das neue, wunderschön geschnitzte Kreuz, das sein königlicher Herr zum Gedenken an seine geliebte Gemahlin Eleanor hier hatte aufstellen lassen. Dann zogen sie weiter, und als sie um eine Biegung kamen, sahen sie vor sich die Giebel und Türme und das ornamentale Mauerwerk der Abtei und des Palastes von Westminster. Durch eine kleine Pforte in der Nordmauer gelangten sie auf das königliche Gelände; zur Rechten sahen sie die massige Abtei, und ein wenig näher bei ihnen, säuberlich zwischen Abtei und Palast eingekeilt, erhob sich die wunderschöne Kirche von St. Margaret. Aber die Pracht von Abtei und Kirche wurde durch ein rostiges Gerüst beeinträchtigt, das die Maurer krumm und schief vor den Fassaden errichtet hatten, bevor sie ihre Arbeit eingestellt hatten, als der Krone das Geld ausgegangen war.

Cade deutete nach Norden, an der anderen Seite der Abtei vorbei. »Dort hinten«, sagte er, »mitten in einem kleinen Obstgarten, findet Ihr die Ruinen von Pater Benedicts Haus. Und dort, hinter der Abteikirche«, er schwenkte seinen Arm herum, »ist das Kapitelhaus, in dem sich die Schwestern der Hl. Martha treffen. Wollen wir dort zuerst hingehen?«

Corbett schüttelte den Kopf. »Nein, erst gehen wir in den Palast und sprechen mit dem Verwalter; vielleicht können wir von ihm noch mehr erfahren.«
Cade verzog das Gesicht. »Der Verwalter ist William von Senche. Er ist meistens halb betrunken und weiß dann nicht einmal, wie spät es ist. Ihr wißt ja, wie das ist, Sir Hugh; ist die Katze aus dem Haus, tanzen die Mäuse.«
Sie führten die Pferde in den Palasthof. Der König war seit mehreren Jahren nicht mehr hier gewesen, und die Spuren der Vernachlässigung waren unübersehbar. Unkraut sproß auf dem Palasthof, die Fenster waren verrammelt, die Türen verschlossen und verriegelt, die Stallungen leer, die Beete überwuchert. Ein Köter kam herausgelaufen, blieb mit gesträubten Nackenhaaren stehen und kläffte sie an, bis Ranulf ihn verjagte. Bei der Schatzkanzlei fanden sie einen verdrossen blickenden Diener, den sie auf die Suche nach William von Senche schickten. Dieser erschien schließlich oben an der Treppe der Kapelle von St. Stephen, und Corbett fluchte leise. William von Senche sah aus wie das, was er war: ein geborener Trunkenbold. Er hatte vorquellende Fischaugen, einen sabbernden Mund und eine Nase, so feuerrot wie ein Leuchtfeuer. Mit seinem struppigen roten Haar und den buschigen Brauen war er ein sehr häßlicher Mann. Er war bereits reichlich bezecht, aber als er begriff, wer Corbett war, bemühte er sich, tapfere Miene zu machen; seine Antworten waren knapp und abrupt, aber er schaute immer wieder beiseite, als wolle er etwas verbergen.
»Nein, nein«, erklärte er unwirsch, »ich weiß nichts über die Schwestern der Hl. Martha. Sie versammeln sich in der Abtei, und dort«, fügte er dunkel hinzu, »hat Abt Wenlock zu bestimmen. Und der ist sehr krank.«
»Wer hat dann die Verantwortung?«
»Na ja, da sind ja nur fünfzig Mönche, und die meisten sind

alt. Prior Roger ist tot, und so hat der Sakristan die Verantwortung, Adam von Warfield.«

Der Mann tänzelte von einem Fuß auf den anderen, als plage ihn ein gewisses Bedürfnis. Seine Nervosität nahm zu, als Cade sich auf der einen und Ranulf auf der anderen Seite aufbauten.

»Kommt schon, kommt schon, Master William«, sagte Corbett mit leisem Tadel. »Ihr seid ein wichtiger Beamter, nicht irgendein höfischer Schmetterling. Es gibt da noch andere Dinge, über die wir mit Euch reden wollen.«

»Zum Beispiel?«

»Vor allem über Pater Benedicts Tod.«

»Ich weiß nichts«, platzte der Kerl heraus.

Corbett packte ihn behutsam vorn an seiner essensfleckigen Jacke. »Das«, erklärte er, »war die letzte Lüge, die Ihr mir auftischen werdet. Am Abend des Dienstag, des 12. Mai, habt Ihr entdeckt, daß Pater Benedicts Haus in Flammen stand.«

»Ja, ja.« Der Unterkiefer des Burschen klappte herunter.

»Und wie konnte Euch das gelingen? Vom Palasthof aus ist das Haus nicht zu sehen.«

»Ich konnte nicht schlafen. Ich ging spazieren. Ich sah Rauch und Flammen und läutete die Alarmglocke.«

»Und dann?«

»Zwischen den Bäumen ist ein kleiner Brunnen. Wir holten Eimer, aber die Flammen loderten wild.« Der Mann zog die Lippen herunter, so daß er noch mehr aussah wie ein gestrandeter Karpfen. »Als das Feuer aus war, durchsuchten wir die Zimmer. Pater Benedict lag gleich hinter der Tür.«

»Hatte er einen Schlüssel in der Hand?«

»Ja.«

»Ist Euch sonst etwas aufgefallen?«

»Nein.«

»Und wißt Ihr, wie das Feuer ausgebrochen ist?«

»Pater Benedict war alt; vielleicht hat er eine Kerze fallenlassen, oder eine Öllampe, oder ein Funke vom Feuer hat das Haus in Brand gesetzt.«

»Und Ihr habt nichts Verdächtiges bemerkt?«

»Nein, überhaupt nichts. Und mehr kann ich Euch auch nicht erzählen. Adam von Warfield, der könnte Euch besser helfen.« Und damit drehte der Kerl sich um und rannte davon wie ein Kaninchen, das den Fuchs gesehen hat.

Corbett sah Cade an, zog die Brauen hoch und ging durch die Pforte zurück auf das Abteigelände. Der Untersheriff lachte laut, als Ranulf den Akzent und die seltsamen Possen des Verwalters nachäffte.

Vor ihnen erhob sich die massige Abteikirche mit ihren steinernen Ornamenten, mit zähnefletschenden Wasserspeiern und Visionen der Hölle. Corbett betrachtete die Figuren, fasziniert von dem Grauen, das die Steinmetze so feinsinnig abgebildet hatten. Unter einem triumphierenden Christus auf dem Richterstuhl wurden die Verdammten von gräßlichen Dämonen abgeführt, um in einem großen Faß mit brodelndem Öl gesiedet zu werden, während Teufel die armen verlorenen Seelen mit Speeren und Schwertern traktierten, wie Köche es mit kochendem Fleisch tun.

Corbett hörte ein Geräusch und schaute nach links über die weite, leere Fläche des alten Friedhofs. Gras und Unkraut wuchsen dort fast anderthalb Yard hoch, aber Corbett entdeckte doch den alten Gärtner, der sein Bestes tat, um die Umgebung der Gräber zu säubern.

»Sir«, rief Corbett, »da habt Ihr aber eine stattliche Aufgabe.«

Der Mann wandte sich halb um und schaute Corbett mit wäßrigen Augen an. Seine Wangen waren schmutzig.

»Oh, aye«, antwortete er mit dem Tonfall eines Mannes vom Lande und klopfte gegen einen schiefen Grabstein. »Aber meine Kunden stört das nicht.«

Corbett lächelte und schaute hinüber zu den großen runden Gebäuden, die den Friedhof überragten.
»Ist dort das Kapitelhaus?«
Cade nickte.
»Und die Krypta liegt darunter?«
»Ja.«
Corbett betrachtete die dicken Stützpfeiler und die massigen Granitmauern. »Sagt mir doch noch einmal, wie man in die Krypta hineinkommt.«
»Nun, hinter dem Kapitelhaus ist der Kreuzgang«, sagte Cade. »Aber in die Krypta gelangt man nur durch eine Tür in der südöstlichen Ecke der Abteikirche. Wie ich schon sagte, die Tür ist versiegelt. Hinter dieser Tür führt ein niedriger, gewölbter Gang eine steile Treppe hinunter. Die Treppe wurde zertrümmert, und um in die Krypta hinunterzusteigen, wo der Schatz liegt, müssen besondere Leitern verwendet werden.« Cade machte schmale Augen. »Aber das habe ich Euch doch schon erzählt. Wieso also das neuerliche Interesse?«
»Ich dachte nur gerade an Pater Benedicts kryptische Botschaft.« Bei dem Wortspiel mußte Corbett lächeln. »Ich habe mich gefragt, ob seine Warnung die Schatzkammer betraf. Vielleicht hatte er etwas gesehen?«
Cade schüttelte den Kopf.
»Das bezweifle ich. Die Tür zur Schatzkammer ist versiegelt, verriegelt und verschlossen, und selbst, wenn Ihr hineinkommt, benötigt Ihr Belagerungswerkzeuge, um ins Herz der Krypta vorzudringen. Zudem bezweifle ich, daß die braven Brüder jemandem erlauben würden, mit Säcken voll Gold aus ihrer Krypta herauszuklettern.«
Corbett pflichtete ihm widerstrebend bei, und sie gingen auf das Hauptgebäude der Abtei zu. Ein triefäugiger, schlurfender Laienbruder nahm ihnen die Pferde ab, und dann führte

er sie durch Gänge mit steinernem Fußboden zum Gemach Adam von Warfields.
Corbett verspürte sofort Abneigung gegen den Sakristan. Er war groß, kantig und wirkte pedantisch, hatte eine lange Hakennase und einen spröde geschürzten Mund. Corbett fand den Blick seiner Augen unter den zottigen Brauen unstet und unbehaglich. Warfield aber hieß sie mit zierlichem Flattern der langen Knochenfinger freundlich genug willkommen und bot ihnen Ale und Brot an, was Corbett ablehnte, auch wenn Ranulf maulte. Die drei setzten sich einigermaßen verlegen auf eine Bank wie Knaben in der Schule, und der Sakristan hockte ihnen gegenüber auf einem hohen Schemel und verbarg die Hände in den weiten Ärmeln seiner braunen Kutte. Zu gefaßt, fand Corbett, zu friedfertig: kein Mann, dem man die Führung einer großen Abtei anvertraut. Zunächst wechselten sie ein paar oberflächliche Worte; Corbett erkundigte sich nach dem alten Abt, der ans Bett gefesselt war, und äußerte sein Beileid zum Tod des kürzlich verstorbenen Priors Roger. Adam von Warfield schien das wenig zu bewegen.
»Wir haben die Kunde nach Rom geschickt«, schnarrte er. »Aber noch haben wir keine Vollmacht erhalten, einen neuen Prior zu wählen.« Er lächelte bescheiden. »Doch ich tue, was ich kann.«
»Da bin ich ganz sicher«, antwortete Corbett.
Er konnte das scheinheilige Lächeln auf dem Gesicht des Mannes kaum ertragen, und so schaute er sich in dem strengen Zimmer mit den wenigen, kargen Möbelstücken um. Er spürte, daß Warfield ein Heuchler war; er sah nämlich die feinen Zuckerkrümel auf der dunklen Kutte des Mönchs, und auch der Kringel, den ein Weinbecher auf dem Tisch hinterlassen hatte, entging ihm nicht. Der Sekretär war sicher, daß dieser Mönch seinen Magen ebenso liebte wie der Priester von St. Lawrence Jewry den seinen.

»Und Pater Benedicts Tod?« fragte er unvermittelt.
Adam von Warfields Haltung versteifte sich. »Ich habe Master Cade schon alles erzählt«, sagte er weinerlich. »Wir wurden von Master William, dem Palastverwalter, aus dem Dormitorium gerufen. Wir taten, was wir konnten, aber das Haus brannte völlig aus.«
»Findet Ihr es nicht merkwürdig«, fragte Corbett, »daß Pater Benedict am Tag seines Todes eine Nachricht an Cade schickte, in der es heißt, etwas Schreckliches und durchaus Blasphemisches sei im Gange? Ich frage Euch jetzt, Adam von Warfield, was geht in der Abtei des Königs vor, das diesen alten und frommen Priester so sehr verstören konnte?«
Der Sakristan atmete tief aus; Corbett witterte Weindunst.
»Unser Herr, der König«, fuhr Corbett fort, »hegte eine tiefe Liebe zu Pater Benedict, und jetzt ist es an mir, herauszufinden, was ihm solche Sorgen machte. Und glaubt mir, ich werde meine Neugier befriedigen.«
Der Sakristan geriet in Erregung, und seine Finger flatterten über die braune Kutte. »Pater Benedict war alt«, stammelte er. »Er hat phantasiert.«
Er reckte den dürren Hals, und plötzlich sah Corbett das blaßpurpurne Mal an der rechten Seite seiner Kehle. Wie, so fragte Corbett sich, kam ein ordinierter Priester und Mönch zu einem Liebesbiß am Hals? Er schaute genauer hin und war sicher, daß es sich bei diesem Mal um keinen Schnitt und keine Schramme vom Rasieren handelte. Corbett stand auf und schaute durch das kleine rautenförmige Fenster.
»Die Schwestern von St. Martha, Bruder Adam – was wißt Ihr von denen?«
»Sie sind hingebungsvolle und fromme Damen, die sich jeden Nachmittag in unserem Kapitelhaus treffen. Sie beten, und sie tun gute Werke, vor allem bei den Huren und Prostituierten der Stadt.«

»Ihr unterstützt ihre Arbeit?«

»Selbstverständlich!«

Corbett wandte sich halb um. »War Lady Somervilles Tod ein Schock für Euch?«

»Natürlich!«

»Wenn ich recht verstanden habe, hat sie in der Wäscherei gearbeitet. Was hat sie genau getan?« Corbett schaute den Sakristan über die Schulter hinweg an und sah, wie bleich der Mann geworden war. Waren das Schweißperlen auf seiner Stirn?

»Lady Somerville hat gewaschen, und hat sich besonders um Altartücher, Mundtücher, Meßgewänder und andere liturgische Kleidung sowie um die Kutten der Brüder gekümmert.«

»Wißt Ihr, was Lady Somerville mit ihrem Ausspruch meinte: ›*Cucullus non facit monachum*‹?«

»Die Kutte macht noch keinen Mönch.« Der Sakristan lächelte dünn. »Das ist ein Satz, den unsere Feinde oft verwenden; sie wollen damit sagen, um Mönch zu sein, braucht es mehr als nur ein bestimmtes Habit.«

»Ist das wahr?« fragte Ranulf. »Und würdet Ihr zustimmen, Bruder?«

Warfield warf ihm einen verachtungsvollen Blick zu. Corbett trommelte mit den Fingern auf dem Fenstersims.

»Ihr wißt also nicht, was sie damit gemeint haben könnte?«

»Nein. Ich habe praktisch keine Beziehungen zu den Schwestern der Hl. Martha. Ich habe genug anderes zu tun. Manchmal treffe ich sie im Kapitelhaus, aber das ist auch alles.«

»Hm, hm, hm.« Corbett kehrte zur Bank zurück. »Niemand in Westminster scheint irgend etwas zu wissen. Habe ich recht, lieber Bruder? Nun, ich möchte drei Dinge sehen. Erstens Pater Benedicts Haus, zweitens die Tür zur Krypta, und drittens die Schwestern der Hl. Martha. Ihr sagt, sie versammeln sich jeden Nachmittag?«

Der Sakristan nickte.
»Dann, guter Bruder, laßt uns gehen.«
Sie verließen die Abteigebäude, und Warfield führte sie durch überwucherte Gärten in einen kleinen Obstgarten.
»Was ist denn hier los?« fragte Ranulf in vernehmlichem Flüsterton. »Das ist die Abtei des Königs und das Haus des Königs, und kein Mensch kümmert sich um irgendwas.«
»Die Schuld liegt eigentlich beim König«, sagte Corbett leise. »Er ist in Schottland zu beschäftigt, um Papst Bonifatius eindringlich um das Recht zu bitten, hier Wahlen abzuhalten. Er hat seinen Hofstaat aus Westminster abgezogen; die Krone hat kein Geld, um Maurer und Gärtner zu bezahlen. Ich glaube nicht, daß er weiß, wie schlimm die Lage hier wirklich ist. Wenn diese Angelegenheit erledigt ist, wird er Aufklärung bekommen.«
»Den anderen ist es auch gleichgültig«, ergänzte Cade. »Für die reichen Bürger ist Westminster ein Dorf, und die Bischöfe von Canterbury und London sehen nur zu gern, daß es verfällt.«
Sie kamen zwischen den Obstbäumen hervor. In einer kleinen Umfriedung, deren Zaun aber umgestürzt war, standen die geschwärzten Ruinen von Pater Benedicts Haus. Corbett ging langsam um das Gebäude herum. Es war nicht aus Fachwerk, sondern aus behauenen Steinen erbaut; sonst wäre davon nichts als ein Haufen Asche übriggeblieben. Corbett betrachtete das holzgerahmte Fenster, das hoch in der Wand lag, sicher mannshoch über dem Gemüsegarten.
»Das ist das einzige Fenster?« fragte er.
»Ja.«
»War es ein Strohdach oder ein Ziegeldach?«
»Oh, es war mit roten Ziegeln gedeckt.«
Corbett ging zur Haustür, die immer noch schief an den stählernen Angeln hing. Sie war aus Eichenholz, etwa zwei Zoll dick und mit Eisenbeschlägen verstärkt.

»Und es gab nur diese Tür?«
»Ja! Ja!«
Corbett stieß sie auf, und sie betraten die rußgeschwärzte Ruine; der beißende Geruch von verbranntem Holz und altem Qualm ließ sie die Nase rümpfen.
Das Innere des Hauses war völlig ausgebrannt, die einst weißgekalkten Wände schwarz verrußt. Der gemauerte Herd am hinteren Ende zerfiel zu bröselnden Steinen.
»Ein einfaches Haus«, murmelte Corbett. »Pater Benedicts Bett muß dort hinten in der Ecke gestanden haben, neben dem Kamin. Stimmt's?«
Warfield nickte.
»Wahrscheinlich hat er hier gegessen, geschlafen und studiert?«
»Ja, Master Corbett. Es gab nur dieses eine Zimmer.«
»Und auf dem Fußboden?«
»Wahrscheinlich Binsenstreu.«
Corbett ging in die nächste Ecke und stocherte in der Asche auf dem Boden. Er hob ein wenig verkohltes Reisig auf und zerrieb es zwischen den Fingern. Ja, das waren Binsen; wahrscheinlich waren sie sehr trocken gewesen und dürften deshalb leicht Feuer gefangen haben.
Er trat in die Mitte des Raumes und betrachtete die Wand unter dem Fenster, wo das Feuer heftig gebrannt hatte; der Fensterrahmen war zu schwarzer, fedriger Asche verkohlt. Die Flammen hatten tiefe, schwarze Male in der Wand hinterlassen und auf dem Boden alles in pulvrigen Staub verwandelt. Corbett ging zum Kamin und zu den Überresten des Holzbettes. Eine Zeitlang blieb er dort stehen, ohne sich um das ungeduldige Murren seiner Gefährten zu kümmern, und scharrte mit dem Stiefel in der Asche.
»Bring mir einen Stock, Ranulf!«
Der Diener lief hinaus in den Obstgarten und kam mit einem

langen Eibenholzzweig zurück, den er mit seinem Dolch glattgestutzt hatte. Corbett fing an, damit in der Asche herumzustochern, und bohrte auch in der festgestampften Erde herum. Dabei blieb er auf einer Linie, die vom Bett zum Fenster führte, und dann kam er zur Tür, wo die anderen standen.

»Pater Benedict wurde ermordet«, erklärte er.

Der Sakristan schnappte nach Luft.

»O ja, Bruder Adam. Erzählt mir noch einmal, was passierte, als Ihr versuchtet, die Flammen zu löschen.«

»Nun, wir konnten nicht an die Tür herankommen, weil die Hitze so stark war. Wir schleuderten eimerweise Wasser an die Mauern und durch das Fenster. Etwas anderes konnten wir nicht tun.«

»Und dann?«

»Die Flammen erloschen, und wir brachen die Tür auf.«

»Sie war noch verschlossen?«

»Ja, aber sie hing lose in den Angeln.«

»Und dann fandet Ihr Pater Benedicts halbverkohlten Leichnam.«

»Gleich hinter der Tür, und die tote Katze lag neben ihm.« Der Sakristan schüttelte den Kopf. »Aber ich sehe nicht ein, wieso er ermordet worden sein soll. Die Tür war verschlossen, und es gab nur einen Schlüssel. Pater Benedict dürfte ja kaum jemandem die Tür geöffnet haben, damit dieser hereinkommen, ein Feuer anzünden, weggehen und die Tür hinter sich abschließen konnte!« Der Sakristan lächelte triumphierend, als habe er soeben einen Syllogismus von brillanter Klarheit vorgetragen.

»Der Mörder war nicht im Haus«, antwortete Corbett. »Wenn das Feuer in der Nähe des Herdes ausgebrochen wäre, dann wären die Flammen dort am wildesten gewesen. Aber seht Euch die Wand unter dem Fenster und die Wand gegenüber an. Beide sind stark angekohlt, und der Boden dazwischen ebenfalls. Das Feuer ist in der Mitte des Zimmers ausgebrochen. Folgendes ist passiert: Jemand hat einen Krug oder einen Schlauch mit Öl durch das Fenster ins Haus geworfen, sehr reines Öl, weil das schwer zu entdecken ist. Der Krug oder Schlauch zerbarst, ein Kienspan oder eine Kerze flog hinterher, und die trockenen, ölgetränkten Binsen verwandelten sich in ein tobendes Inferno.«

»Natürlich!« rief Cade. »Deshalb konnte die Katze nicht zum Fenster hinaus. Es war zu hoch, und der Boden darunter war glatt von Öl.«

»Und die andere Wand«, fügte Ranulf hinzu, »ist stark verbrannt, weil der Wind vom Fenster die Flammen dort hinüberwehte.«

»Unsinn!« rief der Sakristan.

»Nein«, antwortete Corbett. »Ich habe den Boden unter den Binsen in der Mitte des Hauses untersucht. Da ist nichts als festgestampfte Erde, aber der Lehmboden ist ölfleckig und stellenweise weniger verbrannt.«

»Aber Pater Benedict hat doch die Tür erreicht«, protestierte der Mönch.

»O ja«, erwiderte Corbett. »Der Aufschlag des Ölbehälters auf dem Fußboden und das Tosen der Flammen dürften ihn geweckt haben. Er nimmt seinen Mantel und den Schlüssel, der neben dem Bett liegt, packt die Katze und läuft zur Tür.«

»Und was ist mit der Flammenwand, die quer durch den Raum geht?«

»Es hat sicher heftig gebrannt, aber das Feuer war wahrscheinlich noch nicht voll entfacht. Pater Benedict dürfte vom Mut der Verzweiflung getrieben worden sein; er mußte hindurch, bevor die Flammen bis zum Dach hinaufschlugen.«

»Und woher wißt Ihr, daß der Schlüssel nicht im Schloß steckte?« fragte Cade.

»Weil Pater Benedict dann überlebt und der Mörder sich einen anderen Plan ausgedacht hätte.« Corbett warf einen Blick nach dem Schwertgurt des Untersheriffs. »Euer Dolch, Master Cade, ist nach der italienischen Mode dünn und schmal. Kann ich ihn ausborgen?«

Achselzuckend reichte Cade ihn herüber.

»So«, sagte Corbett. »Würdet Ihr bitte alle draußen warten? Und du, Ranulf, hältst bitte die Hand unter das Schlüsselloch.«

Corbetts Gefährten verließen einigermaßen verwundert das Haus. Corbett stemmte die Tür zu und hielt sie mit einer Hand fest, bevor er Cades dünnes Stilett ins Schlüsselloch stieß. Erst kam er nicht hinein, doch dann drückte er behutsam, bis er Ranulf draußen überrascht aufschreien hörte. Der Sekretär zog die Tür auf und gab den Dolch zurück.

»Nun, Ranulf, was hast du da?«

Sein Diener zeigte ihm ein dünnes Stück halbverbranntes Holz, lang und abgerundet, wie von einem Tischlermeister bearbeitet.

»Seht Ihr«, folgerte Corbett, »der Mörder wußte, wo Pater Benedict seinen Schlüssel aufbewahrte. In der Nacht, als er den Priester ermordete, schob er dieses Stück Holz ins Schlüsselloch, und ging dann leise zum Fenster, warf das Öl hinein, zündete es an und verschwand. Pater Benedict erreicht die Tür, vom Feuer umschlossen. Er will den Schlüssel ins Schloß schieben, aber es geht nicht. Er zieht ihn heraus, versucht es vielleicht noch einmal, doch es ist zu spät.« Corbett schaute den Sakristan an. »Vorher konnte das Hölzchen nicht dagewesen sein, denn sonst hätte Pater Benedict die Tür nicht hinter sich abschließen können. O nein, Master Sakristan – Pater Benedict wurde kaltblütig ermordet. Und ich gedenke herauszufinden, warum und von wem.«

Corbett drehte sich um, denn er hörte Schritte. Ein kleiner, fetter Mönch kam zwischen den Obstbäumen hervor und auf das Priesterhaus zu; sein teigiges Gesicht war in tiefe Falten gelegt, die ihn ebenso sorgenvoll wie wichtigtuerisch aussehen ließen.

»Bruder Warfield! Bruder Warfield!« plapperte er. »Was ist hier los?« Er blieb stehen, und sein Kopf wippte zurück wie bei einem kleinen Sperling; er schürzte die Lippen und blickte mit kleinen schwarzen Augen flink in die Runde. »Wer sind diese Leute? Braucht Ihr Hilfe?«

»Nein, Bruder Richard«, antwortete Warfield.

Der rundliche Mönch schob die Daumen hinter die troddelgeschmückte Kordel um seinen Leib. »Nun«, rief er und schaute die anderen an, »das glaube ich aber doch!«

»Verschwinde, kleiner Mann!« sagte Ranulf. »Das hier ist Sir Hugh Corbett, Bewahrer des Geheimsiegels und Sonderbeauftragter des Königs!«

»Tut mir leid, tut mir sehr leid«, stammelte der dicke Mönch und schaute Warfield flehentlich an.

»Keine Angst, Bruder Richard.« Der Sakristan schlug ihm heftig auf die Schulter. »Hier ist alles in Ordnung.« Warfield lächelte Corbett an. »Bruder Richard ist mein Gehilfe und tut überaus eifrig seine Pflicht.«

»Gut«, versetzte Corbett knapp. »Dann könnt Ihr mir ja beide den Eingang zur Krypta zeigen.«

Er wandte sich ab, aber er sah noch, wie Warfield und sein dicker Gehilfe rasch einen warnenden Blick wechselten.

FÜNF

Adam von Warfield führte sie hinüber zur Abteikirche; die steinernen Säulen und Gänge erstreckten sich vor ihnen in Grabesstille. Die Luft roch muffig, und der bittersüße Geruch von Weihrauch und verrottenden Blumen drang Corbett in die Nase. Die Schattenflecken wurden von aufstrahlendem Sonnenlicht durchbrochen, das durch Buntglasfenster hoch oben in den Wänden fiel. Sie gingen durch ein Querschiff, und ihre Schritte klangen hohl; sogar ihr Atem schien in den endlosen Höhen des Deckengewölbes widerzuhallen. Endlich kamen sie zum südlichen Querschiff, das von einer mächtigen, mit Stahlbändern und eisernen Nägeln verstärkten Eichenholztür versperrt war. Wo die Tür an den Rahmen stieß, war der Spalt mit großen Klecksen von scharlachrotem Wachs versiegelt, die den Abdruck des Schatzkanzlersiegels trugen. Die Tür war mit drei Riegeln verschlossen, von denen jeder wiederum mit zwei Vorhängeschlössern gesichert war.

»Für jedes Schloß«, erklärte Adam von Warfield, »gibt es zwei Schlüssel. Den einen hat der König, den anderen der Bürgermeister.« Er deutete auf das Schlüsselloch. »Auch das ist versiegelt.«

Corbett hockte sich nieder und betrachtete die große, purpurrote Wachsscheibe, die vom Kanzler besiegelt worden war. Er untersuchte alles genau.

»Nichts ist gebrochen«, sagte er. »Aber was ist, wenn der König hineinwill?«

»Das habe ich mich auch schon gefragt«, sagte Cade. »Die

Herren der Schatzkanzlei haben es unmißverständlich gesagt: Die Tür darf nicht geöffnet werden, wenn der König nicht selbst zugegen ist. Bisher hat er genug Silber und Gold, und wenn er mehr braucht, wird er Barren schmelzen, die noch im Tower lagern.« Cade verzog das Gesicht. »Der Frieden mit Frankreich«, ergänzte er, »führt dazu, daß der König diesen Schatz nicht anzugreifen braucht.«

Corbett nickte. Alles machte einen sicheren Eindruck, und was Cade sagte, rief eine Erinnerung an den Hofklatsch wach: Beamte des Schatzamtes hatten sich ihm gegenüber gebrüstet, noch habe der König keine Silberteller einschmelzen müssen, um seine Soldaten zu bezahlen.

Er klopfte an die Tür.

»Und dahinter ist die Treppe?«

Adam von Warfield seufzte genervt. »Ja, und sie ist zertrümmert. Wer versuchen wollte, die Tür aufzubrechen, würde bald entdeckt werden. Ihr sagtet, Ihr wolltet die Schwestern der Hl. Martha sehen?«

Und ohne eine Antwort abzuwarten, führten der Sakristan und Bruder Richard die drei zur Abteikirche hinaus in den Kreuzgang. Ein viereckiger Säulengang umgab den Garten, eine grüne Insel aus saftigem Gras mit einem Springbrunnen in der Mitte, den die Vögel zwitschernd umschwirrten. Durch eine kleine Tür und weitere Gänge gelangten sie in den Kapitelsaal.

Corbett hörte Stimmengemurmel, das verstummte, als sie über die Schwelle traten. Drinnen blinzelte er. Die Fensterläden waren zwar nicht geschlossen, aber es war doch dunkel im Raum, und Kerzen leuchteten in verschatteten Nischen und auf dem Eichentisch, an dem eine Gruppe von Frauen saß. Corbett spürte eine Atmosphäre von Trauer, als sie alle zu reden aufhörten und zu ihm herüberschauten. Erst waren sie verschwommen und im schlechten Licht nicht genau zu erkennen, und so spähte er genauer hin. Alle Frauen trugen dunkelblaue Hauben, die mit goldenen Schnüren gehalten wurden. Ihre Kleider und Kittel waren von unterschiedlicher Farbe, aber darüber trugen sie Wappenröcke, die zur Haube paßten. Er bemühte sich, die Wappen, die darauf abgebildet waren, zu erkennen, und erkannte die Gestalt Christi und eine Frau, die neben ihm kniete – vermutlich die hl. Martha. Unter dem Tisch schimmerten bloße Fußknöchel, und er begriff, daß diese Damen, so hochwohlgeboren sie auch sein mochten, es ganz wie manche vornehme Witwen hielten, die in ihrem geistlichen Leben einer klösterlichen Regel folgten. Befangen hörte er, wie seine eigenen Stiefel auf dem Holzfußboden dröhnten, als er seine Begleiter durch den Raum führte. Er merkte allerdings, daß Cade und die beiden Mönche sich zurückhielten, als wollten sie sich am liebsten verstecken.

»Glaubt Ihr, die kleiden sich immer so?« wisperte Ranulf.

»Das bezweifle ich«, antwortete Corbett leise. »Nur bei ihren Zusammenkünften.«

»Warum tuschelt Ihr? Was sucht Ihr hier?« Eine alte, weißhaarige Lady am Kopfende des Tisches stand auf und hielt eine Hand hinters Ohr. Sie stellte die Frage noch einmal, und eine hochgewachsene Dame zu ihrer Rechten wiederholte sie ebenfalls.

»Ihr Herren, dies ist eine Versammlung unserer Schwesternschaft. Ihr habt nicht angeklopft oder um Einlaß gebeten.«

»Mylady«, antwortete Corbett, »wir sind hier auf Befehl des Königs.«

Gemurmel erhob sich unter den versammelten Damen, aber die alte Lady oben am Tisch klatschte schweigengebietend in die Hände, während die hochgewachsene Frau an ihrer Seite aufstand und durch den Saal herangerauscht kam. Corbett ließ seinen Blick rasch über den Kreis der Frauen wandern und zählte siebzehn.

»Ich bin Lady Catherine Fitzwarren«, sagte die große Frau. »Meine Oberin, Lady Imelda de Lacey, hat Euch eine Frage gestellt. Wer seid Ihr?«
Corbett musterte sie; er sah, daß graues Haar unter der Haube hervorlugte, doch die Haut in ihrem Gesicht war glatt und klar und faltenlos, und hohe Wangenknochen betonten Augen, die grau wie Schiefer waren. Nur die spröde geschürzten Lippen verliehen ihr einen säuerlichen Ausdruck.
»Nun, wer Ihr seid, weiß ich.« Lady Fitzwarren streifte die beiden Mönche mit einem verachtungsvollen Blick. »Und Ihr«, sie deutete mit einem langen, knochigen Finger auf Cade, »seid der Untersheriff, der anscheinend außerstande ist, den Schlächter der armen, unglücklichen Mädchen auf frischer Tat zu ertappen.«
Während sie sprach, schaute Corbett die Dame an, die oben am Tisch saß. Ich muß mich vorsehen, dachte er. Diese de Lacey muß mindestens siebzig sein; sie ist die Witwe eines der großen Mentoren Edwards. Und der Gemahl der Fitzwarren war einer der erfolgreichsten Generäle des Königs in Wales gewesen. Corbett holte tief Luft und warf Ranulf einen warnenden Blick zu.
»Mylady.« Er trat vor. »Ich bin Sir Hugh Corbett, Bewahrer des Geheimsiegels und oberster Sekretär der Staatskanzlei.«
Lady Catherine streckte Corbett sofort ihre weiße, schmale Hand entgegen, damit er sie küssen könnte, was der Sekretär auch tat, ohne auf Ranulfs unterdrücktes Kichern zu achten. »Der König hat mich selbst hergeschickt, damit ich den Tod von Lady Somerville und der anderen Unglücklichen, die Ihr erwähnt habt, untersuche«, stammelte er.
»Nun, Sir Hugh«, blaffte sie, »dann seid Ihr willkommen. Aber brauchen wir tatsächlich die Mönche hier?«
Adam von Warfield und Bruder Richard benötigten keine

zweite Aufforderung; wie verängstigte Kaninchen flüchteten sie aus dem Raum.

»Nun?« Lady Catherine wandte sich mit gekünsteltem Lächeln um. »Wir brauchen noch ein paar Stühle.« Sie klatschte in die Hände, und Dienerinnen, die in einer dunklen Fensternische saßen, beeilten sich, ihrem Befehl nachzukommen. Corbett mußte sich bemühen, keine Miene zu verziehen, als die Frauen murmelnd und ächzend drei hochlehnige Stühle von der Wand zum unteren Ende des langen, ovalen Tisches schleiften. Er befahl Ranulf und Cade, ihnen zu helfen. Lady Catherine schwebte zu ihrem Platz zurück, und die drei Männer nahmen befangen Platz.

»Vielleicht ist es das Beste«, verkündete die alte Lady de Lacey mit überraschend klarer Stimme, »wenn wir dem Sonderbeauftragten des Königs« – die Worte hatten einen sarkastischen Unterton – »etwas über die Schwestern der Hl. Martha erzählen. Wir sind eine Gruppe von Laienfrauen«, fuhr sie mit kräftiger Stimme fort, »Witwen, die dem Ratschlag des hl. Paulus folgen und sich nun guten Werken widmen. Wir geloben dem Bischof von London feierlich Gehorsam, und unsere Arbeit führt uns zu den Frauen auf den Straßen und Gassen der Stadt. Frauen« – ihre Augen richteten sich auf Corbett wie zwei Nagelbohrer –, »die ihren Körper verkaufen müssen, um die schmutzige Lust der Männer zu befriedigen.« Sie schwieg und starrte Corbett an, als sei er persönlich verantwortlich für jede einzelne Hure in London.

Corbett biß sich auf die Unterlippe, um das Lächeln zu unterdrücken. Ranulf senkte den Kopf und bekam unter dem Tisch einen Tritt.

»Ranulf, wenn du lachst«, zischte Corbett aus dem Mundwinkel, »dann breche ich dir eigenhändig den Hals!«

»Was sagt Ihr? Was?« Lady de Lacey legte wieder die Hand hinters Ohr.

»Nichts, Mylady. Ich wollte mich nur vergewissern, ob mein Diener die Pferde ordentlich untergebracht hat.«

Die alte Frau klopfte mit einem kleinen Hammer auf den Tisch.

»Ihr werdet zuhören, verdammt, wenn ich mit Euch rede!«

Corbett faltete die Hände und klemmte die Unterlippe fest zwischen die Zähne, während er sich an die Geschichten über Lady de Lacey erinnerte; sie war mehrmals mit ihrem Gemahl ins Feld gezogen und scheute sich nicht, eine Sprache zu benutzen, die selbst abgehärtete Söldner zum Erröten gebracht hätte. Er warf rasch einen Blick in die Runde. Außer Lady Catherine Fitzwarren hatten erstaunlicherweise alle Platz genommen und saßen gesenkten Hauptes da; einige Schultern bebten allerdings, und Corbett sah mit Erleichterung, daß er nicht der einzige war, der die Situation komisch fand. Regungslos blieb er sitzen, während Lady Imelda die Schilderung der Ordensarbeit mit ätzenden Worten vollendete.

»Am Ende dieser Versammlung, und erst dann«, verkündete sie herrisch, »wird unsere Subpriorin, Lady Catherine, Euch helfen. Sie und ihre Gefährtin, Lady Mary Neville.« De Lacey schnippte mit den Fingern und deutete über den Tisch auf eine der Frauen, die daraufhin den Kopf hob und sie anschaute.

Corbett und Ranulf betrachteten die zierlichen, olivhäutigen Züge der Lady Mary. Ranulf brauchte nur einen Blick in die dunkelblauen Augen zu werfen, und gleich schluckte er, denn der Hals wurde ihm trocken und das Herz schlug schneller. Noch nie hatte er eine solche Schönheit gesehen, und obgleich Ranulf schon viele Frauen gehabt hatte, wußte er jetzt, da er in diesem seltsamen Kapitelsaal saß, daß er sich zum ersten und vielleicht letzten Mal im Leben bis über die Ohren verliebt hatte. Die Frau lächelte sanft und wandte den Blick dann ab. Ranulf starrte sie hungrig an, und der Rest der Sitzung verlief für ihn in einem fernen Summen.

Auch Corbett betrachtete die junge Witwe, als sie sich abwandte. Das kann doch nicht sein, oder? dachte er. Nein, es konnte nicht sein! Er war erschrocken, und seine Hände wurden eiskalt. Lady Mary hatte den gleichen Vornamen, das gleiche Aussehen, die gleiche Haltung wie seine erste Frau, die vor Jahren gestorben war. Corbett konnte es nicht fassen, und vor lauter Schrecken vergaß er seine gewohnte Wachsamkeit und merkte überhaupt nicht, daß Lady Mary auf seinen Diener ganz ähnlich wirkte. Cade indessen betrachtete die beiden mißtrauisch und stieß Corbett sanft mit dem Ellbogen an.

»Ihr, Sir«, schrie Lady Imelda quer über den Tisch, »seid Ihr Master Corbett, oder seid Ihr irgendein Geck, ein schwerhöriger Bengel? Ich rede mit Euch!«

Corbett lächelte schmal und verneigte sich. »Mylady, ich bitte um Entschuldigung, aber der Ritt von Winchester hierher war anstrengend.«

Er betrachtete das alte, herrische Gesicht, die straffen Wangen, den falkenhaften Ausdruck, und widerstand dem Drang, es dieser Lady in gleicher Münze heimzuzahlen. Er zwang sich zur Konzentration, und trotz der gespenstischen Atmosphäre im Saal begann er, diese höfisch erzogenen Damen im stillen zu bewundern – die einzigen Menschen in London, die sich für die Scharen der zur Prostitution verdammten jungen Frauen zu interessieren schienen.

Die Versammlung wandte sich einer Angelegenheit nach der anderen zu. Lady Imelda beschrieb, wie sie die Stadt unter sich aufgeteilt hatten; jede hatte für ein bestimmtes Viertel zu sorgen. Sie hatten Heime eingerichtet, bei St. Mary von Bethlehem, in der Mark Lane am Tower, in Lothbury und an der Kreuzung der Night Rider und Thames Street. Sie sorgten für Geld und Kleidung, arrangierten Ehen für einige jüngere Mädchen, während andere gekleidet und gespeist wurden und ein paar Pennies bekamen, damit sie in die Dörfer und Städtchen zurückkehren konnten, aus denen sie gekommen waren.

Corbett spürte das pure Mitgefühl hinter den Schilderungen der Lady Imelda, eine echte Sorge um andere, die weniger glücklich waren als sie. Er erfuhr, daß der Orden schon seit über zwanzig Jahren bestand und daß die Damen enge Verbindungen zu den Spitälern von St. Bartholomew und St. Anthony unterhielten, wo Ärzte ihnen ihre Dienste unentgeltlich zur Verfügung stellten und Apotheker ihnen Kräuter und Arzneien zu stark verminderten Preisen überließen. So etwas war doch besser, dachte Corbett, als die hohlköpfigen Schmetterlinge bei Hofe, die sich mit Juwelen behängten, in Atlasseide kleideten, und in deren leeren Birnen kein Gedanke kreiste als der, wie wohl ihre Gesichter aussahen und wie sie sich den Bauch vollschlagen konnten.

Die Versammlung endete schließlich mit einem Gebet, und als die anderen Schwestern sich, die Männer schüchtern anlächelnd und untereinander tuschelnd, zum Gehen anschickten, führten Lady Catherine und Lady Mary sie zu einer kleinen Kammer, die an den Kapitelsaal grenzte. Lady Imelda brüllte Corbett unvermittelt ins Ohr, sie hoffe, daß der König seine Schultern warmhalte und die Kräutertränke zu sich nehme, die sie ihm schicke.

»Der König hat schon immer an Rheuma gelitten«, trompetete die alte Dame so laut, daß halb Westminster sie hören konnte. »Und als Junge hatte er ständig Schnupfen. Bei der heiligen Messe, ich wünschte, ich wäre wieder bei ihm! Mit einem guten, starken Pferd zwischen den Beinen würde ich den verfluchten Schotten schon eine Lektion erteilen!« Ihre Stimme verhallte, als die Tür sich hinter ihnen schloß.

Lady Catherine lächelte matt, aber ihre Gefährtin lehnte sich an die Wand, hielt die Hand vors Gesicht und kicherte fassungslos.
»Ihr müßt es Lady Imelda wirklich nachsehen«, sagte Lady Catherine leise, als sie sich auf Schemeln um einen wackligen, niedrigen Tisch setzten. »Sie wird stocktaub, ihre Sprache kann ganz schön drastisch werden, aber sie hat ein goldenes Herz.« Lady Catherine blies die Wangen auf. »Tja, ich fürchte, wir haben hier keinen Wein.«
Corbett zuckte die Achseln und sagte, das mache nichts. Er interessierte sich mehr für seinen Diener, der Lady Mary wie gebannt anstarrte, und er folgte Ranulfs Blick. Sie ist wirklich schön, dachte Corbett, und so sanft wie ein Reh. Dann ballte er die Fäuste im Schoß; er mußte die Vergangenheit vergessen, und er mußte Ranulf warnen: Lady Mary Neville war nicht irgendeine Dirne, mit der man tändeln und flirten konnte.
»Nun?« Lady Catherine beugte sich vor. »Was habt Ihr für Fragen, Sekretär?« Sie hüstelte und warf ihrer Gefährtin einen Blick zu. »Wir wußten, daß Ihr kommen würdet«, fuhr sie dann fort. »Der König hat uns vorbereitet. Aber Lady Imelda benimmt sich immer so.« Lady Fitzwarren strich den blauen Überwurf auf den Knien glatt. »Ihr möchtet mit uns über den Tod der Mädchen sprechen.«
»Ja, Mylady.«
»Wir wissen nichts. Oh, wir haben versucht, etwas in Erfahrung zu bringen, aber selbst unter den Frauen, mit denen wir arbeiten, gibt es keinerlei Hinweis, nicht einmal ein Flüstern, und keinen Verdacht, wer der Mörder sein könnte.« Sie fuhr sich mit der Zunge über die trockenen Lippen. »Wißt Ihr, wir kümmern uns um die Unglückseligen, die allem Anschein nach sogar von Gott verlassen sind. Natürlich glauben wir nicht, daß es so ist. Wir interessieren uns nicht für das, was sie tun oder wen sie kennen, wohin sie gehen und welche

Männer ihren Körper benutzt haben. Wir interessieren uns nicht einmal für ihre Seelen. Wir sorgen für sie als Menschen, als Frauen, die in der Falle der Armut und der Unwissenheit gefangen sind und durch leere Verheißungen falscher Reichtümer verleitet wurden. Wir glauben, wenn wir sie nur davor erretten, wird auch alles andere wieder gut.«
Corbett betrachtete die Frau. Sie war ihm rätselhaft. Sie war schroff und doch sanft, idealistisch und doch pragmatisch. Er warf einen Seitenblick auf Ranulf und wünschte, er würde aufhören, Lady Mary anzustarren, und sie würde aufhören, ihn mit diesen dunklen Rehaugen anzuschauen, die in seiner eigenen Seele solche Erinnerungen weckten.
»Ihr wißt also nichts?« fragte er.
»Nichts – kein Jota, kein Fitzelchen.«
»Lady Mary, ist das wahr?«
Corbett wandte sich um, ohne auf Lady Fitzwarrens ärgerliches Zischen zu achten. Die junge Frau räusperte sich.
»Was Lady Catherine sagt, stimmt.«
Ihre Stimme war sanft, aber Corbett hörte den rollenden Unterton, die musikalischen Spuren eines Akzents. Es klang beinahe schottisch, und Corbett erinnerte sich, daß die Nevilles eine mächtige Familie waren, der ausgedehnte Ländereien in Westmoreland und in der nördlichen Grenzmark gehörten.
»Wir wissen nichts, außer daß jemand mit einer nachtschwarzen Seele diese Unglücklichen ermordet«, sagte sie leise. »Anfangs bin ich noch zu den Beerdigungen in St. Lawrence Jewry gegangen, bei den ersten drei oder vier, aber dann habe ich aufgehört. Könnt Ihr das verstehen, Sir Hugh? Zum Ende eines Lebens muß doch sicher mehr gehören als ein schmutziges Laken, in das man eingewickelt wird, um dann wie ein Bündel mit Abfall in ein Loch in der Erde geworfen zu werden?«

Corbett dachte an das, was er vor einer Weile in der Kirche gesehen hatte, und nickte.
»Dann laßt uns von etwas anderem sprechen.« Er hielt inne, als die großen Abteiglocken zur Nachmittagsmesse zu läuten begannen; beiläufig fragte er sich allerdings, ob die Mönche sich noch die Mühe machten, ihren geistlichen Pflichten nachzukommen.
»Was gibt es sonst noch zu besprechen?« blaffte Lady Catherine.
»Lady Somervilles Tod. Sie war eine Eurer Schwestern und wurde am Montag, dem 11. Mai, ermordet, als sie Smithfield überquerte.«
»Da kann ich Euch helfen«, sagte Lady Mary. Sie beugte sich vor und legte die Hände in den Schoß. »Wir hatten am Tag ihres Todes hier eine Zusammenkunft, die am späten Nachmittag zu Ende ging. Dann verließen Lady Somerville und ich Westminster. Wir gingen zu Fuß, weil das Wetter so schön war, und waren noch in Holborn, um Patienten in St. Bartholomew zu besuchen. Lady Somerville verließ das Spital, kam aber nie zu Hause an. In den frühen Morgenstunden des nächsten Tages wurde sie ermordet aufgefunden.«
»Hegte jemand einen Groll gegen sie?«
»Nein. Sie war still, streng und in sich gekehrt. Sie hat viel Trauriges in ihrem Leben erfahren.«
»Was denn?«
»Ihr Mann ist vor vier Jahren in Schottland gefallen. Sie hatten einen Sohn, Gilbert. Ich glaube, er ist eine Enttäuschung für sie.« Lady Mary machte ein betrübtes Gesicht. »Sir Gilbert Somerville interessiert sich mehr für die Freuden des Lebens; er war für seine Mutter eine beständige Erinnerung daran, daß sein Vater in seinem Leben als General des Königs nichts erreicht hat als einen Pfeil durch den Hals.«

Corbett starrte die Wand hinter ihr an. So viele Mitspieler, dachte er. Jeder konnte der Mörder sein.
»Bevor Lady Somerville starb«, fragte er, »hat sie da irgend etwas Merkwürdiges oder Ungewöhnliches gesagt?«
»Nein«, antwortete Lady Fitzwarren spitz.
»Ach, ich bitte Euch.« Corbetts Ton wurde schroff. »Ich habe gehört, sie soll immer wieder gesagt haben: *Cucullus non facit monachum.* Die Kutte macht noch keinen Mönch.«
»O ja.« Lady Mary hob die Finger an die Lippen. »Das hat sie dauernd gesagt. Ja, noch am Tag ihres Todes hat sie es mir gegenüber wiederholt.«
»In welchem Zusammenhang?«
»Wir waren hier und sahen zu, wie die Ordensbrüder aus der Abteikirche kamen. Ich machte eine Bemerkung darüber, daß sie alle gleich aussähen und schwer auseinanderzuhalten seien, wenn sie Umhang und Kapuze tragen. Da hat sie nur diesen Satz wiederholt. Ich fragte sie, was sie damit meinte, aber sie lächelte nur und ging davon.«
»Ist das alles? Sonst nichts?«
»Doch. Doch, da war noch etwas.« Lady Fitzwarren legte eine Hand an die Wange. »In der Woche vor ihrem Tod fragte sie mich, ob ich fände, daß unsere Arbeit der Mühe wert sei. Ich wollte wissen, warum, und sie sagte: Was nützt das alles in dieser bösen Welt? Und am Freitag vor ihrem Tod – Ihr müßt Euch daran erinnern, Lady Mary – kam sie ziemlich spät hier an und sah besorgt und aufgeregt aus. Sie sagte, sie habe Pater Benedict besucht.«
»Sie hat nicht gesagt, warum?« fragte Cade.
Corbett drehte sich um, denn Lady Mary klatschte aufgeregt in die Hände.
»Oh, mir fällt etwas ein!« rief sie, und ihre Augen funkelten lebhaft. Corbett stellte fest, wie wahrhaft schön sie wurde, wenn sie die Haltung gedämpfter Frömmigkeit ablegte.

»Kurz bevor wir in St. Bartholomew ankamen, murmelte sie etwas davon, daß sie den Orden verlassen wolle. Ich erhob Einspruch, aber sie behauptete, die Abtei beherberge etwas Böses.« Lady Mary zuckte die Achseln. »Ich weiß, es klingt merkwürdig, aber das hat sie gesagt.«
»War Lady Somerville sehr stark eingebunden in Eure Arbeit?«
»Nein«, antwortete Lady Fitzwarren. »Das läßt das, was sie zu Lady Mary gesagt hat, um so merkwürdiger klingen. Wißt Ihr, Lady Somerville hatte Rheumatismus in den Beinen, und das Gehen auf der Straße bereitete ihr Schmerzen, auch wenn die Ärzte behaupteten, es sei gut für sie. Ihre eigentliche Arbeit beschränkte sich auf die Klosterwäscherei oder, genauer gesagt, auf die Gewandkammer auf der anderen Seite des Kapitelhauses. Sie war dafür verantwortlich, daß Altartücher, Mundtücher und Gewänder sauber waren.«
»Und Pater Benedicts Tod?«
»Sir Hugh«, sagte Lady Fitzwarren, »er ist bei einem Brand gestorben. Wir waren tieftraurig. Er war nicht nur unser Kaplan, sondern ein alter, sehr gütiger Priester. Warum fragt Ihr?«
»Wie war er, bevor er starb? Hat er irgendwelche ungewöhnlichen Äußerungen getan?«
»Seltsam, daß Ihr davon sprecht, Sir Hugh«, fiel Lady Mary ein. »Oh« – sie schüttelte den Kopf –, »gesagt hat er nichts, aber er war sehr still und abwesend.« Sie zuckte die Achseln. »Aber ich weiß nicht, warum. Gott schenke ihm die ewige Ruhe.«
»Ist Euch das aufgefallen, nachdem Lady Somerville ihn besucht hatte?«
»Ja, aber ich weiß nicht, worüber die beiden gesprochen haben. Lady Catherine hatte ihre eigenen Probleme, und Pater Benedict war unser Kaplan.«
Corbett erhob sich. »Meine Damen, gibt es noch etwas?«

Beide schüttelten gleichzeitig den Kopf.
»Vielleicht«, schlug Corbett vor, »könnte ich einmal etwas von Eurer Arbeit sehen.«
»Wie wäre es heute abend?« fragte Lady Catherine.
Corbett mußte plötzlich an Maeves Gesicht denken und schüttelte den Kopf. »Nein, nein, das ist unmöglich.«
»Wo arbeitet Ihr denn genau?« wollte Ranulf wissen.
»In unserem eigenen Bezirk«, antwortete Lady Mary. »In Farringdon.«
Corbett verspürte stechende Eifersucht, als er sah, wie die junge Frau Ranulf anlächelte.
»Wir halten es für das Beste«, erklärte sie, »in einer Gegend zu arbeiten, in der wir bekannt sind; dort sind wir sicher, denn wir können jederzeit auf die Unterstützung der Büttel zählen. Morgen abend vielleicht?«
Corbett lächelte und verneigte sich. »Vielleicht.«
Die beiden Frauen erhoben sich und führten sie zurück ins Kapitelhaus. Corbett warf einen mißtrauischen Blick auf seine beiden Begleiter. Cade stand in dem Ruf, ein schweigsamer Mann zu sein, aber seit er das Kapitelhaus betreten hatte, war er ganz in sich zurückgezogen, ein Schatten seiner selbst, und Ranulf hatte aufgehört, zu kichern und zu witzeln.
Als sie den leeren Kapitelsaal halb durchquert hatten, blieb Corbett stehen.
»Darf ich die Gewandkammer einmal sehen? Ihr sagtet doch, sie ist hier.«
Lady Fitzwarren führte ihn zu einer Tür an der gegenüberliegenden Wand. Corbett schaute hindurch; die Gewandkammer war nichts weiter als ein langgestreckter Raum mit Mönchskutten, Kapuzenumhängen und anderen klösterlichen Kleidungsstücken an Pflöcken, die in die Wand geschlagen waren. Auf den Borden lagen säuberlich gestapelt Altartücher, Handtücher für das Lavabo, Chorkragen, Stolen und

Meßgewänder. Corbett konnte nichts Verdächtiges entdecken, und sicher nichts, was Lady Somervilles tiefes Unbehagen erklärt hätte. Er ging hinaus, und vor dem Kapitelhaus sagte er den Damen adieu und küßte beiden die Hand. Als er sich abwendete, errötete er, denn er war sicher, daß Lady Mary seine Hand ein wenig fester gedrückt hatte, als sie es vielleicht hätte tun sollen.

Sie gingen um die Abtei herum zurück und holten ihre Pferde. Ranulf war immer noch schweigsam, aber jetzt wurde Cade gesprächig; Lady Imelda schien ihn zu faszinieren, und er brachte sogar den verschlossenen Ranulf zum Lächeln, als er anschaulich schilderte, wie die alte Edelfrau ohne Zögern ins Rathaus marschieren würde, um den Bürgermeister und die Ratsherren wegen irgendeiner Laune, die sie gerade überkam, zu drangsalieren. So stiegen sie auf die Pferde und ritten durch das nördliche Tor hinaus. Draußen auf der Straße hielt Corbett an und schaute zurück zu der dunklen Massigkeit von Westminster Abbey. Seine Fäuste ballten sich fest um die Zügel. Was lauerte da Böses in dieser großen Abtei, daß Pater Benedict und Lady Somerville einen solchen Schreck bekommen hatten? Was hatten sie gewußt, daß sie eines so gewaltsamen Todes hatten sterben müssen? Corbett schaute zu einem Wasserspeier hinauf; das steinerne Ungeheuer sah aus, als wolle es sich auf ihn stürzen.

»Wenn diese Angelegenheit erledigt ist«, meinte er, »muß der König hier einschreiten. In unserer großen Abtei ist etwas faul.«

Er zog sein Pferd herum und spornte es zum Trab. Die in Mantel und Kapuze gehüllte Gestalt, die sich in einem der Zimmer über dem Kapitelhaus verborgen hielt, sah den drei Männern nach, als sie durch Holborn davonritten. Die Gestalt hielt einen Rosenkranz umklammert; sie lächelte und zischte dann giftig wie eine Schlange.

Beim Stadthaus des Bischofs von Ely machten Corbett und seine Begleiter halt und stiegen ab. Cade verschwand, nachdem er sich mit finsterer Miene wegen anderer Aufgaben entschuldigt hatte. Corbett sah dem Untersheriff nach, als der sich nach rechts in die Shoe Lane wandte.

»Was ist los mit Cade?« fragte er sich leise. »Warum ist er so still? Was hat er zu verbergen?«

Ranulf zuckte nur die Achseln, und Corbett beschloß, weiterzureiten. Sie schoben sich in das Gedränge, das sich durch Newgate wälzte; die Straßen wurden schmaler, und die Durchfahrt war von Karren verstopft, die mit Feldfrüchten, Obst, Roggen, Hafer, roten Fleischbrocken, quakenden Gänsen und Hühnern in Holzkäfigen beladen waren. Der Lärm wurde ohrenbetäubend; mächtige Karrengäule stapften vorüber, und die Räder der Fuhrwerke rumpelten wie Donnerhall und wirbelten große Staubwolken auf. Die Luft gellte von fremdländischen Flüchen, jähem Zank, Peitschenknall und dem Klirren von Zuggeschirren. Corbett bog gleich hinter dem Stadttor links ab und führte Ranulf durch eine Gasse mit zerbrochenem Kopfsteinpflaster, das die Gosse verstopfte, die in der Mitte entlanglief. Sie kamen langsam voran, denn immer wieder taten sich breite Lücken und tiefe Schlaglöcher vor ihnen auf. Manche waren mit Reisig und Holzspänen aufgefüllt, andere aber waren Sickergruben voll nächtlicher Exkremente, die aus den Häusern zu beiden Seiten gekippt worden waren.

»Master, wo wollen wir hin?«

»Nach St. Bartholomew. Ich will in die Seele eines Mörders schauen.«

SECHS

Sie überquerten eine Straße und ritten die nächste Gasse hinunter; hier standen die Häuser noch dichter gedrängt und es war dunkel wie in der Nacht. Die Giebel der oberen Stockwerke ragten so weit in die Gasse hinaus, daß sie einander fast berührten und nicht einen Sonnenstrahl durchließen. Endlich hatten sie Smithfield erreicht, die große, offene Fläche, auf der sich immer noch die Menschen zum Pferdemarkt drängten, Reiche vor allem, die darauf brannten, bei einer Versteigerung von Berberstuten ihr Gebot abzugeben. Junge Galane trugen dicke Wämse mit breit wattierten Schultern und engen Taillen; ihre Puffärmel waren ausladende Gebilde aus Samt, Atlas und Damast, und ihre Beine steckten in enganliegenden, buntfarbigen Hosen, die ihre Waden und die stattlichen Hosenlätze besonders vorteilhaft betonten. Auf den Armen dieser Gecken ruhten die Hände von ebenso prächtigen Damen in schweren, eckig ausgeschnittenen Gobelinkleidern, die von silbernen Kordeln hochgerafft waren; sie trugen prachtvolle Hauben, die sich über sorgsam gezupften Brauen und Stirnen wölbten. Corbett mußte lächeln, als er diese Frauen mit den Schwestern der Hl. Martha in ihrer nüchternen Kleidung und den ungeschminkten Gesichtern verglich.

Sie kämpften sich durch das Gedränge, vorbei an dem großen, verkohlten Scheiterhaufen, auf dem Verbrecher verbrannt wurden, und gelangten schließlich durch den Torbogen in das Hospital von St. Bartholomew. Über einen offenen Innenhof, vorbei an Ställen, Schmieden und anderen Außen-

gebäuden, kamen sie zu der langen, hohen Gewölbehalle des Spitals, die sich parallel zur Prioreikirche erstreckte. Ein alter Soldat, der sich jetzt als Knecht verdingt hatte, räkelte sich in der warmen Nachmittagssonne und erbot sich, sie hineinzuführen. Sie gingen durch Korridore und vorbei an sauberen, gut gelüfteten Kammern mit offenen Fenstern; die Binsen, die hier auf dem Boden lagen, waren frisch und mit Kräutern bestreut. In jeder Kammer standen drei oder vier Betten, und Corbett sah kranke Männer und Frauen, deren Köpfe auf frischen Leinenpolstern ruhten. Es waren hauptsächlich unglückliche Arme aus der Stadt, die bei den Brüdern Aufnahme gefunden hatten, um hier gepflegt und geheilt zu werden oder wenigstens in Würde zu sterben.
Der alte Soldat blieb stehen und klopfte an eine Tür. Eine Stimme rief »Herein«, und Corbett und Ranulf wurden in einen karg eingerichteten Raum geschoben. Die Luft war erfüllt von dem Duft aus Töpfen und Tiegeln mit zerdrückten Kräutern und anderem Gebräu. Der Apotheker, Pater Thomas, hatte ihnen den Rücken zugewandt; er saß vornübergebeugt an einem Tisch unter dem Fenster.
»Wer ist da?« fragte er; sein Ton war gereizt, weil man ihn störte, während er mit einem kleinen, scharfen Messer eine Wurzel zerteilte.
»Wir gehen wieder, wenn wir Euch stören, Pater.« Der Mann drehte sich um. Er war ein hochgewachsener, häßlicher Mann mit überraschend freundlichem Gesicht.
»Hugh! Ranulf!« Das lange Pferdegesicht erstrahlte in einem Lächeln. Er stand auf und griff nach der Hand des Sekretärs, den er seit ihren gemeinsamen Tagen in Oxford kannte. Fest erwiderte Corbett den Händedruck.
»*Sir* Hugh jetzt, Pfaffe!«
Pater Thomas verbeugte sich spöttisch; er begrüßte auch Ranulf und erkundigte sich nach Maeve. Dann wandte er sich

noch einmal Ranulf zu und begann, ihn zu necken; doch Ranulf lächelte nur und ging, im Gegensatz zu seiner sonstigen Gewohnheit, nicht auf das Geflachse ein. Pater Thomas zog zwei Schemel heran.
»Habt Ihr Hunger?« fragte er.
»Ja«, sagte Corbett. Seit jener kleinen Schüssel Fleisch am Morgen hatte er nichts mehr gegessen, und das meiste davon hatte er auf dem Friedhof von St. Lawrence Jewry wieder von sich gegeben. Thomas ging zur Tür und schrie etwas durch den Korridor. Einige Zeit später brachte ein Laienbruder in Leinen gehüllte, frischgebackene kleine Brote und zwei Krüge, die bis zum Rand mit schäumendem Ale gefüllt waren.
»Das habe ich selbst gebraut«, verkündete Pater Thomas stolz. Corbett kostete von dem kühlen, bitteren Ale und lächelte beifällig, und auch Ranulf brummte zustimmend.
»Nun«, meinte Thomas und setzte sich ihnen gegenüber, »was kann ich für Euch tun, Hugh? Wieder ein Mord? Irgendein seltenes Gift?«
»Nein, Thomas. Ich möchte, daß Ihr mich einen Blick in die Seele eines Mörders werfen laßt. Ihr habt von den Dirnen gehört, die umgebracht wurden, und von dem Mord an Lady Somerville?«
»Ja, ja, gewiß.«
»Wie ich höre, war Lady Somerville am Abend ihres Todes noch hier?«
»Ja.«
Corbett beugte sich vor. »Und was für eine Art Mann, Pater, stellt Huren nach, schlitzt ihnen die Kehle auf und verstümmelt dann ihre Geschlechtsteile?«
Pater Thomas verzog das Gesicht. »Hugh, ich weiß, daß Digitalis auf das Herz drückt, aber wie ...?« Er schüttelte den Kopf. »Ich weiß, daß rotes Arsen in kleinen Dosen Magenbeschwerden lindert, aber wenn man eine starke Dosis verab-

reicht, reißt es einem den Magen heraus. Wie und warum, das kann ich Euch nicht sagen. Und wenn es um das Hirn, den Verstand, den Geist geht, bin ich ahnungslos.« Er holte Luft, drehte sich um, nahm einen vergilbten Totenschädel vom Tisch und hielt ihn auf der flachen Hand vor sich. »Seht Ihr, Hugh, dieser Schädel hat einmal ein Gehirn beherbergt. In meiner Hand ruht das Behältnis, dessen Inhalt einst die Macht hatte, zu lachen und zu weinen, Geschichten zu erzählen, zu singen und vielleicht göttliche Geheimnisse zu ergründen oder den Bau einer großen Kathedrale zu planen.« Pater Thomas legte den Totenkopf neben sich auf den Boden. »Als ich in Salerno studierte, habe ich arabische Ärzte gesehen, die behaupteten, der menschliche Geist, der Inhalt des Schädels, den ich Euch gerade gezeigt habe, das Wirken des Gehirns, sei ein ebenso großes Geheimnis wie die Natur Gottes.«

Er zog seine Kutte zurecht, während er sich warmredete.

»Um es unverblümt zu sagen, Hugh, diese Ärzte hatten eine ganze Reihe von Theorien. Die erste ist: Jede körperliche Krankheit geht vom Geist aus. Sie vertreten sogar die Ansicht, Menschen, die durch ein Wunder geheilt werden, haben sich in Wirklichkeit selbst geheilt. Sie weisen zudem darauf hin, daß ebenso, wie der Körper beeinflußt wird durch das, was er ißt und trinkt, auch der Geist durch das, was er erlebt, geprägt werde. Manche Menschen kommen mit gespaltenem Gaumen oder verunstalteten Gliedmaßen zur Welt. Vielleicht werden andere mit einern verwachsenen Geist geboren, mit dem Verlangen, zu töten.«

»Glaubt Ihr das, Pater?«

»Nein, eigentlich nicht.«

»Was ist dann die Erklärung für unseren Mörder?«

Pater Thomas betrachtete seine Hände. »Laßt uns einen Schritt zurückgehen. Diese Araber behaupteten, das Gehirn, der Verstand, werde durch seine eigenen Erfahrungen geformt. Wenn zum Beispiel jemand als Kind mißhandelt werde, dann werde er auch zu einem brutalen Menschen heranwachsen. Dem würden manche Priester widersprechen. Sie würden behaupten, alles Böse sei das Werk Satans.«

»Und Ihr, Pater?«

»Ich glaube, daß sich beides verbindet. Wenn einer unmäßig viel Wein trinkt« – Pater Thomas grinste Ranulf an –, »dann wird sein Bauch dick, sein Gesicht rot, sein Verstand verschwommen. Um nun die Analogie fortzusetzen: Wenn ein Geist mit Haß und Groll ernährt wird, was wird dann passieren?«

»Es tut mir leid, Pater, aber das weiß ich nicht.«

»Nun, der Mörder dieser Mädchen könnte jemand sein, der sich jegliches geschlechtliches Verlangen erfüllt hat und nun seine Macht erweitern möchte. Er benimmt sich, als hätte er die Macht über Leben und Tod.«

»Und daß er ihnen die Kehle durchschneidet, gehört dann für ihn zum Geschlechtsakt?«

»Vielleicht.«

»Aber warum die Verstümmelungen?«

»Ah.« Pater Thomas zog die Brauen hoch. »Das könnte ein Widerspruch zu meiner Theorie sein. Vielleicht ist der Mörder jemand, der seine sexuelle Potenz verloren hat oder sie nur durch einen so furchtbaren Akt überhaupt erlangen kann.« Der Pater fuhr sich mit den Fingern durch das schüttere Haar. »Ich kenne nicht alle Einzelheiten, aber ich vermute, letztere Theorie ist eher zutreffend. Euer Mörder, Hugh, haßt Frauen und vor allem Prostituierte. Er gibt ihnen die Schuld für irgend etwas, macht sie verantwortlich und fühlt sich ermächtigt, das Urteil gegen sie zu vollstrecken.«

»Also ist der Mörder ein Verrückter?«

»Ja, wahrscheinlich einer, der vom Krebsgeschwür des Hasses, das in ihm wuchert, in den Wahnsinn getrieben wurde.«
»Würde ein solcher Mensch sich denn immer wie ein Wahnsinniger benehmen?«
»O nein, ganz im Gegenteil. Solche Mörder sind von ungeheurer Gerissenheit und benutzen jede nur denkbare List und Täuschung, um den Schleier über ihre bösen Taten zu dekken.«
»Mit anderen Worten, es könnte jeder sein?«
Pater Thomas beugte sich noch weiter vor. »Hugh, Ihr könntet es sein, ich könnte es sein, Ranulf, der König oder der Erzbischof von Canterbury könnten es sein.« Der Pater sah die Verwirrung in Corbetts Gesicht. »O ja, es könnte durchaus ein Priester sein, sogar jemand, der ein scheinbar heiligmäßiges Leben führt. Habt Ihr je von dem Schlächter von Montpellier gehört?«
»Nein.«
»Vor ungefähr zehn Jahren trieb in der Stadt Montpellier in Frankreich ein ganz ähnlicher Mörder sein Unwesen. Über dreißig Frauen hatte er ermordet, bevor man ihn faßte – und wißt Ihr, wer es war? Ein Geistlicher. Ein brillanter Rechtsgelehrter der Universität. Ich will Euch keine Angst einjagen, Hugh, aber der Mörder könnte derjenige sein, von dem Ihr es ganz zuletzt vermutet.«
»Pater Thomas.« Ranulf beugte sich vor; seine Trägheit war vergessen, als er den grauenerweckenden Worten des Priesters lauschte. »Pater Thomas«, wiederholte er, »ich kann vielleicht noch verstehen, weshalb ein solcher Mann Huren ermordet. Aber warum Lady Somerville?«
Der Pater schüttelte den Kopf. »Das kann ich dir auch nicht beantworten, Ranulf, vielleicht war sie die einzige Frau, die in jenem Augenblick greifbar war.«
»Aber sie wurde nicht verstümmelt.«

»Vielleicht war der Mörder wütend, weil sie den Opfern seiner Bösartigkeit half oder weil ...«
»Oder weil ...?«
»Vielleicht wußte sie, wer der Mörder wirklich war, und mußte deshalb zum Schweigen gebracht werden.«
Corbett stellte seinen Humpen hin. »Merkwürdig, daß Ihr das sagt, Pater, denn Lady Somerville hat immer wieder einen Satz geäußert: Die Kutte macht noch keinen Mönch.«
»Ah ja, ein heutzutage weit gebrauchter Ausspruch, der ziemlich gut zu Eurer Aufgabe paßt, Hugh. Niemand ist das, was er vielleicht zu sein scheint.« Pater Thomas stand auf und zog den Strick um den Leib fester. »Was Lady Somervilles Tod angeht, kann ich Euch nicht helfen. Aber wartet.« Er ging zur Tür, rief einen Laienbruder und gab ihm leise ein paar Anweisungen. »Ich habe nach jemandem geschickt, der Euch vielleicht behilflich sein kann. Doch jetzt sagt mir, Hugh, was haltet Ihr von meinem Ale?«
Sie waren mitten in einer Debatte über die Braukunst, als sie durch ein Klopfen an der Tür unterbrochen wurden. Ein junger Mönch mit aschblondem Haar und frischem Gesicht kam herein.
»Ah, Bruder David.« Pater Thomas machte alle miteinander bekannt.
Der Mönch lächelte Corbett an; die Zahnlücken in seinem Mund ließen sein sommersprossiges Gesicht noch jungenhafter aussehen. »Sir Hugh, wie kann ich Euch helfen?«
»Bruder, am Montag, dem 11. Mai, waren zwei Frauen hier, Schwestern vom Orden der Hl. Martha: Lady Somerville und Lady Mary Neville.«
»O ja. Sie wollten zwei Kranke besuchen, Frauen, die wir hier aufgenommen hatten.«
»Und was geschah?«
»Sie blieben ungefähr eine Stunde. Dann sagte Lady Somer-

ville, sie müsse gehen. Lady Mary versuchte, sie aufzuhalten und erbot sich, sie nach Hause zu begleiten, aber die ältere, Lady Somerville, lehnte ab. Ihr werde schon nichts zustoßen, meinte sie. Dann ging sie, und das war alles.«
»Und wann ist Lady Mary Neville gegangen?«
»Kurz danach.«
»Und welchen Weg hat sie genommen?«
Der junge Bruder lächelte. »Sir Hugh, da kann ich Euch nicht weiterhelfen.«
Corbett dankte ihm, und Bruder David war halb draußen, als er sich noch einmal umdrehte.
»Ich habe von dem Mord an Lady Somerville gehört«, sagte er. »Ihre Leiche wurde vor dem Schafott in Smithfield gefunden?«
»Ja, das stimmt.«
Der Mönch deutete mit dem Kopf zum Fenster. »Es wird dunkel, und der Pferdemarkt ist zu Ende. Wenn Ihr wollt – und vielleicht hilft es Euch ja –, es gibt da einen Bettler, einen halb verrückten Mann, der seine Beine im Krieg für den König verloren hat. Nachts schläft er unter dem Schafott, denn da fühlt er sich sicher.« Der junge Mönch zuckte die Achseln. »Kann sein, daß er etwas gesehen hat. Ich habe ihn einmal abends gehört, als er am Tor der Priorei vorbeikam; da schrie er, daß der Teufel in Smithfield umgehe. Ich habe ihn gefragt, was er damit meint, aber er lebt in seiner eigenen Welt. Er behauptet immer, Visionen zu haben.«
Der junge Mönch schloß die Tür hinter sich, und Corbett schaute erst Pater Thomas, dann Ranulf an.
»Es läuft einem eiskalt den Rücken herunter«, sagte er leise. »Jeder könnte der Mörder sein; aber aus irgendeinem Grund glaube ich, daß Lady Somervilles Tod der Schlüssel zum Ganzen ist.«
Sie verabschiedeten sich von Pater Thomas. Corbett machte

noch einen Abstecher ins Spital, zu den verwelkten alten Vetteln, denen am Abend des 11. Mai der Besuch der Damen Neville und Somerville gegolten hatte. Aber die beiden erwiesen sich als schwachsinnig; ihr Verstand war irr und ihre Rede wirr, und so ließ Corbett sie bald in Ruhe.

Im Hof des Spitals zog er seinen Mantel zurecht und sah Ranulf an, der immer noch einen bedrückten und gedankenverlorenen Eindruck machte.

»Ranulf«, sagte er mit leichtem Spott, »was hast du denn?«

»Nichts, Master.«

Corbett hakte sich bei seinem Gefährten unter und zog ihn zu sich heran. »Komm schon, Mann – du bist ja schweigsam wie eine Nonne!«

Ranulf riß sich los, trat beiseite und schaute in die zunehmende Dunkelheit hinauf. Der Himmel verfärbte sich in der untergehenden Sonne, und ein leichter Wind wehte die verhallenden Geräusche der Stadt zu ihnen herüber.

»Etwas gäbe es schon«, brummte er. »Aber darüber will ich nicht reden.«

»Das ist doch nicht alles.«

Ranulf seufzte. »Vielleicht werde ich alt, Master. Ich gehe in die Schenken, betrinke mich, tobe mich aus. Ich pflege vertraulichen Umgang mit Mädchen von der Sorte, wie der Mörder sie hingemetzelt hat. Ich sehe, wie ihre Augen fröhlich blitzen. Ich necke sie und bezahle sie mit Gold.« Er blies die Wangen auf. »Und jetzt sehe ich ihr Leben von einer anderen Seite, und ...«

»Und?«

»Was mir wirklich Angst macht, Master, ist das, was Pater Thomas gesagt hat. Der Mörder kann jeder sein. Wenn wir beide nicht in Winchester gewesen wären, stünden wir wie jeder andere Mann in der Stadt unter Verdacht. Dazu gehört übrigens auch unser Freund Alexander Cade.«

Corbetts Miene verhärtete sich. »Was meinst du damit, Ranulf?«

»Nun, Cade ist ein guter Justizbeamter. Er ist unbestechlich. Er ist gründlich und rücksichtslos. Warum also war er in der Abtei so still? Und in St. Lawrence Jewry habe ich bemerkt, daß er das Totenhaus rasch wieder verlassen und seinen Abstand gehalten hat. Vielleicht irre ich mich, Master, aber ich stimme Euch zu: Er hat etwas zu verbergen.«

»Ich vermute, jeder hat etwas zu verbergen«, sagte Corbett. »Du hast gehört, was Pater Thomas gesagt hat. Wir haben es mit einem Mann zu tun, der zwei Leben führt. Ein aufrechtes Leben bei Tag, aber in der Nacht kriecht er durch Straßen und Gassen und denkt wie vom Teufel besessen an Mord. So, Ranulf, und jetzt halte dir die Nase zu und stähle deinen Magen. Es wird Zeit, daß wir das Schafott aufsuchen.«

Sie verließen die Priorei und überquerten das verlassene Marktgelände von Smithfield. Ein paar Leute trödelten noch herum: Ein Pferdehändler, der verzweifelt versuchte, zwei alte Mähren zu verkaufen, die so erschöpft aussahen, daß sie kaum noch stehen konnten; ein Höker, dessen Apfelfaß beinahe leer war; zwei Jungen, die eine aufgepumpte Schweinsblase hin und her traten, derweil ein Betrunkener an einer der Ulmen lehnte und ein unanständiges Lied grölte. Es wurde immer dunkler. Sie kamen an der Stelle vorbei, wo die Straftäter verbrannt wurden, und stiegen den sanften Hang hinauf zu dem großen, dreiarmigen Galgen, der oben stand. Der Abendwind trug ihnen den bittersüßen Geruch der Verwesung entgegen. Sofort hoben Corbett und Ranulf den Mantelsaum hoch, um Mund und Nase zu bedecken, denn im Dämmerlicht sahen sie die Leichen, die dort noch an den Stricken baumelten. Corbett befahl Ranulf, stehenzubleiben, und ging voraus, um sich umzuschauen. Er vermied es, zu den schlaff herabhängenden Köpfen hinaufzuschauen, und versuchte, auch die aufgedunsenen Bäuche und die nackten, ausgestreckten Füße zu ignorieren, die so aussahen, als wollten sie immer noch zur Erde zurück. Er umrundete das gesamte Schafott: Nichts. Aber dann hörte er Holzbretter klappern, und blieb wartend stehen. Eine sonderbar aussehende Kreatur kam den ausgetretenen Weg zum Schafott herauf. In der Dämmerung wirkte der Mann wie ein Zwerg, in Lumpen gehüllt. Er hielt inne, als er Ranulf sah, streckte die Hand aus und bettelte um ein Almosen. Dann erblickte er Corbett, der zielstrebig den Weg herunter auf ihn zukam. Die Hand fiel herab, und der Kerl drehte sich um, flink wie ein Kaninchen, trotz der Bretter, die an seine Kniestümpfe gebunden waren.

»Nicht weglaufen!« rief Corbett.

Ranulf packte den Mann bei der Schulter. Der Bettler wimmerte, und sein verzerrtes, runzliges Gesicht verzog sich in jämmerlichem Flehen.

»Um der Barmherzigkeit willen, laßt mich gehen!« weinte er. »Ich bin nur ein armer Bettler!«

Corbett kam heran und hockte sich vor ihm nieder. Er schaute in die funkelnden, halb irren Augen und sah die unrasierten Wangen und das Kinn und die Speichelfäden, die sich zu beiden Seiten des Mundes herabzogen.

»Du kommst jeden Abend hierher, nicht wahr?«

Der Kerl wehrte sich immer noch gegen Ranulfs Hand.

»Wir wollen dir nichts tun«, fügte Corbett beschwichtigend hinzu. »Wirklich nicht.« Er streckte die Hand aus, und der Bettler erblickte ein paar Pennies und zwei Silbermünzen. Der Mann entspannte sich und fing an zu grinsen.

»Ihr meint es gut mit mir«, sagte er. »Ihr wollt dem alten Ragwort helfen.«

Er wiegte sich auf seinen hölzernen Brettern vor und zurück, und Corbett war unbehaglich zumute, als rede er mit jemandem, der halb in der dunklen Erde vergraben war.

»Ihr wollt mir nichts tun«, wiederholte der Kerl, und Corbett sah, wie eine schmutzige Hand nach den Münzen griff.
»Sie gehören dir«, flüsterte er, »wenn du uns erzählst, was du gesehen hast.«
»Ich sehe Visionen«, antwortete der Bettler, gefaßter jetzt, und ließ sich niedersinken, nachdem Ranulf ihn losgelassen hatte. »Ich sehe, wie der Teufel umhergeht. Deswegen verstecke ich mich bei den Toten. Sie beschützen mich. Manchmal spreche ich mit ihnen. Ich erzähle ihnen, was ich weiß und was ich sehe, und manchmal sprechen sie auch mit mir. Dann sagen sie, wie leid ihnen alles tut.« Der Kerl grinste verschlagen. »Nie bin ich allein. Nicht mal im Winter.« Er deutete zu den Lichtern von St. Bartholomew. »Wenn die Sonne geht, gehe ich auch. Manchmal schlafe ich in den Kellern, aber da sehe ich keine Visionen.«
»Was hast du denn gesehen?« fragte Corbett beharrlich. »In der Nacht, in der die alte Lady gestorben ist?«
Der Bettler kniff die Augen zusammen. »Jetzt hab ich's vergessen.«
Münzen gingen von einer Hand zur anderen.
»Nun fällt es mir wieder ein!« schrie er, daß es Corbett in den Ohren gellte.
»Pst!« Corbett hielt den Finger an die Lippen. »Erzähl's mir, und das restliche Geld ist dein.«
Ragwort verrenkte den Hals und deutete mit dem Kopf zum Schafott hinüber. »Ich sitze so da und rede mit meinen Freunden.«
Corbett begriff, daß er die Toten meinte, die da am Galgen hingen.
»Und da plötzlich hör ich Schritte und sehe eine Gestalt, die aus dem Dunkeln herankommt. Es ist die Frau.«
»Und dann?«
»Dann hör ich noch andere Schritte.«

»Wie klangen sie?«
»Oh, schwer. Der Teufel ist schwer, wißt Ihr.«
Corbett warf Ranulf einen entnervten Blick zu. Der Bettler war halb wahnsinnig, und der Sekretär fragte sich, wieviel von dem, was er da redete, die Wahrheit war, und wieviel seiner fiebrigen Phantasie entspringen mochte.
»Was geschah weiter?« fragte er.
»Ich weiß, da kommt der Teufel«, berichtete Ragwort. »Ich will die Frau warnen, aber sie bleibt stehen. Sie schaut ins Dunkel zurück und ruft: ›Wer ist da?‹ Der Teufel kommt näher, und die Frau sagt: ›Ach, du bist es.‹«
»Sag das noch einmal.«
»Die Frau sagt: ›Ach, du bist es.‹«
»Und dann?«
»Der Teufel kommt heran. Ich höre ein Messer sausen, und der Teufel ist weg.«
»Wie sah der Teufel aus?«
»Oh, er trug einen Mantel und große schwarze Sandalen an seinen knorrigen Füßen.«
»Sandalen?« rief Corbett und sah Ranulf an. »Einer unserer Mönchsfreunde!«
»O nein!« widersprach der Bettler. »Es war Satan, der Höllenfürst, denn er flog davon, und seine mächtigen Fledermausflügel flatterten in der Nachtluft.«
Corbett seufzte und gab ihm die restlichen Münzen.
»Zu schön, um wahr zu sein«, knurrte er. »Komm, Ranulf, wir haben genug gehört.«
Corbett und Ranulf kehrten durch die dunkle Stadt zur Bread Street zurück. Sie fanden den Haushalt in Aufruhr. Maltote war zurückgekehrt, und er und Ranulf fielen einander um den Hals wie zwei lange getrennte Brüder. Corbett verdrehte die Augen; er küßte Maeve und die kleine Eleanor, die mit großen, aufgeregten Augen zu ihm aufblickte, und dann ging

er die Treppe hinauf in seine Schlafkammer. Maeve folgte ihm mit einem Becher Wein und setzte sich neben ihn aufs Bett.

»Es ist dunkel da draußen«, sagte Corbett müde. Er schaute zum vergitterten Fenster hinüber. »Dunkel wie in der Hölle«, fügte er hinzu. »Da geht etwas Böses um, etwas Widerwärtiges, Viehisches. Es ist keine menschliche Bosheit, nicht wie bei de Craon, der die Macht liebt, oder bei Edward, der gern der neue Justinian des Abendlandes wäre.« Corbett griff nach dem Handgelenk seiner Frau. »Du darfst nicht mehr allein ausgehen, schon gar nicht bei Nacht, bis diese Sache aufgeklärt ist!«

Er stellte den Weinbecher weg, umarmte seine Frau und küßte sie sanft auf den Hals, aber als er aufblickte, drängte die Dunkelheit immer noch ans Fenster.

Corbett stand zeitig am nächsten Morgen auf und frühstückte im Küchenvorraum. Dann sagte er Griffin, der in der Küche herumstolperte, er wolle nicht gestört werden, und begab sich in seine kleine Schreibstube im hinteren Teil des Hauses. Er holte ein kleines Stück Pergament hervor, glättete es mit einem Bimsstein und fing an, alles, was er wußte, in einer Liste zusammenzufassen.

Erstens: Sechzehn Prostituierte waren ermordet worden. Jeden Monat war eine gestorben, meistens am dreizehnten. Alle waren auf die gleiche Art umgebracht worden: Man hatte ihnen die Kehle durchgeschnitten und sie körperlich verstümmelt. Die meisten waren in der eigenen Wohnung gestorben, die letzte allerdings in einer Kirche. Corbett nagte am Ende seines Federkiels. Was wußte er sonst noch? Cade zufolge waren die Opfer alle jung gewesen, Kurtisanen eher als gemeine Straßendirnen. Warum suchte der Mörder sich nur diese aus und nicht die alten Vetteln und die Huren mit den rotgefärbten Haaren, die in den stinkenden Gassen schliefen? Corbett legte den Kopf in den Nacken. Wenn die meisten zu Hause ermordet worden waren, mußten sie ihrem Mörder die Tür geöffnet haben; sie hatten ihn hereinkommen lassen, und folglich mußte es jemand sein, dem sie vertraut hatten. Und wer konnte das sein? Ein Reicher? Ein Kunde, den sie alle gemeinsam hatten? Ein städtischer Beamter? Oder ein Priester? Corbett kratzte sich an der Stirn. Cade hatte berichtet, niemand habe etwas gesehen. Wer war dieser Mörder? Wer konnte hereinschlüpfen wie der Schatten des Todes, stechen, hacken und wieder verschwinden wie ein dämonisches Irrlicht? Und warum immer am dreizehnten? War es ein satanischer Festtag? Bedeutete das Datum etwas? Und warum nur einmal im Monat? Welches Motiv stand dahinter? Corbett dachte an das, was Pater Thomas gesagt hatte, und ihn fröstelte. Er tauchte die Feder in die Tinte und schrieb weiter.

Zweitens: Lady Somervilles Tod. Sie war draußen unter freiem Himmel getötet worden. Wenn man dem verrückten Bettler glauben konnte – und Corbett mißtraute dem Gefasel des Kerls –, dann mußte Lady Somerville ihren Mörder gekannt haben, denn sie hatte ihn in der Dunkelheit angesprochen. War das ein Hinweis auf den Mörder? Und wieder war Corbett beim gemeinsamen Nenner angelangt. Wen kannte Lady Somerville? Auf wen würde sie im Dunkeln warten? Auf einen Priester? Einen Mönch? Einen städtischen Beamten? Einen Edelmann? Auf jemanden, dem sie vertrauen konnte?

Drittens: Was meinte Lady Somerville mit dem Satz »Die Kutte macht noch keinen Mönch«? War das ein Hinweis auf das Doppelleben des Mörders? War es überhaupt der Mörder, den sie damit meinte? Oder bezog es sich auf das Privatleben eines Priesters oder Mönchs? Corbett biß sich auf die Unterlippe und schüttelte den Kopf. Lady Somerville konnte auch einen anderen Skandal gemeint haben, vielleicht etwas, das sie in Westminster mitbekommen hatte. War ihr Mörder überhaupt der Hurenschlächter? Oder war es jemand anderes, der nur diesen Anschein erwecken wollte?

Viertens: Pater Benedict. Was hatte ihn so beunruhigt? Warum hatte er Cade diese geheimnisvolle Nachricht geschickt? War es nicht merkwürdig, daß es Cade nicht gelungen war, ihn zu finden und die Wahrheit hinter den Sorgen des Priesters zu ergründen? Und hatte der Mord an Pater Benedict etwas mit dem Tod der Prostituierten zu tun?

Fünftens: Richard Puddlicott. War dieser Erzbetrüger in einen von de Craons raffinierten Plänen verwickelt? Hatte das etwas mit den Mordfällen zu tun, die Corbett zu untersuchen hatte? Corbett lehnte sich zurück, und all die verschiedenen Möglichkeiten schwirrten ihm im Kopf herum.

»Wie viele Geheimnisse haben wir hier?« murmelte er. »Eins, zwei oder drei? Und steht jedes für sich, oder gehören sie alle zusammen?«

»Hugh!«

Er fuhr herum. Maeve stand mit schlaftrunkenen Augen in der Tür. Sie sah aus wie ein Gespenst in der weißen Wolldecke, in die sie sich gehüllt hatte. Auf Zehenspitzen kam sie heran und gab ihm einen Kuß auf den Scheitel.

»Du führst Selbstgespräche«, sagte sie leise.

»Das tue ich immer.« Er sah zu ihr hoch. »Ist Ranulf schon auf?«

»Er schläft tief und fest. Man hört ihn schnarchen wie ein Eber, unten an der Treppe. Er und Maltote waren gestern nacht unterwegs. Sag nichts, Hugh, aber ich glaube, unser Ranulf ist verliebt.«

Corbett lächelte, obwohl sich sein Magen zusammenzog.

»Hugh, weißt du, wer es ist?«

»Nein«, log er. »Du kennst doch Ranulf, Maeve. Sein Liebesleben ist verwickelt und kompliziert wie eine von deinen Stickereien.«
Maeve wandte sich ab. »Ach, übrigens«, sagte sie über die Schulter, »Maltote hat mir eine Nachricht gebracht. Mein liebster Onkel, Lord Morgan, wird binnen einer Woche hier bei uns sein.«
Corbett wartete, bis die Tür sich hinter ihr geschlossen hatte. »O Gott«, seufzte er. »Ranulf liebt Lady Mary Neville und wird irgendeine Torheit begehen, und Onkel Morgan wird die ganze Sache nur noch schlimmer machen.«
»Ich habe doch gesagt, du sollst keine Selbstgespräche führen. Es ist also Lady Mary Neville!«
Corbett fuhr herum. »Du kleine Füchsin!« rief er. »Ich dachte, du wärst gegangen!«
»Lady Mary Neville.« Maeve machte runde Augen. »Ich habe schon von ihr gehört. Ranulf wird ehrgeizig. Wer weiß«, sagte sie und schlüpfte hinter die Tür, bevor Corbett etwas nach ihr werfen konnte, »wer weiß, vielleicht wird er als nächstes noch eine walisische Prinzessin umwerben!«
Corbett grinste und wandte sich wieder seinen Notizen zu. Er dachte an sein Gespräch mit Cade und kratzte sich zornig am Kopf. Er hatte nach einem Muster gesucht, aber wenn es eines gab, weshalb war es dann durchbrochen worden? Er griff nach dem Federkiel.

ITEM EINS: de Craon – welche Rolle spielte er?
ITEM ZWEI: Wo war Puddlicott? Warum erschien er erst in Paris, dann in London? Was trieb er? Bestand eine Verbindung zwischen ihm und de Craon? Hatte einer oder hatten beide etwas mit den Morden zu tun?
ITEM DREI: Was hatte Cade zu verbergen?
ITEM VIER: Was hatte Warfield, der Sakristan, zu verbergen?

ITEM FÜNF: Was hatte Lady Somerville mit ihrer kryptischen Bemerkung über Mönche und über etwas Böses in Westminster gemeint? Hatte sie sich Pater Benedict anvertraut? War dieselbe Person für beider Tod verantwortlich?
ITEM SECHS: War ihr Mörder derselbe, der die Prostituierten umbrachte? Wenn ja, dann mußte er in der Woche, die mit dem 11. Mai begonnen hatte, sehr beschäftigt gewesen sein. Dann hatte er an drei aufeinanderfolgenden Abenden Lady Somerville, Pater Benedict und die Hure Isabeau ermordet.
ITEM SIEBEN: Das letzte Mordopfer, Agnes, deren Leichnam er gesehen hatte. Sie war vor zwei Tagen umgebracht worden, als Corbett gerade auf dem Rückweg in die Stadt gewesen war. Ihr Tod war auf den zwanzigsten gefallen, nicht auf den dreizehnten. Warum?

Corbett fröstelte es. Hatte Cade recht? Gab es da wirklich ein Muster? Jagten sie einen, zwei oder sogar drei Mörder?

SIEBEN

Eine Stunde später verließ ein mürrischer, von Unbehagen erfüllter Corbett das Haus und gelobte sich im stillen, ein Wörtchen mit Ranulf zu reden, der immer noch die Folgen seiner nächtlichen Sauferei ausschlief. Maeve war vertieft in die Vorbereitungen zur Ankunft des »liebsten« Onkels, und Corbett war entschlossen, das Netz von Geheimnissen, dem er sich gegenübersah, zu entwirren. Er durchquerte das Gedränge auf dem Markt von Westcheap und blieb einmal stehen, um sich bei den Bütteln zu erkundigen, ob es in der Stadt etwas Neues gebe; aber sie schüttelten den Kopf.
»Nein, Sir«, war ihre Antwort. »In der Three Needle Street wurde in ein Haus eingebrochen, zwei Rüpel mit Schleudern haben ein Fenster in Lothbury zerbrochen, und ein Student aus Oxford hat sich betrunken und in Bishopsgate den Dudelsack geblasen.«
Corbett bedankte sich lächelnd und ging weiter, durch die Wood Street und die Gracechurch Street, und duckte sich oder trat beiseite, wo die Holzhändler ihre Stände öffneten und sich auf ein munteres Tagesgeschäft vorbereiteten. Er fragte einen lauten Lehrjungen nach dem Weg, aber der Junge schüttelte den Kopf und schrie, er wisse nicht, wo hier ein Franzose wohne. Eine Magd, die Eimer mit frischem Wasser vom Reservoir heraufschleppte, zeigte ihm dann das Haus, das de Craon gemietet hatte, ein kleines, zweistöckiges Gebäude, eingekeilt zwischen zwei Läden, heruntergekommen und beinahe baufällig. Corbett grinste; die Kirchenglocken läuteten immer noch zur ersten Messe des Tages, und

so kam er hoffentlich früh genug, um de Craon aus seinem friedlichen Schlummer zu reißen. Er hob den dicken Messingtürklopfer und ließ ihn krachend niederfallen – und gleich noch einmal. Er hörte Schritte, die Tür wurde aufgerissen, und de Craon erschien, vollständig bekleidet mit einem dunkelroten Wams und ledernen Reithosen, die in schwarzen Reitstiefeln steckten. Ein falsches Lächeln trat auf sein verschlagenes Fuchsgesicht, als er Corbett sah.

»Mein lieber Hugh, wir haben Euch bereits erwartet.« Er nahm Corbetts Hand und hielt sie fest. »Hugh, Ihr seht müde aus. Oder muß ich sagen: Lord Corbett?« Die eng beieinanderliegenden grünen Augen des Franzosen funkelten amüsiert und boshaft. »O ja, wir haben die Neuigkeit schon gehört. Kommt herein! Kommt herein!«

Corbett folgte dem Mann, der ihn mit Vergnügen umgebracht hätte, in eine kleine Kammer im Erdgeschoß. Es war ein schäbiger Raum; die Binsen auf dem Boden waren verdreckt, im Kamin türmte sich die kalte Asche, von den rissigen Wänden blätterte die Farbe, und der Hocker, den de Craon unter dem Tisch hervorzog, war gesplittert und wackelte gefährlich.

»Setzt Euch! Setzt Euch!«

Corbett nahm de Craons Einladung mit unverminderter Wachsamkeit an. Der Franzose setzte sich auf die Tischkante und ließ die Beine baumeln. Der Sekretär wünschte, der Franzose würde sich das verschlagene, bösartige Lächeln verkneifen. De Craon klatschte in die Hände.

»Nun, Hugh, ist dies ein Höflichkeitsbesuch?« – er beugte sich vor und berührte Corbetts Hand –, »ich habe Lady Maeve gesehen. Und Eure Tochter – sie ist schön. Sie gleicht der Mutter. Möchtet Ihr Wein?«

»Nein.«

De Craons Lächeln schwand. »Schön, Corbett, was möchtet Ihr dann?«

»Warum seid Ihr hier, de Craon?«
»Ich überbringe Höflichkeits- und Freundschaftsbotschaften von meinem Herrn, dem König von Frankreich.«
»Das ist gelogen!«
De Craon funkelte Corbett an. »Eines Tages, Hugh«, sagte er in spöttischem Flüsterton, »eines Tages werde ich Euch an Euren Beleidigungen ersticken lassen.«
Jetzt lächelte Corbett. »Leere Versprechungen, de Craon! Ihr habt mir immer noch nicht gesagt, warum Ihr in England seid und weshalb Ihr in London weilt.«
De Craon stand auf und ging um den Tisch herum zur anderen Seite.
»Wir haben französische Kaufleute, die hier wohnen, und ihre Interessen betreffen auch König Philipp. Ihr Engländer seid für Eure Feindseligkeit gegen Ausländer bekannt.«
»Dann solltet Ihr Euch vorsehen, de Craon.«
»Ach, Hugh, das tue ich, und ihr solltet es auch tun. Wo ist denn Euer Schatten, dieser Ranulf?«
»Oben an der Straßenecke«, log Corbett. »Er sitzt mit ein paar königlichen Bogenschützen in der Schenke und wartet auf mich.«
De Craon legte den Kopf schräg. »Ihr wart in Winchester, und jetzt seid Ihr in London. Warum schickt der König seinen vertrautesten Sekretär und Geheimsiegelbewahrer nach London zurück?« De Craon legte einen Finger an die Lippen. »Da wären diese Mordfälle«, fuhr er fort, als rede er mit sich selbst. »Ich weiß, die Honoratioren dieser Stadt wollen nicht, daß ihre heimlichen Sünden ans Tageslicht kommen. Dann wäre da der Tod der Lady Somerville und natürlich der geheimnisvolle Brand im Hause des ehemaligen königlichen Kaplans Pater Benedict.« De Craon streckte sich und fuhr mit der Hand durch das schüttere rote Haar. »Was könnte es sonst noch geben?« fragte er in gespielter Nachdenklichkeit.

»Richard Puddlicott.«
De Craon klappte den Mund auf und wieder zu. »Ach ja, Puddlicott.«
»Ihr kennt Puddlicott?«
»Natürlich.« Der Franzose lächelte. »Ein bekannter englischer Verbrecher. Wie nennt Ihr ihn – einen Hochstapler? In Paris wird er von unserem Provost gesucht, genau wie in London Euer Sheriff nach ihm fahndet.«
»Aus welchem Grund?«
»Aus den gleichen Gründen wie in London.«
»Warum«, fragte Corbett langsam, »hat man dann gesehen, wie Puddlicott vom vertrautesten Berater Eures Königs, von Master William Nogaret, bewirtet wurde?«
De Craon ließ sich nicht aus der Fassung bringen. »Puddlicott ist ein Verbrecher, aber ein wertvoller. Er verkauft uns Geheimnisse. Was er denkt, sind wertvolle Informationen. Euer Herr kauft sicher auch Geheimnisse von französischen Verrätern.«
Corbett hörte ein Geräusch und erhob sich. Das stille, verstaubte Haus machte ihn nervös. Er drehte sich um und schaute zur Tür. Ein Fremder kam herein wie ein Schatten.
»Ah, Raoul.« De Craon ging um den Tisch herum. »Master Corbett – oder, besser gesagt, Sir Hugh Corbett, darf ich Euch Raoul vorstellen, den Vicomte de Nevers, König Philipps Sondergesandten in Flandern und den Niederlanden?«
De Nevers schüttelte Corbett freundlich die Hand, und der Sekretär fand sofort Gefallen an ihm. Er ähnelte Maltote, war aber schlanker, schmaler; sein Haar war blond und seine Züge regelmäßig und ziemlich knabenhaft, wenngleich Corbett der gewiefte Blick und der feste Zug um Mund und Kinn nicht entgingen. Er hatte einen lässigen Charme und eine freimütige, offene Haltung, die in scharfem Kontrast zu der verschlagenen Falschheit de Craons stand.

»Ehe Ihr fragt, weshalb Raoul in England ist«, sagte de Craon, »will ich gleich ehrlich sein. Im kommenden Frühjahr will König Philipp gegen Flandern marschieren. Er hat dort gewisse Rechte, die ...«

»Die König Edward nicht anerkennt«, unterbrach Corbett.

»Wohl wahr«, bestätigte de Nevers in gebrochenem Englisch. »Aber unser Herr möchte die flämischen Kaufleute im Auge behalten. Wir wissen, daß sie nach London kommen. Wir beobachten, was sie tun, und wir erklären Eurem König, wie schlecht beraten er wäre, wenn er diesen Kaufleuten Trost oder Beistand gäbe.«

Corbett starrte die beiden an. Vielleicht sagten sie wenigstens teilweise die Wahrheit, und de Nevers erschien glaubhafter als de Craon. Englische Gesandte behielten schottische Kaufleute in Paris im Auge; warum also sollten die Franzosen keine flämischen Kaufleute in London beobachten? Corbett griff nach seinem Mantel.

»Monsieur de Craon, Monsieur de Nevers, ich wünsche Euch einen sicheren Aufenthalt in London, aber ich bringe Euch auch eine Warnung von meinem Herrn. Euch schützt ein sicheres Geleit, Monsieur de Craon, aber Ihr kennt die Spielregeln. Ertappt man Euch dabei, daß Ihr Euch in Dinge einmischt, von denen Ihr die Finger lassen solltet, dann werde ich Euch persönlich zum nächsten Hafen eskortieren und nach Frankreich zurückschicken.« Mit einer flüchtigen Verbeugung ging Corbett hinaus, ehe die beiden etwas erwidern konnten.

Als er auf der Straße stand, seufzte er erleichtert. Er war froh, daß er de Craon und seinen Kumpan überrascht hatte; sicher waren sie an irgendeiner Schurkerei beteiligt, aber nur die Zeit würde zeigen, worum es sich handelte. Er suchte sich seinen Weg um die Abfallhaufen und warf einen verwunderten Blick auf den leeren Müllkarren auf der anderen Straßenseite, vor den ein müde aussehendes Pferd gespannt war. Dann sah er sich nach de Craons Haus um. Etwas stimmte hier nicht, aber er wußte nicht, was. Er hatte irgendeine Kleinigkeit gesehen, die nicht ins Bild paßte. Er zuckte die Achseln. »Die Zeit wird es erweisen«, brummte er.

Er blickte die Straße hinauf und hinunter und sah die Müllhaufen, die sich hoch zu beiden Seiten der Gosse türmten; vorsichtigen Schritts ging er die Straße hinunter und hielt wachsam die Augen offen, denn immer wieder flogen in den oberen Stockwerken plötzlich die Fenster auf, und der Inhalt der Nachttöpfe wurde ausgekippt und durchnäßte Pflaster und Vorübergehende gleichermaßen. An einer Garküche an der Ecke der Wood Street blieb er stehen und kaufte sich eine Pastete, aber gleich warf er sie in die Gosse, als seine Zähne knirschend auf etwas Hartes bissen.

»Verfluchte Behörden!« murrte er. Wenn die Büttel und die Gildenmitglieder doch nur halb so gründlich auf das achten würden, was auf der Straße verkauft wurde, wie sie ihren kostbaren Ruf hüteten. Er wandte sich um und ging durch die Shambles zurück. Einmal blieb er stehen und schaute einem Mann zu, der ganz in Schwarz gekleidet war; die weißen Knochen eines Skeletts waren grell auf seinen Anzug gemalt, und er tanzte eine makabre Gigue, während sein Gefährte die Trommel schlug und ein Junge auf einer Rohrflöte einen gespenstischen Totenmarsch spielte. Corbett schob sich durch das Gedränge an den Metzgerständen; er hatte die Hand auf der Börse und ein wachsames Auge auf den Abfall, der auf dem Boden lag. Draußen vor Newgate war eine Menschenmenge zusammengeströmt, um die Totenkarren zu begrüßen, auf denen die Verbrecher zum Schafott nach Smithfield oder in die Stadt zu den Elms gefahren wurden. Er dachte an den verrückten Bettler vom vergangenen Abend, und schaudernd hastete er weiter.

Er wünschte sich jetzt, Ranulf wäre bei ihm. An der Ecke der Cock Lane hielten schlampige Vetteln und gemeine Huren bereits nach Kundschaft Ausschau; die weiße Schminke auf ihren Gesichtern war so dick aufgetragen, daß sie hier und da geplatzt war, und ihre kahlrasierten Schädel waren mit roten oder orangegelben Perücken bedeckt.
»Einen Penny für eine Nummer!« kreischte eine ihm entgegen.
»Für zwei Pence darfst du machen, was du willst!«
»Keine Sorge«, gackerte eine, »es wird nicht lange dauern.«
Corbett ging auf die Gruppe zu. Er lächelte und bemühte sich, seinen Ekel vor dem sauren Geruch zu verbergen, der ihren Kleidern entstieg, und er übersah die schwarze Schminke um ihre Augen, die bereits verlief und die bemalten Wangen verschmierte.
»Guten Morgen, meine Damen«, begrüßte er die Schar.
Die Frauen starrten einander sprachlos an, bevor sie in kreischendes Gelächter ausbrachen.
»Oh, guten Morgen, der Herr!« riefen sie im Chor zurück, und sie schwenkten ihre leuchtend roten Röcke und verneigten sich zu einem spöttischen Hofknicks.
»Was willst du?« Ein großes, fettes Weib, rund wie ein Schmalzfaß, drängte sich nach vorn. Ihre Lippen teilten sich zu einem falschen Lächeln, und man sah schwarze Zahnstümpfe.
»Welche von uns gefällt dir?« Sie drehte sich grinsend nach ihren Kolleginnen um. »Für einen Shilling kannst du uns alle kriegen – ganze dreizehn Stück!«
Kreischendes Gelächter begrüßte diesen witzigen Einfall. Corbett versuchte, seine Verlegenheit zu verbergen und schaute weg.
»Mylady«, sagte er leise, »ich würde Euch wahrscheinlich überfordern.« Er lächelte die anderen an. »Ich meine, Euch alle.«

Das Gelächter und Gehänsel verstummte, als eine Silbermünze zwischen Corbetts Fingern erschien. »Für den Augenblick, ihr Schönen, nehmt meine aufrichtige Entschuldigung dafür, daß ich Euch nicht meine Kundschaft, wohl aber dieses Silberstück anbieten kann.« Er schaute in die Runde. »Dieses Silberstück bekommt diejenige, die mir etwas über den Tod einer gewissen Agnes sagen kann. Ihr wißt doch, das Mädchen, das in der Kirche bei Grey Friars ermordet wurde.«
Die Huren drängten sich zusammen und sahen plötzlich aus wie eine Schar verängstigter kleiner Mädchen.
»Ich meine es gut«, sagte Corbett sanft. »Ich bin ein Mann des Königs, und ich arbeite mit dem Untersheriff, Alexander Cade, zusammen.«
»Du meinst den mit der großen Lanze!« schrie das Schmalzfaß.
Corbett schaute sie verwundert an.
»O ja, so nennen wir ihn: die große Lanze. Ein guter Turnierkämpfer, der Master Cade. Das kann ich dir sagen!«
Ein junges Mädchen, nicht mehr als fünfzehn oder sechzehn Sommer alt, drängte sich nach vorn. Ihre magere Gestalt war in Lumpen gekleidet. »Ich kann Euch etwas über Agnes sagen.«
Corbett hielt ihr die Silbermünze vors Gesicht. »Ich warte, Kind.«
Das Mädchen lächelte; das bleiche, weißgeschminkte Gesicht sah plötzlich mitleiderregend und verletzlich aus. Für kurze Zeit verloren ihre Augen die wachsame Härte.
»Dort unten.« Sie streckte den Zeigefinger aus. »Neben der Apotheke. Agnes hatte eine Dachstube.« Sie wischte sich mit dem Handrücken die Nase. »Sie hat immer behauptet, sie wäre was Besseres als wir anderen. O ja, eine richtige Dame mit einer eigenen Wohnung und feinen Kleidern.«
»Was weißt du sonst noch?«

»Agnes hatte Angst. Sie sagte, sie hätte etwas gesehen.« Der Mund des Mädchens wurde schlaff, und sie schüttelte den Kopf. »Ich weiß nicht, was, aber es war, nachdem eins der anderen Mädchen umgebracht worden war. Jedenfalls wollte sie nicht mehr ausgehen. Sie hat einen der Straßenjungen dafür bezahlt, daß er ihre Haustür im Auge behielt.« Dann streckte sie die schmutzige Hand aus. »Bitte, Sir«, flüsterte sie eifrig, »kann ich das Geld haben?«

Corbett drückte ihr die Münze in die Hand. Dann zog er seinen Dolch aus der Scheide und ging durch die dunkle Gasse davon. Vor dem Laden neben der Apotheke blieb er stehen und schaute an der Fassade aus verrottendem Holz und bröckelndem Putz hinauf, ehe er an die Tür klopfte. Ein zahnloses altes Weib machte ihm auf; ihre Augen saßen wie kleine schwarze Knöpfe in einem gelblichen, runzligen Gesicht. Eine Nachteule, dachte Corbett, eine der alten Vetteln, die den Straßendirnen Kammern vermieteten, ihnen das Geld abnahmen und beide Augen zudrückten. Zuerst wußte die Alte natürlich überhaupt nichts, aber als ein paar Münzen den Besitzer gewechselt hatten, erinnerte sie sich plötzlich an alles. Corbett hörte ihrem Geschnatter zu. Die Vettel erzählte ihm nichts, was er nicht schon von der Hure erfahren hatte, aber für eine weitere Münze zeigte sie ihm Agnes' Kammer. Da war nichts mehr; die Habseligkeiten des Mädchens und jedes einzelne Möbelstück waren fortgeschafft worden, und dem Sekretär wurde klar, daß die Alte mit ihm spielte, als wäre er ein Fisch an der Angel.

Draußen auf der Straße lehnte Corbett sich an die Wand und schaute umher. Es war dreckig hier. Die Dinge, die er in der Gosse auf dem grünlichen Wasser schwimmen sah, drehten ihm den Magen um, und der Müll, der sich an den Hauswänden auftürmte, stank so sehr, daß er sich die Nase zuhalten mußte. Er war sicher, daß man ihn beobachtete, und vorsich-

tig spähte er in die engen Gassen hinein, die in die Cock Lane mündeten. Er tastete sich ein Stück weit die Straße hinauf, die Hände immer an der Hauswand, aber dann zog er sie hastig weg, als seine Finger etwas Warmes und Pelziges berührten. Er wandte sich fluchend ab, und die Ratte huschte in eine Ritze. Er ging zurück zu der Apotheke. Ja, er hatte ihn gesehen: einen kleinen Schatten in einer der Seitengassen.
»Das wird ein teurer Vormittag«, murmelte er. Er nahm noch eine Münze aus seinem Geldbeutel und hielt sie hoch. »Ich weiß, daß du da bist, Junge!« rief er leise. »Du paßt immer noch auf das Haus auf, nicht wahr? Ich will dir nichts tun.« Er dämpfte seine Stimme, um die Huren, die noch an der Ecke der Cock Lane beieinanderstanden, nicht aufmerksam zu machen; auch spähten Gesichter mit hungrigen Augen aus den Fenstern herab. »Komm her, mein Junge«, sagte Corbett. »Du sollst gut belohnt werden.«
Der Bettlerjunge kam aus der Gasse hervor. Er war barfuß, und sein Gesicht war so schmal, daß die großen Augen ihn aussehen ließen wie eine junge Eule, die Angst vor dem Licht hatte. Nervös zupfte er an dem groben Sackleinen, das ihm als Umhang diente. Er streckte die kleine Hand aus.
»Danke, Sir.«
Die Stimme klang dünn, und Corbett erkannte den berufsmäßigen Bettler. Das arme Kind wurde wahrscheinlich von den Eltern zum Betteln auf die Straße geschickt. Corbett drückte sich in den Eingang der Apotheke und winkte den Jungen heran. Der Kleine, stets auf der Hut vor den Gefahren der Straße, kam vorsichtig näher, und er ließ das Silberstück nicht aus den Augen. Corbett griff rasch zu und packte den dünnen Arm des Jungen, und Mitgefühl durchzuckte ihn. Nur Haut und Knochen; wie lange, dachte er, würde das Kind den nächsten Winter überstehen?
»Komm her!« drängte er rasch. »Ich tue dir nichts. Schau, hier

ist ein Silberstück. Ich gebe dir noch eins, wenn du mir die Wahrheit sagst.«
Der Junge saugte am Knöchel seiner freien Hand.
»Du kanntest Agnes, das Mädchen, das tot ist?«
Der Junge nickte.
»Warum hatte sie Angst?«
»Ich weiß nicht.«
»Warum ist sie in ihrer Kammer geblieben?«
»Ich weiß nicht.«
»Was weißt du denn?«
»Ein Mann ist gekommen.«
»Was für ein Mann?«
»Ein Priester, ein Mönch. Er war groß und trug eine Kutte und eine Kapuze, aber er ist schnell wieder gegangen.«
»Und was ist noch passiert?«
»Agnes hat mir eine Botschaft gegeben.«
»Was für eine Botschaft?«
»Ein Stück Pergament, Sir. Ich sollte es nach Westminster bringen.«
»Zu wem?«
»Ich weiß nicht.« Die großen Augen schwammen in Tränen. »Ich habe unrecht getan. Ich wollte nicht, aber ich hatte Hunger. Ich habe die Botschaft in die Gosse geworfen und das Geld, das mir das Mädchen gegeben hat, in einer Bäckerei ausgegeben.«
Corbett lächelte. »Kannst du lesen?«
»Nein, aber Agnes konnte schreiben. Sie war klug. Sie konnte ein paar Worte lesen und ein bißchen schreiben. Sie hat gesagt, wenn ich auf ihre Tür aufpasse, bringt sie es mir eines Tages bei.«
»Aber du weißt nicht, an wen die Botschaft gerichtet war?«
»Ich glaube, an eine Frau.«
»Wieso?«

»Weil Agnes gesagt hat, ich soll sie am späten Nachmittag ins Kapitelhaus bringen.« Der Junge verzog das Gesicht. »Agnes hat gesagt, sie würde schon Bescheid wissen.«

»Ist das alles?«

»Ja, Herr, ehrlich. Bitte«, wimmerte der Junge, »laßt mich los. Ihr habt mir eine Münze versprochen.«

Corbett gab ihm das Geld und der Junge taumelte zurück.

»Wenn du Hunger hast«, sagte Corbett und betrachtete die jämmerlichen, spindeldürren Beinchen, »dann komm zu Corbetts Haus in der Bread Street. Sag den Dienern, der Herr hat dich geschickt.«

Der Junge wandte sich ab und rannte wie der Wind in eine der dunklen Gassen.

Corbett richtete sich auf und ging zurück. Bei einer kleinen Schenke an der Brücke über den Holborn machte er halt. Er ging hinein, bestellte sich einen Krug Ale und setzte sich an das einzige Fenster. In der hinteren Ecke waren ein paar Kesselflicker dabei, einen riesigen, sabbernden Mastiff zu reizen; sie trieben ihn zur Raserei, indem sie ihm Fleisch anboten und es dann wegzogen, so daß die scharfen Zähne des Hundes ihre Finger um Haaresbreite verfehlten. Corbett sah ihre Grausamkeit und dachte an den Bettlerjungen, an den grausamen Tod, den Agnes erlitten hatte, und an die abstoßende Scheußlichkeit der Huren in der Cock Lane. Ob Bruder Thomas recht hatte? Ob die stinkende Fäulnis in dieser Stadt etwas von dem Bösen hervorbrachte, das durch die Straßen schlich? Er nahm einen Schluck aus seinem Humpen und versuchte, nicht auf das Knurren des Hundes und die Hetze der Kesselflicker zu achten. Agnes hatte also etwas gesehen. Sie hatte sich in ihrer Kammer versteckt und war von einem Mann besucht worden, der wie ein Mönch oder ein Priester gekleidet gewesen war. War das der Mörder gewesen? Und wenn ja, wieso hatte er da nicht zugeschlagen?

Weil das Haus beobachtet wurde? Aber sicher hätte Agnes sich doch geweigert, die Tür zu öffnen. Das war nur logisch. Warum also war der Mann in die Cock Lane gekommen? Natürlich! Corbett stellte seinen Humpen ab. Agnes war in den Tod gelockt worden. Der Mörder hatte ihr wahrscheinlich eine Botschaft zukommen lassen, vielleicht im Namen eines anderen, und sie aufgefordert, sich mit ihm in der Kirche bei Grey Friars zu treffen. Corbett strich mit den Fingern über den Rand des Humpens und versuchte, sich ein Bild von den Einzelheiten hinter diesem Mord zu machen. Agnes hatte etwas gewußt, und deshalb hatte sie sich versteckt, und sie hatte eine Botschaft an jemanden geschickt, der ihr helfen würde, an eine der Schwestern der Hl. Martha, an Lady Fitzwarren vielleicht, oder an Lady Mary. Aber der Junge hatte die Botschaft weggeworfen. Er schloß die Augen. Wie war es weitergegangen? Irgendwie hatte der Mörder gewußt, daß Agnes eine Bedrohung darstellte, und so hatte er sie zu Hause aufgesucht. Die Botschaft, die er hinterlassen hatte, war rätselhaft gewesen; das arme Mädchen hatte kaum lesen und schreiben können, sicher nicht genug, um verschiedene Handschriften voneinander zu unterscheiden. Der Rest dürfte einfach gewesen sein. Agnes war zur Kirche gegangen und hatte auf Erlösung gehofft, und der Mörder hatte auf sie gewartet.

Corbett blickte plötzlich auf, denn Geschrei und Gebrüll kamen aus der hinteren Ecke des Schankraums. Er lächelte bei sich. Manchmal gab es doch Gerechtigkeit, denn der Bullbeißer hatte sich losgerissen und einen seiner Peiniger beim Arm gepackt. Schon war die Schankstube blutbespritzt. Corbett trank sein Bier aus und ließ den Lärm hinter sich. Er hatte noch einen Besuch zu machen.

Er ging die Straße hinauf, über die Stadtgrenze hinaus und um die Priorei von St. John von Jerusalem herum zur anderen

Seite von Smithfield. Dort fragte er einen Wasserhändler nach dem Haus der Somervilles. Der Mann kannte es gut. Corbett ging den Menschenmassen aus dem Weg, die nach Smithfield drängten, und gelangte durch Aldersgate in die Barbican Street.

Somerville House war ein prachtvolles Gebäude, auch wenn jetzt alle Fensterläden geschlossen waren und schwarzer Batist zum Zeichen der Trauer in mächtigen Falten an hölzerne Balken genagelt worden war. Ein tränenüberströmtes Hausmädchen öffnete die Tür und führte ihn in einen kleinen, aber üppig eingerichteten Söller im zweiten Stock. Der Raum ließ Corbett daran denken, wie Maeve sein eigenes Haus in der Bread Street verschönert hatte; allerdings sah dieses Gemach sehr unordentlich aus, als sei hier seit Tagen nicht mehr geputzt worden. Weinflecken verunzierten den Tisch und auch einige der gobelinbezogenen Stühle. Die Wandbehänge waren staubig und faltig, im Kamin brannte kein Feuer, und der Rost war auch nicht gesäubert.

»Ihr wollt zu mir?«

Corbett drehte sich um und sah einen jungen Mann in der Tür stehen.

»Mein Name ist Gilbert Somerville. Das Mädchen sagt, Ihr seid Sir Hugh Corbett, der Beauftragte des Königs.«

Der junge Mann reichte ihm eine schlaffe Hand. Corbett musterte das schwarze, zerzauste Haar, die blassen, aufgedunsenen Wangen, die rotgeränderten Augen und die kraftlose Mundpartie. Ein Weintrinker, folgerte Corbett. Ein Sohn, der um seine Mutter trauerte, aber einer, der seinen Rotwein mehr als alles andere liebte.

»Es tut mir leid.« Der junge Mann zupfte an seinem pelzverbrämten Mantel und führte Corbett zu einem Stuhl. »Ich habe verschlafen. Bitte, setzt Euch doch.« Er kratzte sich die stoppelbärtige Wange. »Meine Mutter wurde gestern be-

erdigt«, murmelte er. »Das Haus ist noch nicht sauber. Ich ...« Er ließ den Satz unausgesprochen.
»Mein Beileid, Master Gilbert.«
»*Sir* Gilbert«, korrigierte der junge Mann.
»Mein Beileid zum Tode Eurer Mutter, Sir Gilbert. Wenn ich alles recht verstanden habe, seid Ihr am Dienstag, dem 12. Mai, in aller Frühe heimgekommen, und als Ihr Eure Mutter nicht in ihrem Gemach vorfandet, veranlaßtet Ihr eine Suche?«
»Ja. Die Diener fanden sie vor dem Schafott in Smithfield.«
»Hat Eure Mutter vor ihrem Tod auf eine ungewöhnliche Weise gehandelt oder gesprochen?«
»Meine Mutter hat kaum je mit mir gesprochen. Also habe ich sie auch in Ruhe gelassen.«
Corbett sah den Zorn und die Kränkung in den Augen des jungen Mannes.
»Jetzt ist sie von uns gegangen«, antwortete er leise. »Warum solche Zwietracht zwischen einer Mutter und ihrem einzigen Sohn?«
»In ihren Augen war ich eben nicht wie mein Vater.«
Nein. Nein, so bist du auch nicht, dachte Corbett. Er entsann sich verschwommen an den alten Somerville. Ein hochgewachsener, flotter Kämpfer, der dem Reich in den letzten Jahren der walisischen Kriege gute Dienste geleistet hatte. Corbett erinnerte sich daran, daß er ihn durch die Staatskanzlei hatte gehen sehen, oder Arm in Arm mit dem König in einem der Feldlager oder in den Korridoren einer Burg oder eines Schlosses.
»Sagt Euch die Redensart ›Die Kutte macht noch keinen Mönch‹ irgend etwas?«
Somerville zog einen schiefen Mund. »Überhaupt nichts.«
»Hatte Eure Mutter irgendwelche Vertraute hier im Haushalt?«
Der junge Mann sah Corbett säuerlich an. »Nein, die hatte sie nicht. Sie war von der alten Schule, Master Corbett.«

»*Sir* Hugh Corbett.«
»Touché«, antwortete der junge Mann. »Nein, Sir Hugh, meine Mutter hat sich für sich gehalten. Gesprochen hat sie nur mit den Schwestern vom Orden der Hl. Martha.«
Corbett schaute den jungen Mann an. »Ihr habt also keine Ahnung, wer Eure Mutter wie oder warum ermordet haben könnte?«
»Nein.«
Corbett überlief es kalt angesichts dessen, wie knapp und unbewegt dieser arrogante junge Mann den gewaltsamen Tod seiner Mutter abtat. Er schaute sich um.
»Hatte Eure Mutter irgendwelche privaten Papiere?«
»Ja, aber die habe ich durchgesehen. Da ist nichts.«
»Wollt Ihr keine Vergeltung für den Tod Eurer Mutter?«
Der junge Mann zuckte mit der Schulter. »Natürlich. Aber Ihr seid Sir Hugh Corbett, Bewahrer des königlichen Geheimsiegels. Ich setze mein ganzes Vertrauen in Euch, Sekretär. Ihr werdet den Mörder finden. Ihr gleicht meinem Vater. Ihr rennt umher wie der Windhund des Königs, holt dieses, bringt jenes. Der Mörder wird gefaßt werden, und ich werde mit einer Flasche Wein zum Galgen bei den Elms gehen, um das Schwein hängen zu sehen.«
Corbett stand auf und stieß den Schemel hinter sich um.
»Sir Gilbert, ich wünsche Euch einen guten Tag!« Brüsk wandte er sich ab und ging zur Tür.
»Corbett!«
Der Sekretär ging weiter und war unten an der Treppe, bevor Somerville ihn eingeholt hatte.
»Sir Hugh, bitte.«
Corbett drehte sich um. »Es tut mir leid, daß Eure Mutter tot ist«, sagte er ruhig. »Aber Euer Benehmen, Sir, finde ich schändlich.«
Der junge Mann wich seinem Blick aus. »Ihr versteht das

nicht«, murmelte er. »Vater hat dies getan! Vater hat das getan! Ja, meine Mutter ist tot. Na und, Sekretär? In ihren Augen war ich *immer* schon tot.«
Corbett schaute den jungen Mann an und fragte sich beiläufig, ob er genug Haß aufgestaut hatte, um einen Mord zu begehen. Der junge Mann sah ihn mit glasigen Augen an.
»O nein!« murmelte er. »Ich kann erraten, was Ihr da denkt, Sekretär. Für mich hat meine Mutter nicht existiert. Warum sollte ich sie also umbringen? Aber wartet, ich habe da etwas für Euch.« Er lief die Treppe hinauf und kam wenig später mit einem Stück Pergament zurück. »Nehmt das«, sagte er leise. »Studiert es, und benutzt es, wie Ihr es für richtig haltet. Weiter habt Ihr keinen Grund mehr, zu bleiben oder wiederzukommen.«
Corbett verbeugte sich flüchtig, ging hinaus und schloß die Tür hinter sich.
Erst in der St. Martin's Lane blieb er stehen, um das Pergament zu betrachten. Es war eine Kleiderliste, vermutlich von Lady Somerville im Zusammenhang mit ihrer Arbeit in der Abtei aufgestellt; aber sie hatte rohe Zeichnungen von Mönchen dazu angefertigt, die ihre Hände wie zum Gebet gefaltet hatten. Es waren kindliche, unbeholfene Bilder, aber hin und wieder hatte Lady Somerville keinen Mönchskopf mit Tonsur gezeichnet, sondern das Gesicht einer Krähe, eines Fuchses, eines Schweins oder eines Hundes. Aber das eigentlich Faszinierende war, daß in der Mitte der Gruppe, größer als die übrigen, eine Gestalt in Mönchskutte und Kapuzenumhang zu sehen war; die Kapuze war zurückgeschlagen, so daß man die geifernde Schnauze eines wilden Wolfs sah. Corbett studierte das Stück Pergament und versuchte, den Gedankengängen der Toten zu folgen. Hatte sie hier Gegenstände aus der Wäscherei aufgeführt und dabei eine Erinnerung geweckt? Corbett schüttelte den Kopf.

»Was immer es ist«, murmelte er, »Lady Somervilles Sicht der Brüder in Westminster ließ doch sehr zu wünschen übrig.«

»Was ist das? Was ist das?«

Corbett starrte eine kleine Bettlerin an, die eine ramponierte Holzpuppe in den Armen hielt und damit vor ihm auf und ab sprang.

»Was ist das? Was ist das?« wiederholte sie. »Gefällt dir mein Baby?«

Corbett sah sich um und merkte, daß er mitten im Gedränge stand. Er warf der Bettlerin einen Penny zu und ging eilends zur Bread Street zurück.

Er spürte das Durcheinander, kaum daß er sein Haus betreten hatte. Vom Söller hörte er Quieken und erkannte die klare, kraftvolle Stimme von Ranulfs Söhnchen. Griffin bestätigte die Neuigkeit mit betrübter Miene: Ranulf und Maltote spielten mit dem Kleinen und sollten dabei auf Eleanor aufpassen, solange Lady Maeve im Garten war. Corbett folgte ihm nach draußen. Maeve hantierte zwischen Lilien und Ringelblumen, Rosen und Levkojen. Er blieb stehen und sah ihr zu. Sie redete geschäftig mit der Magd Anna, und Corbett stand im schwindenden Sonnenlicht unter dem Vordach und sah voller Bewunderung, wie Maeve ein Stück überwuchertes Sumpfland in einen wunderschönen Garten verwandelt hatte, mit Kieswegen, jungen Apfelbäumen und Kletterranken an einer Mauer, die im Sonnenlicht stand. Weiter unten, jenseits eines kleinen Obstgartens, der noch wachsen mußte, hatte Maeve die Bauleute angewiesen, neben einer Reihe Bienenstöcke auch einen großen, weißgestrichenen Taubenschlag zu errichten. Als habe sie seine Anwesenheit gespürt, drehte sie sich jetzt um.

»Hugh! Hugh! Komm her. Schau.« Sie deutete zu Boden. »Die Kräuter haben den Winter überstanden.«

Corbett betrachtete die Kräuter, die sie im letzten Jahr gepflanzt hatte: Senf, Petersilie, Salbei, Knoblauch, Fenchel, Ysop und Borretsch.

»Siehst du?« rief Maeve triumphierend. »Sie sind gewachsen.« Sie drehte sich um, und ihr schönes Gesicht war gerötet von der Wärme und der anstrengenden Arbeit. »Wenn alles gutgeht, haben wir zu St. Michaelis mehr als nur Salz, um unser Fleisch zu würzen.« Ihre Augen wurden schmal. »Du siehst müde aus, Hugh.« Maeve zog die dicken Wollhandschuhe aus und reichte Anna ihre kleine Hacke; die Magd hatte ihr geholfen, das Unkraut zwischen den aufsprießenden Kräuterbeeten zu jäten. »Komm.« Sie wischte sich mit dem Handrücken über die Stirn. »Einen kühlen Humpen Ale. Anna und ich haben das Abendessen bereitet.«

Als er sich gewaschen und erfrischt hatte, fühlte Corbett sich besser, obwohl das Abendessen unter Tumult verlief. Jung-Ranulf schrie die ganze Zeit, und die kleine Eleanor, die eigentlich in ihrem Bettchen schlafen sollte, gurgelte erst vor Lachen über seine Possen und schrie dann nach ihrem eigenen Essen, Bröckchen von milchgetränktem Zuckerbrot. Gespräche waren unmöglich, denn Ranulf hatte seine gute Laune wiedergefunden – zu schnell, dachte Corbett mißtrauisch – und ließ sich nicht davon abbringen, allen zu erzählen, wie ungeschickt Maltote sich wieder mit dem Dolch angestellt hatte. Endlich war das Mahl zu Ende. Corbett rief Maeve und Ranulf zu, sie sollten in den Söller hinaufkommen.

»Du hast den Tag gut verbracht, Ranulf?« fragte er unschuldig, als er die Tür hinter sich schloß.

»Ja, ja.«

Corbett schaute sich in dem schönen Gemach um. Maeve musterte ihn verwundert, als verstehe sie nicht, wieso ihr Mann so gereizt und schlecht gelaunt war.

»Es tut mir leid«, brummte Corbett. »Aber es scheint über-

haupt keine Lösung für dieses Problem zu geben. Jeder könnte der Mörder sein. Alles, was ich bis jetzt herausgefunden habe, ist, daß er Kutte und Kapuze trägt.«
»Dann könnte es doch ein Mönch sein«, erwog Ranulf.
»Herrgott, Ranulf!« fauchte Corbett. »Jedermann in der Stadt kann so etwas besitzen!« Er setzte sich auf einen Schemel. »Und was hast du getrieben?«
Ranulf grinste von einem Ohr zum anderen. Corbett stöhnte innerlich.
»Ich bin auf eigene Faust losgezogen, Master. Ihr entsinnt Euch vielleicht, daß Lady Fitzwarren sagte, wir könnten gern einmal bei ihrer Arbeit zusehen. Nun, da habe ich Lady Mary Neville einen Höflichkeitsbesuch abgestattet.«
Maeve bedeckte ihren Mund mit der flachen Hand. Corbett blickte starr zu Boden.
»Der Tag ist noch nicht zu Ende, Master. Lady Fitzwarren hat Euch eingeladen, zu ihr ins Spital von St. Catherine beim Tower zu kommen. Wer weiß«, strahlte Ranulf, »vielleicht finden wir mehr heraus.«
Entnervt schlug Corbett die Hände vors Gesicht.

ACHT

Corbett hob den Kopf und starrte Ranulf wütend an. »Ich habe keine Lust«, brüllte er, »mitten in der Nacht in der Stadt herumzuwandern!« Er funkelte Maeve an; sie stand hinter Ranulf und stopfte sich den Ärmelsaum in den Mund, um das Lachen zu unterdrücken.
»Aber Master, ich dachte, es wäre hilfreich. Wir müssen beide Damen befragen, vor allem Lady Mary. Schließlich war sie die letzte, die Lady Somerville lebend gesehen hat.«
Der Sekretär scharrte mit der Stiefelspitze auf dem Teppich. Unten in der kleinen Diele hörte er immer noch, wie Eleanor schrie und der kleine Ranulf vor Entzücken jauchzte. Wütend schaute er erst Ranulf, dann Maeve an. Vielleicht war es wirklich das Beste, zu verschwinden, dachte er; das Haus war in Aufruhr, Maeve dachte nur noch an die bevorstehende Ankunft ihres Onkels, und die beiden Kinder machten einen Höllenlärm. Ruhe würde er hier nicht finden, und dabei hatte er dringende Angelegenheiten zu erledigen.
»Also schön«, willigte er ein. »Aber Maltote soll vorausgehen. Bevor wir die Schwestern der Hl. Martha besuchen, möchte ich noch andere Leute treffen: William von Senche, Bruder Adam von Warfield und seinen fetten Freund, Bruder Richard. Sag diesen drei gestrengen Herren aus Westminster, ich möchte sie in der Schenke zu den drei Kranichen in der Vintry treffen. Sie werden Einwände erheben, sie werden Entschuldigungen vorbringen, sie werden dir erklären, was sie für wichtige Aufgaben zu erfüllen haben, sie werden vielleicht sogar betrunken sein. Sag ihnen, das kümmert mich

einen Dreck! Ich lade sie im Namen des Königs vor, und entweder kommen sie, oder sie verbringen die nächsten zwei Wochen im Fleet-Gefängnis, seien sie nun Priester, Mönch oder Verwalter!«

Wieder grinste Ranulf von einem Ohr zum anderen und eilte davon. In seiner Kammer wusch er sich gründlich, zog sich um und striegelte sich vor der Metallscheibe, die ihm als Spiegel diente. »So weit, so gut«, murmelte er. Er konnte Lady Mary nicht vergessen; und sie war so zuvorkommend gewesen, als er ihr heute im Namen seines Herrn einen Höflichkeitsbesuch abgestattet hatte. Natürlich hatte er ihr gesagt, Corbett habe ihn geschickt. Hoffentlich würde sein Herr die Lady jetzt nicht zu eingehend befragen. Selbst in ihrem dunklen Hausgewand war Lady Mary eine Vision voller Liebreiz gewesen. Sie hatte ihm in ihrer kleinen Stube gegenübergesessen, ihm einen Becher kühlen Elsässer Wein serviert und auch gezuckertes Marzipan auf einem Silberteller angeboten. Ranulf hatte seine Rolle gespielt und ihr erzählt, er sei der Sohn eines Ritters, der in Not geraten sei. Nun habe er eine gute Stellung in der Staatskanzlei und verdiene ordentlich, und er stelle ihr seine Dienste zur Verfügung. Lady Mary hatte mit den Wimpern geflattert, und er war zur Bread Street zurückgetrabt wie Galahad nach Camelot.

Jetzt drückte Ranulf sich das feuchte Haar in Form und besprengte sich das Wams großzügig mit Rosenwasser. Dann polterte er die Treppe hinunter, um seinem Sprößling gute Nacht zu sagen und den protestierenden Maltote zur Tür hinaus und zur Schenke hinüberzuschieben, damit er ihre Pferde hole.

Corbett verließ das Haus eine Stunde später, immer noch verdrossen, weil Maeve von dem Besuch ihres Onkels so sehr in Anspruch genommen wurde. Außerdem rieb er sich den wunden Ellbogen; der kleine Ranulf hatte ihn zu einem kurzen Spiel im Küchenvorraum gelockt und mit seinem Spielzeugschwert nach ihm geworfen. »Ein trauriger Tag«, murrte Corbett, »wenn man nicht einmal in seinem eigenen Haus Frieden findet.«

Immer noch vor sich hin fluchend, zog er seinen Mantel fester um die Schultern und ging durch die dunklen Straßen von Trinity zur Old Fish Street und in die Vintry, wo ihn die Schenke zu den drei Kranichen mit ihrer willkommenen Wärme begrüßte. Er hatte sicher schon eine Stunde dort in einer dunklen Nische neben dem großen Kamin gesessen, als Ranulf und Maltote hereinkamen und seine drei mißmutigen Gäste mitbrachten: William, der Verwalter, war halb betrunken, und die beiden Mönche wirkten verdrossen und waren rot im Gesicht, weil man sie ohne feierliche Umstände von ihrem Abendessen weggeschleift hatte. Corbett hieß sie willkommen und bestellte Krüge mit verdünntem Ale, denn so, wie William aussah mit seinem glühenden Gesicht, den glasigen Augen und der leuchtend roten Nase, würde ihn der nächste Schluck Wein in einen besinnungslosen Rausch stürzen. Der Sakristan war der einzige von den dreien, der seinen Verstand noch beieinander zu haben schien.

»Man hat uns ohne guten Grund oder Anlaß hierherbefohlen«, stellte er fest und raffte seine dunklen Gewänder um sich zusammen.

Corbett verzog das Gesicht. »Mönch, der König hat Euch herbefohlen. Wenn Ihr also Einwände habt, sagt es Ihm ins Gesicht.«

»Was wollt Ihr?«

»Ehrliche Antworten auf offene Fragen.«

»Ich habe Eure Fragen bereits beantwortet.«

»Was geht da vor zwischen der Westminster Abbey und dem Palast?«

»Was meint Ihr damit?«

Corbett zog Lady Somervilles Zeichnung aus seinem Beutel und warf sie dem Sakristan hinüber; zugleich schob er ihm die dicke Talgkerze zu, damit der Mönch besser sehen konnte. »Was haltet Ihr davon, Adam von Warfield?«
Der Sakristan betrachtete das Blatt. »Eine plumpe Zeichnung«, erklärte er schroff.
Corbett sah, wie er sich aufplusterte, und spürte, daß er Angst hatte. Bruder Richard beugte sich herüber und betrachtete die Zeichnung ebenfalls mit trüben Augen.
»Ein Skandal!« murmelte er. »Wer das gezeichnet hat, beleidigt die Kirche!«
»Lady Somerville war es«, sagte Corbett. »Ein hochrangiges Mitglied der Schwestern der Hl. Martha. Sie hat in der Gewandkammer und in der Wäscherei der Abtei gearbeitet. Was hat sie wohl entdeckt, diese wohlbeleumundete Witwe, diese fromme Edelfrau? Was hat sie gesehen, daß sie eine so grausame Parodie auf die sogenannten ›Männer Gottes‹ angefertigt hat? Master William, vielleicht könnt Ihr da helfen?«
Der Verwalter schüttelte den Kopf, und Ranulf der hinter den Gästen saß, grinste spöttisch. Er genoß es immer, wenn die sogenannten »Frommen«, die selbstsüchtigen Großen und Mächtigen, zur Rechenschaft gezogen wurden. Corbett zitierte oft den hl. Augustinus: *»Quis custodiet custodes?«* – Wer soll die Wächter bewachen? Ranulf wiederholte diesen Satz stets gern, und er konnte sich die Gelegenheit nicht entgehen lassen, ihn jetzt Adam von Warfield ins Ohr zu flüstern. Der Mönch fuhr herum und fletschte die Zähne wie ein Hund.
»Halt's Maul, Schurke!« knurrte er.
»Genug!« befahl Corbett. »Bruder Adam, Bruder Richard, Master William, kanntet Ihr eine der Huren, die in letzter Zeit in der Stadt ermordet wurden?«
»Nein!« war die einstimmige Antwort.

»Sagen Euch die Namen Agnes oder Isabeau etwas?«
Adam von Warfield sprang auf. »Wir sind Männer Gottes!« fauchte er. »Wir sind Priester und Mönche, die zur Keuschheit verpflichtet sind. Warum sollten wir etwas mit Huren, Dirnen und Kurtisanen zu tun haben?« Er beugte sich über den Tisch, und in seinen Augen loderte der Haß. »Habt Ihr sonst noch Fragen, Sekretär?«
Corbett verzog das Gesicht. »Nein«, sagte er langsam. »Aber Ihr habt die, die ich gestellt habe, ja auch noch nicht beantwortet.«
»Wir kennen keine Huren.«
»Und Ihr wißt nichts über Lady Somervilles Tod?«
»Nein, wir wissen nichts!« schrie der Mönch, daß die anderen Gäste aufblickten.
»Oder was sie damit meinte, als sie sagte: ›Die Kutte macht noch keinen Mönch‹?«
»Master Corbett, ich gehe jetzt. Master William, Bruder Richard?«
Der Mönch rauschte zur Tür, und seine beiden beschwipsten Gefährten torkelten ihm nach. Unter der flatternden Mönchskutte erhaschte Corbett einen kurzen Blick auf hochhackige, teuer aussehende spanische Lederreitstiefel mit vergoldeten Sporen an den Fersen.
»Mönch!« rief Corbett und stand ebenfalls auf.
»Was ist noch, Sekretär?«
»Ihr habt auch ein Armutsgelübde abgelegt. Ihr habt gut gegessen und getrunken, bevor Ihr herkamt. Euer Begleiter, Bruder Richard, hat einen Rausch, und Ihr tragt Stiefel, um die Euch der König beneiden würde.«
»Meine Sache, Sekretär.«
Corbett wartete, bis der Priester fast draußen war.
»Eine letzte Frage noch, Adam von Warfield.«
Der Sakristan drehte sich um und lehnte sich mit selbstzufrie-

denem Lächeln an den Türpfosten. Schließlich war er dem Ruf dieses Sekretärs gefolgt, er hatte seine Fragen beantwortet, und nun war die Sache erledigt.

»Um Himmels willen, Sekretär, was ist denn noch?«

Corbett hatte die stille Schankstube durchquert und hielt die halboffene Tür fest. Er schob sein Gesicht dicht an den Mönch heran. »Kennt Ihr jemanden«, zischte er, »mit Namen Richard Puddlicott?«

»Nein!« Warfield wandte sich ab, stapfte hinaus und warf die Tür hinter sich zu.

Corbett kehrte zu seinen Gefährten zurück. Ranulf grinste immer noch. Maltote saß wie gewöhnlich mit halboffenem Mund da; er hatte sich nach wie vor nicht daran gewöhnt, daß sein sonderbarer Herr so schroffen Umgang mit den Großen des Landes pflegte. Corbett setzte sich auf die Bank und lehnte sich zurück.

»Habt Ihr nichts erfahren, Master?« fragte Ranulf mit listigem Spott.

»Doch, dreierlei. Erstens: Adam von Warfield und seine Kumpane – oder mindestens einer von ihnen – kannten die toten Huren. Denn siehst du, Ranulf, so wütend er auch war, Bruder Adam wollte gar nicht wissen, *warum* ich ihn danach fragte. Ich habe ihm auch nicht gesagt, daß Agnes und Isabeau Huren waren – warum also zog er diese Schlußfolgerung?«

Ranulf hörte auf zu lächeln. »Ja, das hat er getan. Und was noch?«

»Zweitens: In der Abtei ist etwas im Gange. Ich weiß nicht, was es ist. Wiederum hat Adam von Warfield sich nicht nach dem Grund für diese Frage erkundigt. Wie jeder Schuldige wollte er seine Antworten kurz und knapp halten.«

»Anders ausgedrückt«, warf Maltote ein wie ein Schuljunge, der eine Aufgabe gelöst hat, »ein Wort ist leichter zurückgehalten als zurückgenommen.«

»Genauso ist es.«
»Und weiter?« fragte Ranulf verärgert und funkelte Maltote an.
»Was noch wichtiger ist . . .« Corbett schaute sich nach der Schankdirne um, die in einer Ecke einen Tisch abräumte. »Mädchen, komm her!«
Die Magd kam eilig herbei. Corbett schob einen Penny in die Tasche ihrer schmutzigen Schürze.
»Sag mir, Mädchen, kennst du Richard Puddlicott?«
»Nein, Sir. Wer ist das?«
»Nicht so wichtig«, antwortete Corbett. »Ich dachte nur. Seht ihr«, sagte er leise, als das Mädchen davonging, »als ich sie nach Puddlicott fragte, beantwortete sie meine Frage sofort mit einer Gegenfrage. Unser guter Sakristan hat das nie getan – nicht bei den Huren, nicht bei ihren Namen, nicht bei den Vorgängen in der Abtei. Und vor allem wollte er nicht wissen, weshalb ich ihn nach einem völlig Fremden namens Richard Puddlicott fragte.« Corbett trank seinen Humpen leer, nahm seinen Mantel und stand auf. »Endlich kommen wir voran«, sagte er. »Aber Gott weiß, wohin.«

Corbett, Ranulf und Maltote mieteten in Queenshite ein Boot und fuhren den Fluß hinauf; am Zollhaus beim Wollkai gingen sie an Land. Sie gingen am Fluß entlang, vorbei an den dunklen Massen des mächtigen Tower und hinaus in die freien Felder, auf die Lichter des Spitals von St. Katherine zu. Ranulf war schweigsam; er schmollte, denn es machte ihm immer Spaß, seinen Herrn auszuhorchen, und da half es nicht, wenn Maltote sich so eitel aufplusterte.
Bei St. Katherine ließ ein Pförtner sie ein und führte sie zu der kleinen Kirche neben dem Hauptgebäude des Spitals.
»Hier treffen sich die Schwestern immer«, erklärte er. »Ich glaube, sie sind schon da.«

Corbett zog die Tür auf und betrat den Vorraum. Es war eine einfache Kirche: ein langes, schmales, gewölbtes Kirchenschiff unter dem hochaufgeschwungenen Stichbalkendach, ein Kanzelgitter am vorderen Ende, dicke runde Säulen zu beiden Seiten des Mittelschiffs. Die meisten Schwestern waren bereits versammelt. Zunächst wurden Corbett und seine Begleiter nicht beachtet; die Damen huschten umher, zündeten Kohlebecken an und stellten lange Tische auf Holzböcken zusammen. Darauf stapelten sie saubere Kleider und schnitten lange Brotlaibe auf; sie stellten Salzschalen, Teller mit Dörrfleisch und Schüsseln mit in Scheiben geschnittenen und gezuckerten Äpfeln und Birnen auf. Lady Fitzwarren kam durch eine Seitentür herein, lächelte und winkte ihnen zu. Hinter ihr kam Lady Mary und schaute Ranulf scheu an.

»Ihr seid hier, um unsere Arbeit zu sehen, Sir Hugh?«

»Ja, Madam. Aber auch, um ein paar Fragen zu stellen.«

Lady Fitzwarrens Lächeln verblaßte. »Wenn ich soweit bin! Wenn ich soweit bin!« fauchte sie. »Die Weinkrüge sind noch nicht aufgestellt. Ich glaube, das Wetter schlägt um, und wir könnten heute abend viel zu tun bekommen.«

Corbett und seine Gefährten mußten sich auf eine Bank setzen und warten, bis Lady Fitzwarren und Lady Mary endlich zu ihnen kamen.

»Nun, Sir Hugh, was für Fragen habt Ihr denn noch an uns?«

Corbett merkte ihrem Ton an, daß sie verdrossen war.

»Erstens, Lady Mary, wart Ihr mit Lady Somerville am Abend ihres Todes zusammen?«

Die Frau nickte.

»Und wann habt Ihr St. Bartholomew verlassen?«

»Etwa eine Viertelstunde nach Lady Somerville.«

»Euch ist nichts aufgefallen?«

»Überhaupt nichts. Es war ja stockdunkel. Ich habe mir einen

Jungen gemietet, der mir die Fackel trug, und bin heim nach Farringdon gegangen.«

»Lady Fitzwarren, kanntet Ihr die toten Mädchen?«

»Einige, aber Ihr müßt bedenken, daß die Opfer alle kleine Kurtisanen waren. Wir kommen eher mit den allerniedrigsten Dirnen zusammen.«

»Kanntet Ihr Agnes, das Mädchen, das in der Kirche bei Grey Friars ermordet wurde?«

»Ja, und es ist seltsam, daß Ihr sie erwähnt. Nach ihrem Tod bekam ich von jemandem, der sie kannte, eine verworrene Botschaft; sie hatte mit mir sprechen wollen.«

»Wer hat Euch diese Botschaft überbracht?«

Lady Fitzwarren schüttelte den Kopf. »Ich komme mit so vielen Mädchen zusammen ... es war eine von ihnen.«

»Aber dieses Treffen hat nicht stattgefunden?«

»Natürlich nicht.«

»Gibt es sonst noch etwas, Lady Catherine?«

»Was denn zum Beispiel?«

»Nun, Ihr kommt im Kapitelhaus von Westminster zusammen. Habt Ihr in der Abtei oder im Palast etwas Ungewöhnliches bemerkt?«

»Nun, beide sind ziemlich verlassen«, warf Lady Mary ein. »Der alte Abt ist krank, und einen Prior haben sie nicht. Der König sollte wirklich nach Westminster zurückkommen.«

Lady Fitzwarren schaute ihre Gefährtin und dann Corbett an. »Sir Hugh, ich glaube, es gibt da etwas, das Ihr wissen solltet.« Die Frau senkte die Stimme, als Lady de Lacey in die Kirche gerauscht kam wie ein frischer Maienwind. »Vor über einem Jahr«, fuhr Lady Fitzwarren halb flüsternd fort, »kurz, nachdem diese schrecklichen Morde begonnen hatten, kam Lady Mary ein Gerücht zu Ohren, eine Geschichte, die unter den Straßendirnen und Kurtisanen die Runde machte: Daß bestimmte Mädchen in die Abtei – oder, besser gesagt, in den

Palast – geholt worden seien, zu Festen und ausgelassenem Treiben, das die ganze Nacht hindurch dauerte.« Die Frau zuckte die Achseln. »Ihr wißt, wie das ist, Sir Hugh. Es kommt immer wieder vor. Königliche Paläste stehen oft leer, vor allem in Kriegszeiten. Die Verwalter und Beamten werden faul und wollen sich auf Kosten der Höhergestellten amüsieren.« Sie lächelte schmal. »Ich glaube, sogar Christus hat Gleichnisse darüber erzählt.« Lady Fitzwarren schaute über die Schulter und winkte Lady de Lacey zu, die sie gerufen hatte. »Mehr weiß ich nicht, Sir Hugh. Aber sagt mir, habt Ihr eine Ahnung, wer für diese schrecklichen Mordtaten verantwortlich ist?«

»Nein, Mylady. Doch ich hoffe, ich kann verhindern, daß weitere geschehen.«

»In diesem Fall wünsche ich Euch alles Gute, Sekretär.«

»Ach – Lady Catherine?«

»Ja?«

»Wißt Ihr oder Lady Mary etwas über den französischen Gesandten, Sir Amaury de Craon? Oder über einen Mann namens Puddlicott?«

Beide Frauen schüttelten den Kopf.

»De Craon sagt mir nichts«, antwortete Lady Fitzwarren rasch. »Aber von Puddlicott habe ich gehört. Er ist ein Schurke, ein Hochstapler. Einige Straßenmädchen sprechen mit soviel Ehrfurcht und Hochachtung von ihm, wie ich vom König sprechen würde.«

Corbett nickte und sah den beiden Frauen nach, als sie davongingen. Dann setzte er sich auf eine Bank und warf einen Blick zu Ranulf hinüber, der blind und taub für alles außer Lady Mary Neville zu sein schien. Corbett blinzelte und schaute weg. Er hatte Ranulf schon betrunken gesehen, wütend, traurig, geil, weinerlich – aber noch nie liebeskrank. Er fand es immer noch schwer, zu akzeptieren, daß Ranulf sich so verliebt haben sollte. Corbett seufzte und lenkte seine Gedanken auf das, was er soeben erfahren hatte. Alles deutete darauf hin, daß in Westminster etwas nicht stimmte. Lady Fitzwarren hatte recht: Es war nichts Besonderes, daß Beamte in leeren Königspalästen sich die Zeit mit ausgelassenen Festen vertrieben – einmal hatte er als Marschall des königlichen Hofstaats dafür gesorgt, daß solche Missetäter vor Gericht gestellt wurden –, aber lag die Erklärung dieser schrecklichen Morde in solchen Festen? Hatten die Mönche von Westminster sich an diesen nächtlichen Orgien beteiligt? War etwas passiert, und hatte man die Morde begangen, um lockere Zungen und Skandalgetuschel zum Schweigen zu bringen?

Die Tür des Spitals öffnete sich langsam, und Corbett starrte sprachlos die beiden alten Weiber an, die da in die Kirche geschlurft kamen. Ihre zerlumpten Kleider bedeckten kaum die ausgemergelten Körper, ihr Haar war dünn und strähnig, und sie sahen aus wie Zwillingshexen mit ihren Hakennasen, ihren Triefaugen und den schlaffen, sabbernden Mündern. Schnatternd und gackernd wie Schwachsinnige schlichen sie auf die Tische zu, rafften Brotbrocken an sich und tranken schlürfend aus den zinnernen Weinbechern. Der Gestank ihrer ungewaschenen Leiber riß sogar Ranulf aus seinen Tagträumen.

»Gütiger Herrgott!« murmelte er. »Wir brauchen nicht bis zum Tod zu warten, Master, um Visionen der Hölle zu sehen.«

Lady de Lacey bemerkte ihren Ekel und kam herüber.

»Master Corbett, für wie alt würdet Ihr diese Frauen halten?«

»Das sind uralte Mütterchen.«

»Nein, nein. Beide sind noch nicht einmal fünfunddreißig. Es sind Straßendirnen, zerschlagen und vorzeitig alt, in Krankheit verfaulend, die weggeworfenen Gegenstände männlicher Lust.«

Corbett schüttelte den Kopf. »Ich muß widersprechen.«
»Was meint Ihr? Männer haben sie ausgebeutet!«
»Und sie haben die Männer ausgebeutet – wenngleich ich annehme, daß die Männer eine Wahl hatten, sie aber nicht.«
Lady de Lacey schaute ihn durchdringend an.
»Sogenannte ›gute Männer‹ haben diese Frauen benutzt«, fuhr Corbett fort. »Aufrechte Bürger, Ratsherren, die in Gildenprozessionen mitmarschieren, die am Sonntag zur Messe gehen, Arm in Arm mit ihren Gattinnen, während die Kinder vor ihnen herlaufen.« Corbett zuckte die Achseln. »Und solche Männer sind Lügner, und ihre Ehen ein leerer Schein.«
»Das sind die meisten Ehen«, versetzte Lady Imelda. »Eine Frau ist wie eine Ware, ein Stück Land, ein Besitz, ein Pferd, eine Kuh, ein Flußlauf.«
Corbett dachte an Maeve und grinste. »Nicht alle Frauen.«
»Die Kirche sagt es aber. Gratian hat geschrieben: Alle Frauen sind ihren Männern untertan. Sie sind ihr Besitz!«
»Das Gesetz von England«, entgegnete Corbett, »sagt, daß einer, der sich des Verrats schuldig gemacht hat, gehängt, gestreckt und gevierteilt werden soll, aber das heißt noch lange nicht, daß es richtig ist.« Er sah Lady de Lacey an und lächelte. »Ihr solltet St. Bonaventura lesen, Mylady. Der sagt, zwischen Mann und Frau sollte es eine Freundschaft geben, die einzigartig ist in der Welt.«
Lady Imeldas hartes Gesicht erstrahlte in einem echten Lächeln. »Ach ja«, sagte sie und wandte sich ab, »und wenn Schweine fliegen könnten, dann hingen die Bäume voller Schinken.«
Corbett sah ihr nach, als sie zu den beiden Vetteln ging und leise mit der einen redete.
»Sie ist ehrfurchtgebietend«, murmelte Ranulf.
»Das sind die meisten Heiligen, Ranulf. Komm, laß uns gehen.«

An diesem Abend lag Corbett neben der schlafenden Maeve in dem großen, vierpfostigen Bett und starrte zu dem dunklen Gobelinbaldachin über ihnen hinauf. Er hatte die Probleme in seinem müden Kopf um und um gewälzt, aber auch wenn er hier und da einen Verdacht hatte, gab es doch keine handfesten Schlußfolgerungen, nichts, was er wirklich hätte festhalten können. Er dachte an das, was er in St. Katherine gesehen hatte – die beiden alten Straßendirnen, Lady de Lacey mit ihrer sanften Fürsorglichkeit –, und wie er gesagt hatte, Mann und Frau sollten die besten Freunde sein. Er sah Maeve an, die still neben ihm schlummerte. Stimmte es denn? fragte er sich. Seltsam, er dachte immer wieder an Mary, seine erste Frau, und nach seiner Begegnung mit Lady Mary Neville waren diese Erinnerungen klarer geworden. Corbett schloß die Augen; er durfte diesen Weg nicht beschreiten. Die Vergangenheit ließ man besser ruhen. Er nagte an der Lippe und überlegte, was er anfangen würde, wenn diese Angelegenheit erledigt wäre. Er hatte gesehen, in welchem Schmutz, in welcher Verkommenheit die Dirnen leben mußten. Vielleicht sollte er etwas tun, statt mit hocherhobener Nase auf die andere Straßenseite zu wechseln. In Frankreich dachte er, bemühte man sich zumindest, die Situation in den Griff zu bekommen; ein Beamter, den man als König der Rätsel kannte, sorgte für eine gewisse Ordnung und bot den Nachtschwärmerinnen ein bißchen Schutz. In Florenz hatte man zu drastischeren Maßnahmen gegriffen: Die Bordelle standen unter der Aufsicht städtischer Behörden, die tatsächlich Schreiber im sogenannten »Amt der Nacht« einsetzten. Aber sicher konnte doch auch die Kirche mehr tun, als nur zu verdammen? Spitäler, Hospize? Er mußte dem König nahebringen, daß etwas geschehen mußte – aber was? Corbetts Gedanken spielten schläfrig mit den verschiedenen Möglichkeiten.

Während ihr Herr allmählich in Schlaf versank, schlichen Ranulf und Maltote sich mit Lappen an den Füßen, um ihre Schritte zu dämpfen, die Treppe hinunter, schlossen die Seitentür auf und schlüpften hinaus auf die dunkle Straße. Ranulf befahl Maltote, sein Murren und Fluchen zu lassen. Sie huschten die Bread Street entlang zu einer kleinen Gasse, wo Ranulf einen Rosenstrauß in einer Spalte versteckt hatte. Die Rosen hatte er am vergangenen Tag im Garten eines Kaufmanns in Westcheap gestohlen. Ranulf seufzte erleichtert, als er sah, daß den Blumen nichts geschehen war, und sie wanderten weiter durch Gassen und Torbögen bis zur alten Stadtmauer, vorbei am Fleet-Gefängnis und in die Shoe Lane, wo Lady Mary Neville wohnte. Ranulf erlaubte Maltote nicht einmal, zu flüstern; er hielt Ausschau nach der Wache und hatte eine Hand auf dem Dolch, um sich gegen Straßenräuber, Beutelschneider und kräftige Bettler zu wehren, die auf der Suche nach Beute die Nacht durchstreiften.
Vor dem dunklen Haus angekommen, blieb Ranulf stehen. Er bediente sich seiner alten Einbrechertalente und kletterte vorsichtig an der Wand hinauf, wobei er hier und da im weißen Mauerwerk und auf den Kanten der schwarzen Balken Halt fand. Zischelnd und flüsternd befahl er Maltote, auf eines der unteren Fenstersimse zu klettern und ihm die Rosen heraufzureichen, die der junge Bursche ratlos in der Hand hielt. Mit kundigem Geschick nutzte Ranulf die vielen Vorsprünge und Ritzen im Putz rings um das Fenster, hinter dem er Lady Marys Schlafkammer vermutete, und schließlich war das ganze Mauerwerk mit einer Girlande von Rosen besteckt. Ein paar würden wieder herunterfallen, aber Ranulf hatte genug mitgebracht, um seine große Liebe auf ihren stillen Verehrer aufmerksam zu machen. Er sprang wieder zu Boden, lachte leise und lief mit Maltote im Schlepptau zurück zur Bread Street.

In einem anderen Teil der Stadt trippelte Hawisa, eine junge Kurtisane, die vor kurzem aus Worcester nach London gekommen war, bei Cripplegate die Monkwell Street hinunter. Sie hatte den Abend damit zugebracht, einem alten Kaufmann im Hinterzimmer seines Ladens zu Gefallen zu sein, während seine Frau und der Rest der Familie auf eine Wallfahrt zum hl. Thomas von Canterbury gegangen waren. Hawisa hob den Saum ihres dunkelroten Rocks und suchte sich mit großer Sorgfalt einen Weg zwischen den Müllbergen hindurch; ängstlich quietschend sprang sie beiseite, wenn die Ratten zu ihren Löchern wieselten. Endlich hatte sie das letzte Haus an der alten, verfallenden Stadtmauer und das Kellergewölbe erreicht, das der Wollhändler ihr gekauft hatte. Hawisa war müde und froh, in eine Kammer zurückzukehren, die sie sich nach ihren eigenen Bedürfnissen eingerichtet und ausgeschmückt hatte. Sie schob den Schlüssel ins Schloß, drehte ihn um und erstarrte, als sie ein Geräusch hinter sich hörte. Wieder eine Ratte? Oder kam da jemand? Sie verharrte; sicher war es ein Schritt gewesen, den sie da oben auf der Straße gehört hatte. Sie trat aus dem Kellereingang hinaus und spähte die dunkle Treppe hinauf. Nichts. Sie wandte sich wieder um und nestelte mit dem Schlüssel im Schloß; da ließ eine leichte Berührung an der Schulter sie herumfahren.
»Hawisa«, flüsterte jemand. »Ich habe auf dich gewartet.«
Hawisa hob den Kopf und lächelte, und im selben Augenblick fuhr ihr das Mordmesser an die Kehle und zerfetzte sie mit einem langen, blutigen Schnitt.

NEUN

Corbett saß früh am nächsten Morgen in der Küche und frühstückte, als ein Hämmern an der Tür das ganze Haus aus seiner Ruhe riß. Er ahnte, was kommen würde, noch während er die Haustür öffnete und den Untersheriff Alexander Cade zerzaust und unrasiert vor sich stehen sah.
»Es hat wieder einen Mord gegeben, nicht wahr?« fragte Corbett leise.
»Ja. Vor etwa vier Stunden. Eine Prostituierte namens Hawisa wurde vor ihrer Wohnung umgebracht.«
Corbett winkte ihn hinein. »Die Tote wird noch eine Weile warten«, sagte er leise. »Ihr habt schon gefrühstückt?«
Cade schüttelte den Kopf. Corbett führte ihn in die Küche und setzte ihn an den Tisch; dann schob er ihm einen Becher Wein, eine Scheibe Fleisch und ein paar frische braune Brote zu. Cade aß und trank gierig; er schlang das Essen herunter wie ein Wolf, während Corbett ihn neugierig beobachtete. Ungeachtet seines Hungers schien der Untersheriff sehr beunruhigt zu sein.
»Kanntet Ihr Hawisa?« fragte Corbett, als Ranulf und Maltote mit glasigen Augen in die Küche geschlichen kamen. Der Untersheriff blickte auf; er hatte den halboffenen Mund noch voll mit Brot und Fleisch. Corbett wußte, daß er auf diese Frage nicht vorbereitet war. »Ihr kanntet sie, nicht wahr?«
Cade nickte. »Ja«, murmelte er. »Ich kannte das Mädchen, aber das ist meine Sache.«
Ranulf und Maltote setzten sich neben ihn auf die Bank.

»Master Cade, einen Augenblick. Ranulf, ich muß mit dir sprechen.«
Draußen im Hausflur packte er Ranulf beim Wams. »Du bist letzte Nacht noch aus dem Haus gegangen, nicht wahr?«
»Ja, Master. Aber wie Master Cade schon sagte: Das ist meine Sache.«
»Wenn du die Haustür nicht verriegelst, machst du es zu meiner!« fauchte Corbett. »Ich habe schon genug Feinde in dieser Stadt, ohne daß ich jeden Gauner und Strauchdieb in mein Haus einlade, von dem blutigen Mörder, der hier nachts sein Unwesen treibt, ganz zu schweigen!« Er stieß Ranulf gegen die Wand. »Wo bist du gewesen? Bei Lady Mary Neville?«
»Jawohl!« Ranulf funkelte ihn an.
»Sie ist eine Dame und eine Witwe!«
»Und was bin ich?« zischte Ranulf »Irgendein Gemeiner? Soll ich an meinen Stand im Leben erinnert werden, Master?« Ranulf trat dicht an ihn heran. »Oder möchtet Ihr sie gern für Euch haben, Master? Ist es das? Ich habe wohl gesehen, wie Ihr sie anschautet.«
Corbetts Hand fuhr zum Dolch, und Ranulf griff nach dem seinen.
»Ich habe Euch lange gedient, Master«, sagte Ranulf leise. »Und ich habe Euch gut gedient. Wer mein Vater war, weiß der Himmel, und meine Mutter war die Tochter eines Kleinbauern. Sie hatte Ehrgeiz, aber nicht das entsprechende Talent. Aber glaubt mir, ich habe beides. Eines Tages werde ich vor dem König knien.« Ranulf reckte das Kinn vor. »Ich werde zum Ritter geschlagen werden!«
Corbett ließ die Hände sinken und lehnte sich an die Wand. »Gott helfe uns, Ranulf!« murmelte er. »Da stehen wir beide mit der Hand am Dolch voreinander! Tu, was du willst. Wir haben andere Probleme.«

Sie holten Cade und den halb schlafenden Maltote aus der Küche und gingen die menschenleere Bread Street hinunter in die Cheapside. Die große Hauptstraße lag verlassen da; nur ein einsamer Ordensbruder ging, das Meßgewand über der Schulter, mit der Krankensalbung die Straße hinunter, und ein schlaftrunkener Junge trug einen brennenden Kienspan vor ihm her. Hunde und Katzen balgten sich auf einem Abfallhaufen. Zwei Angehörige der Stadtwache taumelten vorüber, so betrunken wie das lärmende Gesindel, das sie zu jagen hatten. Corbett schaute zum grauen Himmel hinauf.
»Wo ist die Tote, Master Cade?«
»Man hat sie bereits nach St. Lawrence Jewry gebracht. Wir haben sie auf einen Abfallkarren gelegt.«
»Wer hat sie gefunden?«
»Ein Mann von der Wache.« Cade wandte sich ab und spuckte aus. »Er hörte, wie die Hunde sich knurrend um die Leiche balgten.« Seine Lippen strafften sich, als er ein Würgen unterdrückte. »Die Köter leckten schon ihr Blut auf.«
Corbett hauchte ein stilles Gebet. »Es hat wenig Sinn, dort hinzugehen«, meinte er. »Wurde das Mädchen in seiner Wohnung ermordet?«
»O nein, gleich davor. Sie hatte den Schlüssel ins Schloß gesteckt, als der Mörder zuschlug.«
»Wollen wir nach St. Lawrence Jewry gehen?«
»Master Corbett, ich habe vorher noch etwas anderes zu tun. Würdet Ihr noch warten?« Cade klopfte hoffnungsvoll auf seinen Beutel. »Ich habe meinen Schreiber gebeten, die Akten durchzusehen. Er hat alles, was wir über Puddlicott wissen, zu einem Memorandum zusammengefaßt.«
Corbett lächelte. »Dann wollen wir uns erst um Eure Angelegenheiten kümmern, Master Cade.«
Der Untersheriff führte ihn zum großen Pranger am Wasserspeicher, wo Soldaten in der blau-gelben Livree der Stadt

einige Gauner und Nachtschwärmer zusammengetrieben hatten, um sie ihrer Strafe zuzuführen. Als Corbett dort ankam, wurde eben ein Priester, der in den Armen einer Bürgersfrau ertappt worden war, abgeführt. Ein Dudelsackspieler ging ihm voraus.

»Er muß sechsmal nach Newgate und zurück gehen, mit blankem Arsch«, erklärte Cade. »Die Hose soll ihm um die Knöchel schlottern.«

Die Soldaten grölten vor Lachen, als der arme Unglückliche abgeführt wurde. Cade mußte dafür sorgen, daß zwei andere Bestrafungen ihren ordnungsgemäßen Lauf nahmen. Ein Fälscher hatte zwei Seidenmäntel zu fünf Pfund gekauft; unter dem Vorwand, den einen einem Freund zeigen zu wollen, hatte der Mann einen Viertel Nobel bezahlt und als Pfand einen Beutel zurückgelassen, in den fünfzehn gleiche Münzen eingenäht waren. Der Ladenbesitzer war einverstanden gewesen, und erst, als der Kerl gegangen war, hatte er festgestellt, daß die Münzen gefälscht waren. Im zweiten Fall ging es um einen Schuster, der behauptet hatte, er könne gestohlenes Gut mit Hilfe eines Brotlaibes wiederfinden, in den seitlich zwei Messer hineingedrückt waren. Jetzt baumelten ihm die Messer um den Hals, und während er in den Stock geschlossen wurde, rieb man ihm das in Pferdeurin getränkte Brot ins Gesicht.

Die Strafen nahmen ihren Fortgang. Ein Gotteslästerer mußte drei Pfund Wachs in eine Kirche in Southwark bringen. Ein Mann, der sich stumm gestellt hatte, um besser betteln zu können, bekam die Zungenspitze mit einem rotglühenden Eisen verbrannt. Corbett hatte die standgerichtlichen Bestrafungen bald satt und ging davon.

Er mußte fast eine Stunde in einer nahen Schenke warten, bis Cade seine Pflicht getan hatte; dann machten sie sich alle auf den Weg nach St. Lawrence Jewry. Maltote war inzwischen wach und tuschelte eifrig mit Ranulf darüber, wie Lady Mary sich freuen würde, wenn sie aufwachte und die Rosen fände. Corbett hörte es und hoffte, daß sie recht behielten, denn sonst würde Ranulf sich bei den Übeltätern wiederfinden, die sie eben am Pranger zurückgelassen hatten. Er warf einen kurzen Blick zu Cade hinüber, der immer noch still und ziemlich nervös wirkte.

»Ich muß Euch eine Frage stellen, Alexander«, flüsterte Corbett leise, so daß Ranulf und Maltote es nicht hören konnten.

»Was denn?«

»Kanntet Ihr noch andere der ermordeten Mädchen?«

Cade schüttelte den Kopf und starrte ins Leere.

Als sie in St. Lawrence Jewry angekommen waren, rief Cade den dicken kleinen Pfarrer heraus. Dieser maulte ob der frühen Stunde, aber er schloß ihnen das kleine Leichenhaus auf. Er sei es allmählich leid, brummte er, eine Hure nach der anderen zu beerdigen, und er hielt erst den Mund, als Cade ihn barsch daran erinnerte, daß die Stadt ihm gutes Silber für seine Dienste zahlte. Corbett warf einen kurzen Blick auf die Tote, auf den tiefen, purpurroten Schnitt durch die Kehle und die schrecklichen Verstümmelungen am Unterleib, und ging hinaus an die frische Luft.

»Ich stimme Euch zu, Priester!« rief er. »Der Anblick von siebzehn solcher Leichen würde selbst die Geduld eines Heiligen auf eine harte Probe stellen.«

Der Priester, der seit ihrer letzten Begegnung vor Corbett auf der Hut war, schüttelte den Kopf.

»Sechzehn!« quiekte er. »Sie ist die sechzehnte.«

Corbett sah, daß Cade plötzlich erbleichte.

»Nein, nein«, beharrte er. »Sie ist das siebzehnte Opfer – oder das achtzehnte, wenn wir Lady Somerville mitzählen.«

Der Priester zuckte die Achseln und watschelte in sein Haus.

Als er zurückkam, hatte er ein großes, purpurn gefärbtes Registerbuch dabei.
»Das ist das Bestattungsregister der Kirche«, erklärte er und schlug die vergilbten Seiten auf. Er blätterte nach hinten. »Hier sind die, die ein Armengrab bekommen haben. Ich habe die Namen der Opfer mit Sternen markiert – die Huren, die in den letzten Monaten ermordet wurden.«
Corbett nahm das Buch zur Hand und überflog die jammervollen Eintragungen. Ein alter Mann, der am Pranger gestorben war, ein Junge, der vom Glockenstuhl gefallen war, ein Kesselflicker, der in der Floodgate Lane erschlagen worden war. Dazwischen standen, mit einem Stern vor jedem Namen, die ermordeten Prostituierten. Corbett ging davon, ohne auf die Proteste des Priesters zu achten. Er legte das Buch auf einen bröckelnden Grabstein, zog die Liste der Opfer, die er vom Untersheriff bekommen hatte, aus der Tasche und machte sich daran, beides miteinander zu vergleichen. Cade stand weit im Hintergrund und hatte allem den Rücken zugekehrt, und Maltote und Ranulf lehnten an der Mauer und betrachteten die aufgehende Sonne. Corbett prüfte beide Listen sorgfältig. Dann klappte er das Buch zu und gab es dem Priester zurück.
»Ich danke Euch, Pater. Ihr werdet wahrscheinlich niemals wissen, wie wertvoll dieses Buch ist. Ranulf! Maltote!« rief er. »Ihr bleibt, wo ihr seid. Master Cade, Ihr kommt mit mir.«
Während der Priester sich verdrückte, ging Corbett mit Cade hinten um die Kirche herum. Kaum waren sie allein, da stieß er den Untersheriff an die Mauer, packte ihn mit der einen Hand bei der Kehle und drückte ihm mit der anderen die Dolchspitze in die weiche Haut unter dem rechten Ohr.
»So, Master Cade«, flüsterte er. »Keine Lügen, keine Märchen. Was war hier los, he? Nach Eurer Liste soll eine Hure

namens Judith, wohnhaft in der Floodgate Lane, vor sechs Wochen ermordet worden sein!«

Der Untersheriff klappte den Mund auf und zu. Corbett schlug seinen Hinterkopf sanft gegen die Mauer.

»Lügt jetzt nicht, Master Cade. Ihr seid für alle Bestattungen verantwortlich. Was ist aus dem Leichnam dieser Frau geworden?« Corbett lächelte schmal. »Ach, übrigens seid Ihr bei den Dirnen der Stadt wohlbekannt.«

Cade schnappte nach Luft. »Ich sag's Euch«, knirschte er. »Nehmt die Hand weg und steckt Euer Messer ein, Sir Hugh. Früher oder später kommt die Wahrheit ja doch an den Tag.«

Corbett schob den Dolch in die Scheide und steckte ihn ein, als plötzlich Maltote und Ranulf erschienen.

»Ich habe euch gesagt, ihr sollt warten!« rief Corbett. »Jetzt geht zurück.«

Der Untersheriff rieb sich den Hals und setzte sich auf ein steinernes Sims, das aus der Kirchenmauer hervorragte.

»Ja, ja«, begann er, »ich kannte einige der ermordeten Mädchen. Ich bin Junggeselle, Sir Hugh. Ich habe nichts als die Kleider, die ich am Leibe trage, und die Einkünfte aus meinem Amt. Ich nehme keine Bestechungsgelder, ich drükke nie ein Auge zu, aber wie jeder andere Mann werde ich manchmal einsam. Mein Blut gerät ins Kochen, und ein hübsches Gesicht und ein weicher Körper, irgendein Gesicht, irgendein Körper, sind mir dann Trost genug. Ich kannte das letzte Mädchen, Hawisa, und auch andere: Mabel, Rosamund, Gennora. Aber Judith war mir die liebste. Seht Ihr, Master Corbett, sie wurde überfallen, aber nicht ermordet. Ich habe sie versorgt, aber dann habe ich ihren Namen auf die Liste gesetzt, um sie zu schützen.«

»Ihr habt was?« Corbett verschlug es die Sprache. »Soll das heißen, es gibt ein Mädchen, das einen Überfall des wahnsinnigen Mörders überlebt hat?«

»Sie hat kaum etwas gesehen«, murmelte der Untersheriff. »Sie hatte Angst. Sie hat damit gedroht, anderen zu erzählen, was sie über mich und andere städtische Beamte wisse, wenn man sie nicht schützte.«

»Wo ist sie jetzt?«

»Ich habe sie bei den Minoritinnen am Tower untergebracht. Die guten Schwestern kümmern sich um sie.« Cade wischte sich mit dem Handrücken über den Mund. »Das heißt, bis ich genug Geld habe, um sie in den Süden zu schicken, in einen der Cinque Ports.«

»Tja, Master Cade, dann gehen wir am besten mal hin.«

Sie holten Ranulf und Maltote, die ratlos warteten, und begaben sich hinunter zum Rathaus, um Pferde auszuleihen. Dann setzten sie ihren Weg durch die allmählich erwachenden Straßen nach Aldersgate und hinaus aufs offene Land fort. Sie wandten sich nach Süden und gelangten durch üppige Felder und an Milchbauernhöfen vorbei zu dem großen grauen Steingebäude der Minoritinnen, das sich zwischen Wälder und Felder schmiegte.

Die Schwestern folgten der Ordensregel der hl. Klara. Sie hießen sie freundlich willkommen, denn sie freuten sich immer über Besucher, vor allem, wenn sie männlich waren. Sie umhegten und umgluckten Corbetts Schar wie ein paar Hühner. Der Sekretär mußte ihnen die üblichen Höflichkeiten erweisen und mit ihnen im kleinen Refektorium Brot und Ale zu sich nehmen, bevor Cade bat, in einem ihrer Gästezimmer »seine liebe Schwester Judith« sehen zu dürfen.

Die guten Schwestern waren einverstanden, aber Corbett entging nicht, daß sie kokette Blicke wechselten und verstohlen lächelten. Was immer der Untersheriff behaupten mochte, die Nonnen waren nicht so unschuldig, wie sie aussahen, und schienen durchaus zu ahnen, was Judiths wahrer Beruf war. Gleich schickten sie eine junge Novizin zu dem Mädchen, um es auf den Besuch vorzubereiten. Ranulf und Maltote blieben mit dem strengen Befehl, sich anständig zu benehmen, im Klostergarten zurück, und Corbett und Cade gingen in die weißgekalkte Zelle, in der Judith sie erwartete. Sie war ein rundliches, rothaariges, freundlich aussehendes Mädchen in einem dunkelbraunen, am Hals zugebundenen Kittel. Sie begrüßte Cade warmherzig, küßte ihn auf beide Wangen und drückte seine Hände, aber die dunklen Augenringe verrieten, daß sie in banger Sorge war.

»Die Nonnen halten mich immer noch für deine Schwester«, sagte sie keck.

»Und warum, glauben sie, bist du hier?« fragte Corbett.

»Ihr wißt, wer ich bin, Sir, aber wer seid Ihr?« fragte sie mit hochgezogenen Augenbrauen.

Corbett bat lächelnd um Entschuldigung und stellte sich vor. »Und meine Frage?« beharrte er dann.

»Die Nonnen«, warf Cade ein, »glauben, daß Judith meine Schwester ist und von einem Einbrecher überfallen wurde.«

»Und in Wirklichkeit ...«

Das Mädchen lächelte und schlug die Augen nieder. »Ich bin Master Cades Hure«, gestand sie. »Ich hatte eine Kammer über einem Laden in der Floodgate Lane. Master Cade besuchte mich dort immer. Ich hatte auch noch andere Freunde.« Sie hob die Stimme, und man hörte den Unterton eines singenden Akzents. »Ich konnte ein gutes Leben führen. Von den Morden hatte ich wohl gehört, aber ich dachte, da nimmt jemand für irgend etwas Rache.« Sie setzte sich auf den einzigen Schemel. »Und dann, eines Nachts«, fuhr sie fort, »kam ich spät nach Hause und ging die Außentreppe zu meiner Kammer hinauf. Ich ließ oft für meine Katze die Tür auf. Ich ging hinein und zündete eine Kerze an. Ich hatte einen großen Schrank, den ein Tischler mir geschenkt hatte, für meine Kleider. Jetzt hörte ich ein Geräusch, und weil ich die Katze nirgends sah, dachte ich, das arme Tier hätte sich darin eingesperrt.« Judith verstummte und verschränkte die Finger ineinander. »Ich werde das nie vergessen«, wisperte sie dann. »Ich nahm die Kerze in die Hand und machte die Schranktür auf. Ich glaube, die Kerze hat mich gerettet. Eine dunkle Gestalt kam hervor, Stahl blinkte, und als ich zurückwich, schnitt mich das Messer.« Das Mädchen löste die Bänder am Hals und zog den Kittel herunter. Man sah einen langen, rot entzündeten Schnitt unterhalb des Halses, von einer Schulter zur anderen. »Das Blut spritzte heraus, und ich schrie, und dann wurde ich ohnmächtig. Jemand muß mich gehört haben. Man rief Master Cade.« Sie sah Corbett an. »Ich nehme an, den Rest wißt Ihr?«

»Ich hielt es für das Beste, den Mörder glauben zu machen, sie sei tot«, ergänzte Cade.

»Dann mußt du etwas gesehen haben«, folgerte Corbett.

Das Mädchen verzog das Gesicht. »Aber wer würde mir glauben?«

»Was hast du gesehen?«

»Ich konnte nur einen kurzen Blick auf die Gestalt werfen, aber ich glaube, es war ein Mönch.«

»Wieso?«

»Er war in einen Umhang gehüllt und trug eine Kapuze, aber Ihr müßt wissen, Sir Hugh« – das Mädchen lächelte sittsam –, »als ich die Kerze hochhielt, konnte ich den Ärmel sehen. Er war dunkelbraun, wie eine Mönchskutte. Und noch etwas habe ich gesehen.«

»Na los, Mädchen, erzähl's mir schon.«

»Als ich zurückwich und die Kerze zu Boden fiel, sah ich eine weiße, mit Troddeln verzierte Kordel, da bin ich sicher.« Sie blickte auf. »Nur ein Mönch trägt so etwas.«

Corbett warf Cade einen vorwurfsvollen Blick zu. »Deshalb wart Ihr so still, als wir zur Westminster Abbey gingen und dort den Sakristan und seinen Busenfreund trafen. Nur die Benediktiner tragen ein braunes Habit. Begreift doch, Cade: Der Mörder *muß* ein Mönch sein!«

Cade schlug mit der Faust an die Wand. »Das begreife ich ja!« gab er zurück. »Aber wer würde einer Hure glauben?« Er sah Judiths traurige Augen. »Es tut mir leid«, brummte er, »aber das würde man sagen: Das Wort einer Hure gegen das eines Mönchs – und welchen Beweis hätte sie, Sir Hugh, außer ihrer eigenen Vermutung. Würde man einen Mönch eines Verbrechens beschuldigen, würden alle seine Brüder sofort mächtige Eide schwören, daß Bruder Soundso oder Pater XY zur Zeit des Überfalls woanders gewesen sei.«

»So hast du es nie gesagt«, unterbrach das Mädchen. »Du hast immer gesagt, du hättest mich hier untergebracht, um mich zu schützen. Aber du hast dich selbst geschützt!« Sie sah Corbett an. »Bevor der Untersheriff weiterredet«, sagte sie, »und mich fragt, aus welchem Grund ein Mönch eine Hure überfallen könnte, will ich es Euch lieber gleich sagen, Sir Hugh. Ihr seid der einzige, mit dem ich darüber gesprochen habe.«

Corbett hockte sich vor das Mädchen und nahm sanft seine Hand.

»Sag mir die Wahrheit«, mahnte er eindringlich. »Erzähle mir alles, was du weißt, und ich werde den Mann dingfest machen, der dich überfallen hat. Ich werde dir Schutz geben, ein Dokument von des Königs eigener Hand und eine stattliche Belohnung. Jawohl«, fügte er hinzu, als er den hoffnungsvollen Schimmer im Auge des Mädchens sah, »gutes Silber, damit du woanders hingehen und ein neues Leben beginnen kannst. Eine kleine Mitgift – vielleicht kannst du in dein Heimatdorf zurückkehren, heiraten und dich niederlassen.«

Das Mädchen umklammerte Corbetts Finger.

»Versprecht Ihr das?«

Corbett hob die andere Hand. »Ich schwöre es beim König und beim Sakrament mit feierlichem Eid. Ich werde dich beschützen und belohnen.«

»Vor ungefähr einem Jahr«, begann Judith, »im Spätsommer und Frühherbst, da wurden ich und andere Mädchen aufgefordert, in den leeren Palast von Westminster zu kommen. Man bezahlte uns gutes Silber und fuhr uns mit einer Barke den Fluß hinunter. Dann wurden wir die Königstreppe hinauf und in eines der Gemächer des leeren Palastes geführt. Mindestens ein dutzendmal gingen wir hin und feierten die ausgelassensten Feste. Nie habe ich etwas Ähnliches gesehen. Der Wein floß wie Wasser, und das Essen türmte sich auf den Tellern.« Sie lächelte. »Aber die Beleuchtung war immer schlecht. Und es kamen Männer zu uns. Einen kannte ich; ich glaube, er war der Verwalter des Schlosses, und er war immer betrunken.«

»Und wer war noch dabei?«

»Na ja, wie gesagt, der Wein floß wie Wasser. Wir zogen uns aus, und es gab Musik und Tanz. Die Gäste waren maskiert, aber ich bin sicher ...« Das Mädchen schwieg einen Augenblick. »Ich bin sicher, daß einige von ihnen Mönche aus der benachbarten Abtei waren.«

Corbett pfiff durch die Zähne und sah Cade an. »Bei den Zähnen der Hölle, Cade! Ich hatte schon Gerüchte von diesen Festen gehört. Weiß sonst noch jemand in der Stadt davon?«

Der Untersheriff war bleich geworden. »Es gab wohl Gerüchte ...«, murmelte er.

»Wenn der König das hört«, meinte Corbett, »kann man sich kaum vorstellen, wie wütend er sein wird.« Er lächelte das Mädchen an und faßte seine Hand fester. »Oh, nicht auf dich, Judith. Der König wird sich an die größeren Fische halten. Dir wird nichts geschehen.« Er schaute dem Mädchen in die

angstvollen Augen. »Wer war der Anführer bei diesen Orgien? Wer hat sie veranstaltet?«
»Ich weiß es nicht. Erst dachte ich, es sei der Verwalter, aber der ist ein Trinker. Er war so betrunken, daß er mit den Mädchen überhaupt nichts anfangen konnte. Nein, da war noch ein anderer Mann. Groß, gut gebaut, von muskulöser Gestalt – aber er trug immer eine Satyrmaske. Er war es, der dafür sorgte, daß es in den Räumen ziemlich dunkel war, daß die Speisen aufgetragen wurden, daß es Wein gab und – was das Wichtigste war –, daß wir bei Tagesanbruch den Palast verließen und von einer Barke den Fluß hinaufgefahren wurden.«
»Weißt du, wer das war?«
»Nein. Aber man nannte ihn den ›Seigneur‹.«
»Und woher wußtest du, daß Mönche dabei waren?«
Das Mädchen lachte. »Sir Hugh, ich weiß vielleicht sonst nicht viel, aber wenn man auf den Straßen von London arbeitet, dann lernt man über Männer bald genug, um tausend Pergamente damit vollzuschreiben.« Sie zuckte die Achseln. »Es war dunkel, aber die Körper dieser Männer waren verweichlicht und gut genährt. Außerdem« – sie kicherte – »haben Mönche Tonsuren.«
Corbett grinste. »Es wurde also getrunken, gegessen, getanzt und ...«
»Ja«, unterbrach ihn das Mädchen lächelnd. »Und das andere. Wir gingen paarweise auseinander, und dann wurde ins Horn gestoßen, frisches Fleisch und volle Becher wurden aufgetragen, und das Feiern ging weiter bis in die frühen Morgenstunden.«
»Du sagst, das war vor einem Jahr. Warum hat es aufgehört?«
»Das habe ich nicht gesagt. Ich glaube nur, der Seigneur hat ein paar andere Mädchen ausgesucht.«
»Ah!« Corbett richtete sich auf. »Natürlich: Für den Fall, daß du oder deine Kolleginnen irgendwann allzuviel wußten.«

»Aber warum«, unterbrach Cade, »hat niemand den Behörden die Sache angezeigt?«
Das Mädchen sah ihn mitleidig an. »Alexander«, sagte sie, »du bist ein guter Mann, aber ein solcher Dummkopf. Wer sollte es denn anzeigen? Der Seigneur und sein Zirkel? Oder die Mädchen, die damit auf gutes Geld, auf Essen und Trinken verzichtet hätten? Wer würde das wagen?« Sie warf den Kopf in den Nacken. »Und, wie du schon sagtest, Alexander, wer würde uns denn glauben, uns Huren und Dirnen?«
Corbett trat an das kleine Fenster und schaute hinaus zu Ranulf und Maltote, die im grünen Klostergarten saßen und sich in der Morgensonne wärmten; sie lachten und kicherten über ihre Großtaten vom vergangenen Abend.
»Was du da sagst, Judith«, schloß er, »klingt einleuchtend. Du glaubst, daß Mönche aus der Abtei an diesen nächtlichen Ausschweifungen beteiligt waren. Vielleicht wurde einer von ihnen unruhig, fühlte sich gar bedroht und beschloß, zu beseitigen, was ihn belasten könnte.«
Das Mädchen nickte. »Ich nehme es an«, sagte sie. »Aber es gibt vielleicht mehr als nur einen Mörder, Sir Hugh. Die Morde sind überall in der Stadt passiert.«
»Mag sein«, antwortete Corbett. »Doch alles, was du sagst, Judith, paßt ins Bild. Zuerst Lady Somerville.« Er sah das Mädchen an. »Sie gehörte den Schwestern der Hl. Martha an, und sie wurde in Smithfield brutal ermordet. Du hast von den guten Schwestern schon gehört?«
Judith nickte.
»Sie hatte eine sehr schlechte Meinung von Mönchen«, fuhr Corbett fort. »Sie zitierte immer das Sprichwort ›Die Kutte macht noch keinen Mönch‹, und sie hat ein paar ziemlich grobe Karikaturen von ihnen gezeichnet. Vielleicht wußte sie von diesen Orgien und mußte zum Schweigen gebracht werden? Zweitens habe ich mich gefragt, wie der Mörder sich

unbeobachtet durch die ganze Stadt schleichen konnte – aber freilich, wer würde einen Mönch anhalten und ausfragen? Drittens hat man gesehen, wie ein Mönch das Haus betrat, in dem eines der Opfer gefunden wurde. Und schließlich: Zu einem Mönch hat jeder Vertrauen, und deshalb haben die Opfer den Mörder stets nah an sich herankommen lassen.«
Corbett starrte aus dem Fenster in den sonnenüberstrahlten Klostergarten. Natürlich, dachte er, paßte das alles auch zu dem, was Bruder Thomas gesagt hatte: Vielleicht ermordete dieser Mönch die Mädchen nicht nur, um sie zum Schweigen zu bringen, sondern weil er ein schlechtes Gewissen hatte und glaubte, er könne für seine Sünden büßen, indem er ihr Blut vergoß. Was der alte, verrückte Bettler gesagt hatte, ergab jetzt auch einen Sinn: Die knorrigen Zehen des Teufels waren in Wirklichkeit die bloßen Füße eines Mönchs in Sandalen. Und natürlich würde Lady Somerville im Dunkeln stehenbleiben und einen Mönch begrüßen, der ihr nacheilte.
»Und Pater Benedict!« warf Cade aufgeregt ein. »Der alte Priester mußte sterben, weil er etwas von den nächtlichen Orgien der Mönche gesehen oder gehört hatte. Deshalb wollte er mich sprechen. Und deshalb wurde er ermordet!«
Corbett lehnte sich an die Wand und nickte. Aber warum, dachte er, wurden diese verbotenen Feste gefeiert? Und wer war der Seigneur? William von Senche war es nicht, hatte das Mädchen gesagt. Vielleicht der Sakristan, Adam von Warfield? Aber warum, warum, warum? Corbett starrte ins Gras hinunter. Der Tau funkelte wie Diamanten. Plötzlich überlief es ihn eiskalt.
»Natürlich!« rief er. »Natürlich!«
Er trat auf das Mädchen zu und packte es fest beim Handgelenk. »Kannst du mir sonst noch irgend etwas erzählen?«
»Nein, Sir. Ich habe alles gesagt, was ich weiß.«
»Gut, dann bleibst du jetzt hier. Cade, Ihr kommt mit!«

Corbett ging eilig zu Ranulf und Maltote in den Kreuzgang hinaus.
»Ranulf! Maltote! Kommt! Sitzt nicht herum wie zwei liebeskranke Knaben, während Verrat und Mord ihr Unwesen treiben!«
Die beiden Männer hasteten hinter ihm her wie zwei Kaninchen. Corbett verabschiedete sich hastig von der überraschten Mutter Oberin, holte sein Pferd und galoppierte zum Klostertor hinaus, als sei ihm der Teufel auf den Fersen.
Sie ritten die gewundenen Straßen entlang und hielten erst an, als sie das Gewirr der engen Gassen von Petty Wales am Tower erreicht hatten. An der Schenke zum Goldenen Türken stiegen sie ab.
»Für Euch gibt's nichts zu trinken, Master Cade. Ihr habt zu arbeiten.« Corbett zog eine Vollmacht aus der Tasche. »Geht damit zum Constable des Tower. Überbringt ihm beste Empfehlungen von Sir Hugh Corbett, dem Bewahrer des königlichen Geheimsiegels, und sagt ihm, ich brauche in einer Stunde drei Barken am Wollkai. Eine für uns, und die beiden anderen vollbesetzt mit königlichen Bogenschützen. Ich will Veteranen, gute Männer, die jeden Befehl ausführen, den ich ihnen erteile. Nein« – er schüttelte den Kopf, als er das Gesicht des Untersheriffs sah –, »keine Erklärungen jetzt. Tut, was ich sage, und kommt zurück, wenn alles soweit ist.«
Er blieb stehen und sah Cade nach, als er davonging.
»Master, was ist denn passiert?«
»Vorläufig noch gar nichts, Ranulf. Ich habe Hunger. Ich möchte etwas essen. Ihr könnt gern mitkommen.«
In der Schenke überließ er Ranulf und Maltote sich selbst und bat den glatzköpfigen Wirt mit der speckigen Schürze, ihm eine Kammer zu geben.
»Ich möchte allein sein«, erklärte er. »Bring mir einen Becher

Wein.« Er schnupperte, denn aus der Küche duftete es appetitlich. »Was kochst du da, Wirt?«
»Fleischpasteten.«
»Zwei davon!« Corbett nickte dem überraschten Ranulf zu und folgte dem Wirt die Treppe hinauf.
Die kleine Schlafkammer war sauber, ordentlich und gut gefegt. Eine Weile lag Corbett auf dem kleinen, niedrigen Bett und starrte zur Decke. Dann kehrte der Wirt mit einem Tablett mit Pasteten und Wein zurück. Corbett aß und trank hungrig und bemühte sich, seine Erregung im Zaum zu halten; endlich hatte er einen Weg gefunden, der ihn voranbrachte. Er entrollte das Pergament, das Cade ihm gegeben hatte, und studierte die Erkenntnisse, die die Schreiber über Richard Puddlicott zusammengetragen hatten. Ihnen zufolge konnte Puddlicott auf eine ziemlich lange und abwechslungsreiche Verbrecherlaufbahn zurückblicken. Er war in Norwich geboren und hatte sich als Student hervorgetan; er hatte die Universität in Cambridge besucht, ein Examen abgelegt und die niederen Weihen der Geistlichkeit empfangen. Dann aber hatte er das Dasein eines Amtsschreibers gegen das profitablere Leben eines Kaufmanns eingetauscht und mit Wolle, Käse und Butter gehandelt. Eine Zeitlang hatte er das Ausland bereist und Gent und Brügge besucht, aber dort hatte sich sein Geschick zum Schlechten gewendet. Die Engländer hatten die Rückzahlung von Darlehen, die sie von den Kaufleuten von Brügge bekommen hatten, nicht einhalten können, und Puddlicott war einer von denen gewesen, die zur Vergeltung dafür festgehalten worden waren und in einem flandrischen Gefängnis hatten schmachten müssen. Schließlich war er entflohen; dabei hatte er zwei Wärter ermordet und hegte seitdem einen schwärenden Groll gegen Edward von England.
Puddlicott war nach London zurückgekehrt und hatte die

Laufbahn eines Verbrechers eingeschlagen. Er beschwindelte ein paar Goldschmiede in der Cheapside, betrog einen Bankier aus der Lombard Street und stahl Wertsachen aus Kirchen. Doch seine eigentliche Begabung war die Hochstapelei; er konnte sich nach Belieben für alles mögliche ausgeben und unter Vorspiegelung falscher Tatsachen Geld erschwindeln. Mehrmals hatten die Gesetzeshüter ihn festnehmen können, aber immer war Puddlicott, ein Meister der Verkleidungskunst, wieder entkommen. Corbett nippte an seinem Wein und bestaunte die Gewandtheit dieses Hochstaplers. Niemand war vor ihm sicher. Gewiefte Kaufleute, abgebrühte Beamte, sanftäugige Witwen, gerissene Soldaten und habgierige Pachtbauern, alle waren schon Puddlicotts betrügerischen Machenschaften auf den Leim gegangen.
Corbett straffte sich, als er die Liste von Daten betrachtete. Ein Regierungsspitzel hatte im vergangenen Herbst gehört, daß Puddlicott in England sei. Ähnliche Berichte stammten aus dem Frühling, und die neueste Meldung kam von einem englischen Spitzel, der ihn in Paris gesehen hatte. Corbett legte das Pergament aus der Hand und ließ sich wieder auf das Bett sinken. War das möglich? fragte er sich. War der »Seigneur«, von dem Judith erzählt hatte, jener Anführer der nächtlichen Orgien im Palast zu Westminster, niemand anderes als Richard Puddlicott? Aber warum? Wollte der Schurke zeigen, wie sehr er alle Autorität verachtete, indem er Mönche zur Ausschweifung trieb und mit Huren Umgang pflegte? Corbett ahnte unbestimmt, was in Wahrheit dahintersteckte, und es gab nur eine Möglichkeit, es zu beweisen.
Er hörte Gepolter auf der Treppe, und Ranulf hämmerte an die Tür.
»Master! Master! Cade ist wieder da, und die Barken liegen bereit!«
Corbett stand auf, trank seinen Wein aus und ging die Treppe

hinunter. Er bezahlte die Rechnung und ging dann in den Hof hinaus, wo Cade, der immer noch ziemlich betreten aussah, auf ihn wartete. Nervös ballte und streckte er die großen Hände.

»Alles bereit, Master Cade?«

»Jawohl, Sir Hugh. Sie warten am Wollkai.«

»Nach Westminster, was?« rief Ranulf und klatschte in die Hände. »Es sind die übermütigen Mönche.« Spielerisch stieß er Maltote in die Rippen. »Jetzt geht der Spaß los«, flüsterte er. »Warte nur ab, bis Master Langgesicht seine Muskeln spielen läßt.«

»Master Langgesicht« indessen, wie Ranulf seinen Herrn insgeheim nannte, marschierte bereits die Gasse zum Fluß hinunter. Am Wollkai hatten drei große Barken angelegt und warteten. Ein Offizier der Garnison aus dem Tower trat hervor, um sie zu begrüßen.

»Sir Hugh, mein Name ist Peter Limmer, und ich bin der Feldwebel.« Er deutete auf die Bogenschützen in den Barken; sie trugen spitze Eisenhelme mit ledernen Schutzklappen, und jeder war mit Schwert, Dolch und schwerer Armbrust bewaffnet.

»Gut!« murmelte Corbett. »Wir fahren nach Westminster, und Ihr werdet genau das tun, was ich sage.«

Der hochgewachsene Offizier mit den kurzen Haaren nickte. Sie kletterten an Bord. Befehle ertönten, und die Barken glitten in die Strömung hinaus.

ZEHN

Die Fahrt verlief friedlich. Man hörte nur das Klatschen der Ruder, das Knarren von Leder und das Klirren der Waffen. Dichter Nebel lag über dem Fluß, und Corbett fühlte sich abgeschnitten vom betriebsamen Leben der Stadt. Hin und wieder kamen ein Boot oder ein größeres Schiff vorbei. Die Stille zerbarst, als Limmer Befehle brüllte, damit die Boote unter die mittleren Bögen der London Bridge lenkten, wo das Fahrwasser breiter war und man leichter hindurchschießen konnte. Hier gischtete das Wasser um die mächtigen Vorwerke, die die Flußboote von den massiven Steinpfeilern der Brücke abhalten sollten. Man zog die Ruder ein, und die Barken schossen unter der Brücke hindurch in ruhigeres Gewässer. Noch immer lag dichter Nebel über dem Wasser, als sie um die Biegung nach Westminster fuhren. Die Ruderer trieben die Boote fieberhaft zur Seite, als unversehens der hochaufragende, vergoldete Bug einer venezianischen Galeere aus dem Nebel auftauchte und auf sie zuglitt. Davon abgesehen, verlief die Fahrt ereignislos. Sie ruderten zum Nordufer, wo der Nebel dünner war, und sahen bald den großen Turm und die kleineren Türme von Westminster.

Bei der Königstreppe gingen sie an Land; Befehle ertönten, die Bogenschützen traten in zwei Kolonnen an und marschierten hinter Corbett und seinen Gefährten her. Sie stapften durch den Garten, wo sie den einen oder anderen schlaftrunkenen Diener überraschten, und gelangten über den Schloßhof zum Gelände der Abtei. Eine Seitentür der Abtei stand offen. Corbett ließ seine Militäreskorte draußen warten

und betrat das verlassene Kirchenschiff von der Seite. Es war dunkel und kalt.
»Bringt Bänke herbei!« befahl er Limmer und deutete den Gang hinunter zum südlichen Querschiff. »Ich möchte, daß eine Bank dort oben an die Wand gestellt wird, und ein Stuhl gegenüber. Dann soll Master William von Senche hergebracht werden; er ist wahrscheinlich betrunken.« Corbett schnupperte; es duftete nach Weihrauch. »Dann geht ins Refektorium der Abtei, nehmt den Sakristan Adam von Warfield und Bruder Richard fest und bringt sie her, was immer sie dagegen einwenden mögen. Draußen soll eine bewaffnete Wache aufziehen, und alle Eingänge zur Abtei und zum Palast sind zu verschließen. Niemand darf ohne meine Erlaubnis hinein oder hinaus.«
»Mit William von Senche gibt es sicher keine Schwierigkeiten«, meinte der Offizier. »Aber die Mönche werfen uns vielleicht Blasphemie vor, unbefugtes Eindringen in Kirchenbesitz und Angriff auf einen geistlichen Orden.« Der Soldat grinste säuerlich. »Ich habe keine Lust, irgendeinen Pfaffen brüllen zu hören, Thomas à Beckets Martyrium werde wiederholt, und ich möchte auch nicht, daß meine Männer nach Strich und Faden verflucht und exkommuniziert werden.«
»Nichts dergleichen wird passieren«, sagte Corbett. »Dies ist kein Zusammenstoß zwischen König und Kirche, sondern einer zwischen Justizbeamten und erwiesenen Verbrechern.«
»Es sind Mönche.«
»Verbrecher sind sie trotzdem, Master Limmer, und das werde ich beweisen. Ich weiß, wenn die Sache vorüber ist und der König erfährt, welche Rolle Ihr dabei gespielt habt, wird er Euch loben und belohnen. Und was die Heilige Mutter Kirche angeht, so wird sie nur allzu erfreut sein, wenn sie sieht, daß Gerechtigkeit geschehen ist, und sie wird vollauf mit ihren eigenen Angelegenheiten beschäftigt sein.«

Der Offizier grinste und eilte hinaus. Draußen rief er seinen Männern Befehle zu.
»Und wir, Master?«
»Du, Ranulf, bleibst mit Maltote hier bei der Seitentür. Kommt nur zu mir, wenn einer von denen, die ich befrage, Gewalt anwenden oder damit drohen sollte, was ich aber nicht glaube.«
Corbett ging den Gang hinunter ins südliche Querschiff, wo die Bogenschützen bereits die Bank aufgestellt und aus der Marienkapelle einen Stuhl für Corbett herbeigeschleppt hatten. Der Sekretär setzte sich und flüsterte ein Stoßgebet: Hoffentlich hatte er recht. Seinen tapferen Worten vor dem Soldaten zum Trotz fühlte er sich nervös und unbehaglich. Sollten seine Anschuldigungen sich als falsch erweisen und seine Theorie zusammenbrechen, dann würde er eine Menge zu erklären haben, den Bischöfen wie auch dem König.
Corbett hörte Geschrei und unterdrücktes Fluchen vor der Abteikirche. Die Tür flog auf, und ein Trupp Bogenschützen, geführt von Limmer, brachten drei zappelnde Gestalten herein, die sie fest bei den Armen hielten. Corbett stand auf. Adam von Warfield war offenbar am Rande eines Schlaganfalls. Sein gelbliches Gesicht zeigte Zornesflecken hoch auf den Wangenknochen; seine Augen loderten vor Wut, und Corbett sah Spuren von weißem Schaum in seinen Mundwinkeln.
»Dafür werdet Ihr Euch zu verantworten haben, Sekretär!« brüllte der Mönch. »Ich werde dafür sorgen, daß Ihr von unserem Orden exkommuniziert werdet! Von den Kirchenfürsten Englands, ja, vom Papst selbst!« Er sträubte sich und konnte sich schließlich von den grinsenden Bogenschützen losreißen, fuhr herum und starrte seine Peiniger an. »Ihr alle!« donnerte er. »Ihr alle seid verdammt! Dies ist heiliger Besitz, des Königs eigene Abtei! Und dieser Mann«, fügte er hinzu

und richtete einen vorwurfsvollen Finger auf Corbett, »ist ein Glied des Satans!«

Corbett warf einen Blick zu Bruder Richard hinüber, und was er sah, ermutigte ihn. Der kleine dicke Mönch schien ängstlich besorgt zu sein; sein Blick huschte unaufhörlich hin und her, seine kleine, rosarote Zunge fuhr immer wieder über seine Lippen. Neben ihm stand der Verwalter, William von Senche; er war vor lauter Schrecken wieder nüchtern.

Endlich hörte Adam auf zu brüllen und blieb schwer atmend und mit hängenden Armen stehen. Corbett betrachtete den Umhang und die braune Kutte mit der weißen, troddelverzierten Kordel um den Leib. Er hatte die Wut des Mannes erlebt, den Schaum vor seinem Mund, den dämonischen Zorn. War das der Mörder, der den armen Huren in den Gassen von London nachstellte? Der Sakristan holte Luft und wollte zur nächsten Tirade ansetzen, und Corbett wußte, wenn er den Mönch weiterwettern ließe, würde er womöglich die Unterstützung seiner Militäreskorte verlieren; ein paar der Soldaten machten jetzt schon besorgte Gesichter wegen der schrecklichen Flüche, die der Priester ausstieß. Corbett trat auf ihn zu, holte aus und versetzte Adam eine schallende Ohrfeige. Der Mönch schrie auf, fuhr zurück und hielt sich die Wange.

»Lästerer!« zischte er.

»Es gibt Gerichte, vor denen ich mich für alles, was ich tue, verantworten werde«, erklärte Corbett. »Genauso wie es Gerichte gibt, vor denen Ihr, Adam von Warfield, Euch für die schrecklichen Dinge werdet verantworten müssen, die hier geschehen sind. Ich, Sir Hugh Corbett, Bewahrer des königlichen Geheimsiegels, verhafte Euch, Adam von Warfield, Bruder Richard von Westminster und William von Senche, Verwalter des Palastes, wegen der schrecklichen Verbrechen der Blasphemie, des Sakrilegs, der verräterischen Pflichtver-

letzung und der Zusammenarbeit mit den Feinden des Königs.«
Adam von Warfield verlor ein wenig von seiner aufgeblasenen Arroganz. Sein Kinn klappte herunter, und sein Blick wurde wachsam.
»Was meint Ihr damit?« knurrte er und funkelte leise stöhnend Bruder Richard an. Angewidert sah Corbett die kleine Urinpfütze zwischen William von Senches Füßen.
»Die Vorwürfe, die ich aufgezählt habe, sind nur der Anfang«, sagte Corbett. »Ihr drei werdet Euch jetzt dort auf die Bank setzen. Ihr werdet mir bei Eurer Treue zum König alle Fragen beantworten, die ich Euch stelle. Und wenn ich damit fertig bin, werde ich meine Vorwürfe gegen Euch beweisen.«
»Gar nichts werde ich beantworten!« kreischte von Warfield.
Corbett schlug ihn noch einmal. »Alle drei werdet Ihr antworten. Oder Ihr wandert in den Tower. Und zeigt Ihr Euch weiter gewalttätig, sei es durch Worte oder durch Taten, sei es auch durch einen Fluchtversuch, so hat Master Limmer die Anweisung, Euch zu töten. Und jetzt hinsetzen!«
Die drei Gefangenen wurden zu der Bank gescheucht.
»Sir Hugh«, fragte der Feldwebel, »wird Euch auch nichts geschehen?«
»Nein, nein.« Corbett nahm den drei Männern gegenüber Platz. »Bestimmt nicht, Master Limmer. Bitte haltet Euch im Hintergrund. Ich rufe Euch, wenn ich Euch brauche. Eure Leute haben die Armbrüste geladen?«
Limmer nickte.
»Gut!« Corbett wandte sich seinen drei Gefangenen zu. »Dann wollen wir anfangen.«
Er wartete, bis die Bogenschützen außer Hörweite waren; dann beugte er sich vor und hob die Hand.
»Ich schwöre bei allem, was heilig ist, daß ich weiß, was hier vorgegangen ist. Ich weiß von den mitternächtlichen Orgien,

dem Essen und Trinken, den Ausschweifungen und dem Verkehr mit den Dirnen aus der Stadt.« Er sah William von Senche an, der jetzt vor Angst zitterte. »Ihr, Sir, werdet Euch vor dem König verantworten, und am besten werft Ihr Euch ihm zu Füßen und bittet um Gnade.«
Adam von Warfield sah aus, als wolle er die Sache mit Frechheit durchstehen, aber da stand Bruder Richard plötzlich auf.
»Es stimmt alles«, gestand er und funkelte den Sakristan wütend an. »Um Himmels willen, Adam, siehst du denn nicht, daß er es weiß? Master William, der Sekretär sagt die Wahrheit. Ich werde nicht mehr lügen. Ich bekenne, daß ich mein Mönchsgelübde gebrochen habe. Ich bekenne, daß ich königliches Eigentum mißbraucht habe.« Er drehte sich um und lächelte Corbett betrübt an. »Na und, Sekretär? Ich nehme meine Strafe an: Brot und Wasser für drei Jahre, und die Verrichtung der niedrigsten Arbeiten in der Abtei. Vielleicht ein Aufenthalt am öffentlichen Pranger. Aber was ist so schrecklich daran?«
Corbett starrte den kleinen dicken Mönch an und wandte sich dann Adam zu, der jetzt mit gesenktem Haupt dasaß.
»Oh, Ihr seid raffiniert, Bruder Richard«, sagte Corbett. »Ihr denkt, hier geht es um Eure Gelübde. Ich nehme Euer Geständnis entgegen, aber ich vermute, Eure Komplizen wissen, daß es in meiner Geschichte um etwas mehr geht als nur um ein paar Mönche, die Unzucht treiben, sich betrinken und mitternächtlichen Ausschweifungen frönen.«
Bruder Richard schaute seine Kumpane an. »Was redet er da?« stammelte der Mönch. Er packte den Sakristan bei den Schultern und schüttelte ihn. »Im Namen des Herrn, Adam, was gibt es denn noch?«
Der Sakristan wollte nicht aufblicken.
»Hinsetzen, Bruder Richard!« befahl Corbett. »Und jetzt,

Warfield: den Namen des Zeremonienmeisters. Wer war der ›Seigneur‹, der das Treiben veranstaltete? Wie lautete sein Name?«

»Ich weiß es nicht«, murmelte der Mönch, ohne aufzublicken.

»Er hieß Richard«, blökte William, und vor lauter Angst quollen ihm fast die Augen aus dem Kopf. »Er nannte sich immer nur Richard!«

»Halt's Maul!« fauchte der Sakristan, und sein bleiches Gesicht war vor Angst und Wut verzerrt.

»Nein, das tue ich nicht!« schrie der Verwalter.

»Und wie sah er aus?«

»Das weiß ich nicht.« Der Verwalter rieb sich das Gesicht mit beiden Händen, »Ich weiß es wirklich nicht«, blökte er. »Er kam immer erst abends und hielt sich im Dunkeln. Es sei am besten so, meinte er. Aber er kleidete sich immer wie ein Mönch, mit Kutte und Umhang, und hatte die Kapuze weit ins Gesicht gezogen; und bei den Feiern trug er eine Satyrmaske.«

»Hatte er einen Bart?«

»Ja, das wohl. Ich glaube, sein Haar war schwarz.«

Corbett stand auf und baute sich vor den drei Männern auf. »Ich könnte mir denken, daß Bruder Adam von Warfield weiß, wer er wirklich war. Ja, Master William, Euer Zeremonienmeister nennt sich Richard. Sein voller Name lautet Richard Puddlicott, und er ist ein bekannter Verbrecher. Habt Ihr Euch nie gefragt, weshalb solch ein Mann, ein völlig Fremder, ein Interesse daran haben konnte, Ausschweifungen und Orgien zu veranstalten?«

»Er kam eines Abends in den Palast«, stammelte der Verwalter. »Ich erzählte ihm, daß ich mich langweilte. Er schlug vor, sich ein bißchen zu amüsieren.« Er warf dem Sakristan einen Seitenblick zu. »Und dann, eines Tages, erfuhr Adam von

Warfield davon.« Er zuckte die Achseln. »Den Rest kennt Ihr. Ein paar Mönche kamen dazu.« Er sah Corbett mitleiderregend an. »Wir haben nichts Unrechtes getan«, jammerte er. »Wir wollten niemandem schaden.«

»Aber dann kam jemand zu dem Schluß, daß die Feste ein Ende haben müßten, und die Huren, die Ihr eingeladen hattet, mußten zum Schweigen gebracht werden.«

Der Verwalter und Bruder Richard stöhnten entsetzt auf.

»Ihr wollt doch nicht sagen ...« Bruder Richard fing an zu schreien. »Ihr wollt doch nicht sagen, wir hätten etwas mit den schrecklichen Morden an den Mädchen in der Stadt zu tun!«

»Doch, das will ich. Und nicht nur damit, sondern vielleicht auch mit dem Mord an Pater Benedict, der von Euren mitternächtlichen Völlereien erfahren hatte, und an Lady Somerville, die ebenfalls Verdacht geschöpft hatte.«

Adam von Warfield sprang auf, und Corbett trat zurück. Das Gesicht des Mönchs war fahl und angespannt und glänzte von einer feinen Schweißschicht. In seinen Augen glühte die Wut, die in ihm loderte.

»Niemals!« schnarrte er. »Ich hatte ... wir hatten damit nichts zu tun!«

Corbett setzte sich auf seinen Stuhl und schüttelte den Kopf. »Ich habe Zeugen«, erwiderte er. »Mehrere Augenzeugen haben den Mörder gesehen. Alle sprechen von einem Mann im Gewand eines Benediktinermönchs, ganz ähnlich dem, das Ihr jetzt tragt.« Corbett zog seinen Dolch ein Stück aus der Scheide. »Ich schlage vor, Ihr setzt Euch wieder, Bruder Sakristan.«

Der Mönch hockte sich zwischen seine beiden Kumpane und ließ Corbett nicht aus den Augen.

»Nichts davon könnt Ihr beweisen«, knurrte er.

»Noch nicht, aber vielleicht schon bald.«

Der Mönch starrte ihn an, und plötzlich verzog er das Gesicht zu einem bösartigen Lächeln.
»Nein, das könnt Ihr nicht, Sekretär«, wiederholte er. »Beweisen könnt Ihr nur, daß wir unser Gelübde gebrochen haben. Unrecht? Ja, ich gebe zu, es war unrecht. Aber Ihr habt in Anwesenheit eines Zeugen behauptet, man könne uns Hochverrat vorwerfen. Ich bin ja kein Jurist, Master Corbett, aber wenn Unzucht jetzt Hochverrat ist, dann muß jeder Mann in dieser verdammten Stadt verhaftet werden.«
Corbett erhob sich wieder. »Ich werde meine Vorwürfe beweisen. Master Limmer, Ranulf, Maltote! Kommt her. Zur Tür der Schatzkammer!« Der Sekretär lächelte Warfield finster an. Zu seiner Genugtuung sah er, daß aller hochfahrende Bombast aus der Miene des Mönchs verschwunden war. Er wirkte entkräftet wie ein gebrochener alter Mann.
»Was habt Ihr vor?« wisperte er.
Corbett schnippte mit den Fingern und marschierte davon; die drei Gefangenen und ihre Eskorte folgten ihm. Sie gingen ins südliche Querschiff und blieben vor der dicken, eisenbeschlagenen Tür stehen. Corbett zog seinen Dolch, und trotz der Proteste und sorgenvollen Ausrufe seiner Gefährten schlitzte er jedes Siegel auf.
»Was soll das?« fragte Ranulf leise. »Wir haben doch keinen Schlüssel.«
»Ach, natürlich!« Corbett fluchte leise; in seiner Aufregung hatte er nicht daran gedacht. »Master Limmer, ich brauche vier von Euren Männern, sie sollen eine der schweren Bänke herbringen. Ich will diese Tür einschlagen!«
Der Offizier wollte protestieren, aber Corbett klatschte in die Hände.
»Im Namen des Königs!« rief er. »Diese Tür muß geöffnet werden!«
Limmer eilte davon.

»Und ein paar andere sollen eine Leiter bringen!« rief Corbett. »Die längste, die sie finden können!«
Er blieb vor der Tür zur Schatzkammer stehen und wartete, bis die Soldaten zurückkamen. Hinter ihm murmelten Ranulf und Maltote düstere Warnungen, und William von Senche wimmerte vor Angst. Bruder Richard lehnte mit verschränkten Armen an der Wand, und der Sakristan stand da wie ein Schlafwandler und zeigte keinerlei Gefühlsregung.
Die Soldaten kamen zurück. Sechs von ihnen schleppten eine schwere Kirchenbank, und hinter ihnen kamen noch zwei mit einer langen, schmalen Leiter. Corbett trat beiseite. Limmer schob die Gefangenen aus dem Weg. Die Bogenschützen, denen diese Aufgabe großen Spaß machte, wuchteten ihren Rammbock gegen die mächtige Tür. Rückwärts und vorwärts schwangen sie die schwere Bank, und das Krachen hallte durch die leere Kirche wie das Läuten einer Glocke. Zunächst hielt die Tür den Angriffen stand, aber dann befahl Limmer den Soldaten, sich auf die äußere Kante zu konzentrieren, wo die Angeln im Mauerwerk verankert waren. Wieder stießen die Soldaten zu, und jetzt hörte Corbett, wie das Holz knarrte und ächzte. Eine der Angeln brach ab, und die Soldaten machten keuchend und schnaufend eine Pause, ehe sie ihre Arbeit wieder aufnahmen. Endlich fing die Tür an, nachzugeben. Noch einmal stießen sie zu, es krachte ohrenbetäubend, und die Tür barst und riß aus den Angeln. Die Bogenschützen stemmten sie beiseite und rissen die schweren Riegel und Schlösser ab, und Corbett trat in den langen, dunklen Gewölbegang. Eine Kerze wurde gebracht, und er befahl, die Fackeln in den Wandhaltern anzuzünden, und nahm sich eine davon heraus.
»Limmer, zwei – nein, drei Bogenschützen sollen die Gefangenen bewachen, die übrigen mir nach, aber Vorsicht! Der Gang ist steil und endet an einer Treppe, aber die hat man

weggeschlagen. Also seht Euch vor!« Er drehte sich um. »Ach, übrigens, wo ist eigentlich Cade?« Erst jetzt merkte er, daß der Untersheriff sich sehr im Hintergrund gehalten hatte.

»Der ist draußen«, knurrte Ranulf.

»Dann holt ihn her!«

Sie warteten, bis Ranulf mit Cade zurückkam; dieser blieb verblüfft vor der zertrümmerten Tür zur Schatzkammer stehen.

»Gütiger Gott, Sekretär!« wisperte er. »Hoffentlich wißt Ihr, was Ihr tut.«

»Gütiger Gott!« äffte Corbett ihn nach. »Ich glaube, ich bin hier der einzige, der das weiß.«

Sie gingen den Gang hinunter; die Flammen ihrer Fackeln ließen ihre Schatten an der Wand tanzen, und ihre Schritte hallten hohl durch das Gewölbe wie gespenstischer Trommelklang. Corbett blieb jäh stehen und hielt seine Fackel vor sich. Der Gang war unvermittelt zu Ende, und er schob sich behutsam voran, hockte sich nieder und schwenkte seine Fackel über die dunkle Krypta dort unten. Die Treppe war noch da – das heißt, die obersten vier Stufen –, und dann gähnte Dunkelheit. Die Leiter wurde nach vorn gebracht und herabgelassen, und als sie sicher stand, stieg Corbett vorsichtig hinunter; die eine Hand lag auf den Sprossen, und mit der anderen hielt er die Fackel vor sich, damit sie nicht mit Gesicht und Haaren in Berührung kam. Er schaute hoch; die anderen standen im Kreis im Fackelschein.

»Laßt zwei Bogenschützen oben und kommt herunter!« rief er. »Und bringt so viele Fackeln mit, wie ihr könnt.«

Unten angekommen, wartete er auf die Bogenschützen, die murrend und fluchend zu ihm herunterkamen. Weitere Fackeln wurden angezündet, und als sie sich an das trübe Licht gewöhnt hatten, sahen sie sich um. Die Krypta war ein weites, leeres Gewölbe, durchbrochen nur von einer zentralen Säule,

die, wie Corbett folgerte, den Sockel des mächtigen Pfeilers bildete, der oben die hoch aufgeschwungene Kuppel des Kapitelhauses trug. Er hielt den Atem an. Würde er recht behalten? Dann sah er es: das kostbare Funkeln von Gold und Silber aus halboffenen Truhen, Kisten und Schatullen.
»Die sollten doch sicher verschlossen sein?« murmelte Cade, der sie im selben Augenblick auch erblickt hatte. Er lief zu einer der Truhen hinüber. »Ja! Ja!« rief er aufgeregt. »Die Vorhängeschlösser sind aufgebrochen!« Er senkte seine Fakkel. »Schaut, Sir Hugh, da ist Kerzenwachs auf dem Boden.« Er näherte sich dem weißen Wachsflecken. »Das ist noch ziemlich frisch!« rief er.
Die anderen zerstreuten sich und untersuchten die verschiedenen Kassetten und Kästen. Bei einigen waren die Schlösser erbrochen, andere waren mit Stemmeisen oder Axt aufgeschlagen, und der Inhalt war durchwühlt. Aber keines der Behältnisse war leer.
»Die Krypta wurde geplündert«, stellte Corbett fest. »Etliches Gold und Silber wurden gestohlen. Aber das ist gewichtige, klobige und unhandliche Ware, die schwer an den Mann zu bringen ist. Seht nur.«
Er nahm einen kleinen Silberteller mit rubinenbesetztem Rand aus einer der Truhen und hielt ihn dicht an seine Fackel. »Er trägt den Stempel des Goldschmieds und das Wappen des königlichen Hofes. Nur ein Dummkopf würde versuchen, so etwas zu verkaufen. Und unser Dieb ist kein Dummkopf.«
Er wandte sich der dicken Säule zu und sah, daß einzelne Partien daran von einem Steinmetz ausgemeißelt worden waren und mehrere ordentliche kleine Nischen bildeten. Corbett schob die Hand hinein und zog einen leeren, zerfetzten Sack hervor. »Bei allen Heiligen!« murmelte er. »Schaut her, ihr alle!« Er hielt den durchlöcherten Sack hoch. »Unser

Dieb hatte es nicht auf silberne und goldene Teller abgesehen, sondern auf die frischgeprägten Münzen. Vermutlich waren diese Aushöhlungen einmal alle voll mit Münzsäcken, und jetzt sind sie alle weg. Diese Säcke enthielten die Diebesbeute.«

»Aber wie ist er hereingekommen?« fragte Cade.

Corbett trat an die grauschimmlige Wand der Krypta, die aus großen Granitblöcken bestand.

»Tja«, sagte er, und seine Stimme hallte durch das dunkle Gewölbe, »wir wissen, daß der Dieb nicht von oben kommen konnte. Durch die Tür ist er jedenfalls nicht hereingekommen.« Er stampfte mit dem Stiefel auf den harten Steinboden. »Von unten ist es auch unmöglich. Also muß er sich durch die Wand gegraben haben.«

»Das würde aber Monate dauern«, meinte Limmer.

»Wart Ihr schon einmal bei einer Belagerung dabei?« fragte Corbett.

Der Soldat nickte.

»Diese Mauern sind dreizehn Fuß dick. Nicht viel anders als bei vielen Festungen. Wie würde ein Feldherr eine solche Mauer durchbrechen?«

»Na ja, ein Rammbock wäre wohl nutzlos. Wahrscheinlich würde er versuchen, ein Loch zu graben, einen Tunnel, der jenseits der Mauer unter den Fundamenten beginnt und dann aufwärts führt.«

»Und wenn das nicht klappt?«

»Dann würde er die Mauer selbst in Angriff nehmen. Aber das würde lange dauern.«

»Ich denke, unser Dieb hatte eine Menge Zeit«, knurrte Corbett. »Untersucht jetzt die Wände mit Euren Fackeln. Wenn ein Luftzug die Flamme zum Flackern bringt, habt Ihr die Stelle gefunden.«

Es dauerte nicht lange, und Ranulfs aufgeregtes Geschrei rief

sie hinter ein paar umgestürzte Truhen. Corbett und die anderen untersuchten die Stelle, und Ranulf drückte gegen den Mauerstein.
»Er ist lose!« sagte er. »Seht!« Er deutete auf den Mörtelstaub, der am Fuße der Wand auf dem Boden lag.
»O Gott!« flüsterte Corbett. »Ich weiß, was er gemacht hat.« Er klopfte an die Wand. »Was ist auf der anderen Seite?«
»Der alte Friedhof.«
»Laßt uns hingehen.«
Sie kletterten die Leiter hinauf. Corbett befahl den Bogenschützen, sie zu bewachen, während die drei Gefangenen stumm und hilflos draußen standen. Rasch wurden sie an Händen und Füßen gefesselt. Corbett und die anderen verließen die Abteikirche im Laufschritt und eilten auf den alten Friedhof. Sie mußten durch hüfthohes Hanfgras und Gestrüpp waten, bevor sie schließlich an der Kryptamauer standen.
Hier hatte der Einbrecher deutlichere Spuren hinterlassen: einen zerbrochenen Spaten, ein rostiges Vorhängeschloß, altes Sackleinen. Ranulf fand sogar eine blinkende Silbermünze im Unkraut. Corbett versuchte, sich die Krypta von innen vorzustellen, und wies dann auf einen umgestürzten, zerbrochenen Grabstein.
»Aufheben!« befahl er.
Der Stein wurde mühelos beiseite geschoben, und darunter offenbarte sich ein Loch, das groß genug war, um einen Mann hinunterklettern zu lassen. Corbett sah sich um und grinste, um seine Nervosität zu verbergen. Er konnte solche engen Räume nicht ertragen und wußte, welches Grauen ihn überkommen würde, wenn er steckenbliebe oder sich nicht umdrehen könnte. Voller Unbehagen zuckte er die Achseln.
»Mir graut vor solchen Orten«, flüsterte er.
Ranulf brauchte keine zweite Aufforderung. Auf Händen und

Knien zwängte er sich in das Loch. Corbett hörte ihn in dem Tunnel rascheln wie einen Fuchs in seinem Bau. Nach kurzem, angespanntem Warten tauchte Ranulf wieder auf, lehmbeschmiert, aber grinsend von einem Ohr zum anderen.
»Der Tunnel wird immer breiter, je näher man unten an die Mauer herankommt«, berichtete er.
»Und die Mauer selbst?«
»Nur ein Loch. Anscheinend hat unser Dieb sich einfach durchgehackt, hat den Stein zerbröselt, indem er ein kleines Feuer anzündete, und die Bröckchen dann in Säcken herausgeschleppt und zwischen den Gräbern verstreut.«
»Das würde Monate dauern!« wiederholte Limmer ungläubig.
»Aber es geht«, erwiderte Corbett. »Ich habe Bergleute in der königlichen Armee gesehen, die ähnliche Erfolge an Burgmauern erzielten. Bedenkt, es ist ja keine natürliche Felswand, sondern von Menschenhand geschaffene Steinblöcke. Hat man sie einmal gespalten, braucht man sie nur noch hinauszuschaufeln.«
»Und der letzte Stein?« fragte Cade. »Der, den Ranulf in der Krypta gefunden hat?«
»Da endet der Tunnel«, sagte Ranulf. »Aber wenn man sich dagegenstemmt und mit den Füßen drückt, dann gleitet der Stein leicht hinaus und hinein. Unser Dieb hat sogar einen kräftigen Haken angebracht, um ihn wieder an seinen Platz zu ziehen. Und wenn er weggeschoben ist, hat man einen natürlichen Eingang zur Krypta und zu den Schätzen der Krone.«
Corbett sah sich auf dem einsamen Friedhof um. »Wir haben es also mit einem Mann zu tun, der wahrscheinlich nachts arbeitete. Er fängt hier an und gräbt sich in den weichen Lehmboden, bis er die Grundmauern erreicht. Dann meißelt er sich durch das Mauerwerk, nachdem er es vermutlich zuvor

durch ein Feuer zermürbt hat, um dann die Früchte seiner Arbeit in Säcken hinauszutragen. Schließlich nimmt er den letzten Stein in Angriff, lockert ihn und bringt einen Eisenhaken an, damit er ihn hinein- und hinausschieben kann. Der Dieb nimmt sich ein bißchen vom goldenen und silbernen Geschirr, aber seine eigentliche Beute sind die Münzsäcke.« Er schaute sich um. »Und jetzt sind sie weg.«

Corbett rieb sich die Wange. Er war froh, daß seine Theorie sich als richtig erwiesen hatte. Aber zwei Probleme bestanden immer noch. Erstens: der Dieb. Er zweifelte nicht daran, daß es sich um Puddlicott handelte, aber wo zum Teufel steckte der Mann? Und, was noch wichtiger war, wo lagerte die ergaunerte Beute? Corbett knetete seine Unterlippe zwischen Daumen und Zeigefinger. Zweitens: Zwar war das Doppelleben der Mönche ans Tageslicht gebracht worden, aber er hatte immer noch keine Beweise für eine Verbindung zwischen ihnen und den Morden. Nichts außer dem Gekritzel einer alten Frau und dem Augenzeugenbericht eines Betteljungen und einer gemeinen Dirne. Seufzend schaute Corbett zum blauen Himmel hinauf.

»Und da ist noch ein Problem«, brummte er. »Wer sagt es dem König . . .? Wir haben hier getan, was wir konnten«, fuhr er mit lauter Stimme fort. »Master Cade, Ihr nehmt Euch die Bogenschützen und sichert die Schatzkammer. Setzt den Stein wieder ein, holt Maurer und Zimmerleute aus der Stadt und tut, was Ihr könnt. Master Limmer, Ihr müßt das Gesetz ausnahmsweise vergessen. Unsere drei Gefangenen sollen in den Tower gebracht und dort hochnotpeinlich befragt werden, bis die ganze Geschichte bekannt ist.«

Der Soldat sah nervös, wo er da hineingeraten war; er spuckte aus und schüttelte den Kopf.

»Sir Hugh, zwei von denen sind Priester.«

»Und wenn sie Bischöfe wären, das kümmert mich einen

Dreck!« knurrte Corbett. »Nehmt sie mit und tut, was Ihr müßt. Hier geht es um Hochverrat, Mann. Sie haben den Kronschatz beraubt. Ihr hättet bald genug auch etwas dagegen, wenn der König Euch Euren Sold nicht mehr bezahlen könnte.«

»Woher wissen wir denn, daß sie etwas damit zu tun hatten?« fragte Cade.

»Oh, das werdet Ihr schon noch herausfinden«, sagte Corbett. »Master William vielleicht, Bruder Richard womöglich, aber Adam von Warfield ganz bestimmt. Dessen Zelle, schlage ich vor, solltet Ihr auch durchsuchen. Sicher findet Ihr da mehr als nur ein Paar kostbare Reitstiefel.« Corbett klatschte in die Hände. »Jetzt kommt; wir haben noch mehr zu tun.«

Limmer und Cade eilten davon. Corbett schlug Maltote auf den Rücken, und der junge Kurier, der mit offenem Mund das Loch im Boden anstarrte, fuhr zusammen und blinzelte.

»Ja, Master?«

»Nimm dir zwei Pferde, Maltote. Die schnellsten, die wir haben. Du mußt nach Winchester reiten und dem König genau berichten, was du hier gesehen hast. Dann bittest du Seine Gnaden, schleunigst nach London zu kommen. Verstanden? Hast du Geld?«

Der junge Mann nickte.

»Dann los!«

Maltote eilte davon, und Corbett packte Ranulf beim Arm. »Kümmere dich um deine Angelegenheiten, solange du noch kannst, Ranulf«, sagte er leise. »Denn wenn der König kommt, wird es in der Stadt summen wie in einem umgestürzten Bienenkorb.«

Sie warteten, bis Limmer die Bogenschützen weggeschickt hatte, die den Tunneleingang bewachen sollten; dann wanderten Corbett und Ranulf über das Abteigelände zurück.

»Was tun wir jetzt, Master?«

Corbett sah zu, wie Limmers Bogenschützen hin und her hasteten, und stellte erleichtert fest, daß weitere Soldaten aus dem Tower dazugekommen waren. Ein paar Laienbrüder und Mönche aus der Abtei, aber auch Küchendiener und Hausknechte liefen umher und stellten Fragen, und an den Toren standen Bogenschützen mit gezückten Schwertern und drängten eine kleine Schar Neugieriger zurück.
»Master, ich habe gefragt, was wir jetzt tun sollen.«
Corbett sah seinen zerzausten Diener an.
»Na, du mußt dich zuerst einmal waschen, und ich brauche etwas zu essen und zu trinken. Einstweilen gehen wir also in den Goldenen Türken zurück; dort werden wir uns hinsetzen und Bestandsaufnahme machen.« Er drückte seinem Diener den Arm. »Ich bin dir übrigens dankbar dafür, daß du in den Tunnel hinuntergekrochen bist. Ich wäre vielleicht auch hineingegangen, aber ich bezweifle, daß ich wieder herausgekommen wäre.«
Ranulf wollte irgendeine boshafte Antwort geben, als plötzlich Lady Mary Neville auftauchte. Ihr schwarzes Haar wehte offen unter dem blauen Schleier, als sie ihnen atemlos entgegenlief.
»Sir Hugh, Master Ranulf, was ist passiert?«
Die junge Witwe blieb vor ihnen stehen; ihr Gesicht war leicht gerötet, und ihre Augen funkelten vor Aufregung.
»Was geht hier vor? Überall in der Abtei sind Soldaten. Es heißt, mehrere Brüder seien verhaftet. Habt Ihr den Mörder gefunden, Sir Hugh?«
Corbett nahm die schmale, weiße Hand der jungen Frau, hob sie zum Mund und streifte sie sanft mit den Lippen.
»Oh, mehr als das, Lady Mary. Aber vorläufig sollen die Klatschweiber sich nur das Maul zerreißen.« Er verbeugte sich und ging weiter, und Ranulf trottete neidisch hinter ihm her.
»Ach, Master Ranulf!«

Corbett ging mit Bedacht weiter, als Ranulf stehenblieb und zu Lady Neville zurückging.
»Ja, Lady Mary?«
Die junge Witwe schaute ihn sittsam an und hob die Hand. Mit einer schwungvollen Gebärde, um die ihn jeder Höfling beneidet hätte, ergriff Ranulf die Hand und führte sie an seine Lippen. Die junge Frau lachte, zog die Hand zurück, wandte sich ab und ging schnell davon. Erst jetzt merkte Ranulf, daß sie ihm ein kleines goldenes Amulett gegeben hatte. *Amor vincit omnia* stand darauf: »Die Liebe besiegt alles.« Ranulf starrte ihr nach, sprachlos vor Erstaunen, bis »Meister Langgesicht« ihn lautstark aus seinen goldenen Tagträumen riß.

"Bodegas El Hoyo" bietet Ihnen folgende hochwertige Weine an; "Hoyo de Mazo" mit der Original-Herkunftsbezeichnung "La Palma" in verschiedenen *Rotweinen* (aus den Trauben-Sorten Negramoll, Almuneco und Tinto del País), *Weisswein* (aus den Sorten Listan Blanco, Bujariego und Albillo), Rose (aus Negramoll), *Malvasía Dulce* (Suesswein aus Malvasía-Trauben) und den *Sabro Dulce* (Suessswein zu 85% aus Sabro-Trauben und zu 15% aus Pedro Jiménez, Verdello und Forastera). Ausserdem haben wir in unserem Angebot auch Tischweine, die wir als "*Vinazo*" (Tinto=Rot, Rosado=Rose und Blanco=Weiss) anbieten.

Im Jahr 1994 gab die S.A.T. den Bau eines gemeinschaftlichen Weinkellers in Auftrag mit einer durchschnittlich Jahres-Kapazitaet von 300.000 Litern Wein. Die erste Weinlese konnte dort bereits im September desselben Jahres verarbeitet werden unter Verwendung der modernsten Techlologie, aber auch unter Beruecksichtigung der verwurzelten Tradition. Im selben Jahr vollzog sich auch ein Wechsel im Gesamtbild der S.A.T. (Bodegas El Hoyo), wobei besonders auf die Abfuellung und die Vermarktung geachtet wurde, um ein ausgezeichnetes Produkt anbieten zu koennen.

ELF

Sie fuhren den Fluß hinunter, und Corbett begab sich geradewegs in die Schenke, während Ranulf zu den Wasserbottichen beim Pferdetrog ging, um sich zu waschen. Als er sich zu seinem Herrn gesellte, servierte der Wirt bereits zwei Schüsseln mit scharf gewürztem Lammfleisch, am Spieß gebraten, das in einer dicken Sauce aus Zwiebeln, Lauch und anderem Gemüse schwamm. Corbett hatte auch einen kleinen Krug vom besten Wein des Hauses bestellt, und während er nun die Becher füllte, lobte er Ranulf wegen seiner Tapferkeit, bis dieser vor lauter Verlegenheit puterrot geworden war.
»Glaubt Ihr, wir sind am Ende der Geschichte angelangt, Master?« Ranulf versuchte, das Gespräch von seinen eigenen Großtaten abzulenken.
»Ich weiß es nicht. Was haben wir denn, Ranulf? Gottlose Mönche und einen raffinierten Dieb, der sich am Kronschatz vergriffen hat. Das können wir beweisen; aber schwieriger ist der logische Sprung, der die Ausschweifungen in der Abtei mit dem Einbruch in die königliche Schatzkammer verbindet, und beides mit dem Tod der armen Prostituierten, von Lady Somerville und Pater Benedict ganz zu schweigen!« Corbett kratzte mit seinem Hornlöffel die Schüssel aus, dann wickelte er den Löffel in ein Mundtuch und steckte ihn wieder in die Tasche. »Alles, was wir wissen, scheint zu beweisen, daß es eine solche Verbindung gibt, aber ein guter Rechtsanwalt würde uns vorführen, daß wir ein Netz geknüpft haben, das ebenso viele Löcher wie Fäden aufweist. Überdies wissen wir nicht, wer der Dieb ist.«

»Es muß doch Puddlicott sein.«
»O ja, wir denken, daß er es ist; wir *wissen,* daß er es ist. Du weißt es, ich weiß es. Wir wissen alle genau Bescheid. Aber beweisen können wir nichts. Wer ist Puddlicott, wo ist Puddlicott? Nicht einmal diese Fragen können wir beantworten.« Corbett griff nach dem Weinbecher und wiegte ihn sanft hin und her. »Vor allem wissen wir nicht, wer der *Mörder* ist.« Er nahm einen großen Schluck Wein, und sein Diener sah ihn verwundert an – Corbett war bekannt für seine Nüchternheit.
»Ihr seid beunruhigt, Master?«
»Ja, ich bin beunruhigt, denn wenn der König meinen Bericht verlangt, kann ich ihm zwar die Probleme schildern, aber kaum Lösungen vorbringen.«
»Ihr habt entdeckt, daß der Kronschatz geplündert wurde.«
»Dafür wird der König keinen Pfifferling geben. Für ihn ist wichtig, den Schatz zurückzubekommen und den Dieb hängen zu sehen. Nein, nein.« Corbett lockerte seinen Hemdkragen. »Die Morde sind das Faszinierende, und mich plagt ein zweifacher Alptraum, Ranulf. Erstens: Haben die Morde etwas mit der Abtei zu tun? Und zweitens, reden wir von einem, von zwei oder sogar von drei Mördern? Dem Schlächter der Huren, dem Mörder der Lady Somerville und dem Attentäter, der Pater Benedict auf dem Gewissen hat?«
»Eins habt Ihr noch vergessen, Master. Amaury de Craon, dieser verschlagene Schurke hat bei dem ganzen Schmutz doch bestimmt die Hand im Spiel.«
Corbett sah Ranulf scharf an. Die Worte des Dieners lösten eine Erinnerung aus, und er erkannte, daß er seinen französischen Gegenspieler tatsächlich ganz vergessen hatte.
»Natürlich«, flüsterte er, »Amaury de Craon. Ranulf, bist du hier fertig? Gut. Dann geh in die Cock Lane.« Er schüttelte den Kopf, als er das Lächeln des Dieners sah. »Nein, nein,

deine Gelüste kannst du für dich behalten. Geh zu der Apotheke und halte nach einem kleinen Bettlerjungen in rauhem Sackleinen Ausschau. Bring ihn zur Gracechurch Street und sage ihm, er soll das Haus des Franzosen scharf im Auge behalten. Wenn etwas Ungewöhnliches passiert, sei es, daß ein unerwarteter Besucher erscheint oder sei es, daß man Reisevorbereitungen trifft, dann soll der Junge zu mir nach Hause in die Bread Street kommen und dort eine Nachricht hinterlassen.«

Ranulf nickte und eilte davon. Corbett trank den Rest Wein aus und fühlte sich erhitzt und ein bißchen schläfrig, als er die Schenke verließ und sich zum Haupttor des Tower begab. Er zeigte den Wachsoldaten seine Papiere, überquerte den Burggraben und gelangte unter mehreren Torbögen hindurch schließlich in den inneren Bezirk, der das viereckige Zentralgefängnis umgab, den White Tower. An jedem Tor wurde der Sekretär angehalten, durfte aber nach Vorweisen der königlichen Vollmacht weitergehen. Endlich hatte er den inneren Burghof erreicht, der still in der frühsommerlichen Wärme lag; aber Corbett sah, daß im Tower wieder Bauarbeiten begonnen hatten, weil der König eine französische Invasion in Essex befürchtete, vielleicht sogar im Mündungsgebiet der Themse. Ziegelsteine türmten sich um große Brennöfen, überall lagen Berge von Sand und Kies, und dicke Eichenbalken waren zu schiefen Stößen gestapelt.

Der Tower war ein Dorf für sich mit seinen Reihen von Ställen, Taubenschlägen, offenen Küchen, Scheunen und Hühnerhäusern, die sich allesamt an die Innenseiten der Mauern schmiegten. Ein kleiner Obstgarten lag in einer Ecke neben den Fachwerkhäusern der Tower-Offiziere. Corbett kam an großen Katapulten und Rammböcken vorbei, die bereitgemacht wurden, und hatte den Rasen vor dem White Tower halb überquert, als er von einem grobgesichtigen

Offizier angesprochen wurde. Der Kerl versuchte immer noch, Corbetts Vollmacht zu lesen, als plötzlich Limmer erschien und hastig einschritt.
»Sir Hugh«, verkündete er, »die Befragung hat begonnen.« Er winkte Corbett weiter und führte ihn eine steile Treppe an der Seite des White Tower hinunter in ein Verlies am Fuße eines der Ecktürme. Corbett fröstelte; das Gewölbe war niedrig, kalt und feucht, und obwohl es draußen taghell war, brannten hier Fackeln blakend in der Finsternis. Er roch die feuchte Erde unter seinen Füßen; der Geruch mischte sich mit dem beißenden Gestank von Rauch, Holzkohle, Schweiß und Angst. In dem Raum gab es keinerlei Möbel, abgesehen von großen eisernen Kohlenbecken, die dicht aneinandergeschoben an beiden Enden standen. Ketten und Handschellen hingen an den Wänden, aber der Blick des Sekretärs wurde von einer makabren Gruppe in einer kleinen Nische angezogen. Als er näher kam, sah er die Folterknechte, Männer, nackt bis auf die Hüften; sie hatten sich Tuchfetzen um die Stirn gebunden, damit ihnen der Schweiß nicht in die Augen lief. Ihre Oberkörper glänzten, als seien sie mit Öl eingerieben. Sie standen vor den Kohlenbecken und hantierten mit liebevoller Sorgfalt mit langen Brenneisen, die sie hineinlegten und herausnahmen; die Griffe hatten sie mit Tüchern umwickelt, um sich nicht die Hände zu verbrennen. Einer der Folterknechte nahm gerade eine Stange heraus, blies auf die rotglühende Spitze und trat damit in die Nische. Er murmelte etwas, und dann hörte Corbett einen Schrei. Er trat noch näher und sah, daß Adam von Warfield, Bruder Richard und der Verwalter William, bis auf die Hosen entkleidet, mit ausgestreckten Armen an die Wand angekettet waren. Der Folterknecht flüsterte etwas, grunzte dann und drückte sein Eisen an einen Körper, der in entsetzliche Zuckungen geriet, so daß die Ketten an der Wand klirrten. Ein neues Eisen kam,

und ein Protokollant, der auf einem Schemel saß und getreulich alles aufschrieb, was gesagt wurde, flüsterte leise. Ein Fluch, ein Aufschrei, ein Heulen, und so nahm die Befragung ihren Fortgang. Corbett wandte sich ab.

»Hört auf, Limmer!« zischte er. »Hört sofort damit auf! Und sagt dem Schreiber, er soll zu uns nach draußen kommen.«

Corbett ging hinaus an die frische Luft. »Herrgott!« betete er. »Erlöse mich von solchem Grauen!«

Er setzte sich auf einen Balken und wünschte, er hätte den Wein nicht getrunken, denn jetzt hatte er eine trockene Kehle. Er hatte Mühe, dem Umstand, daß er hier unter einem klaren blauen Himmel im grünen Gras saß, mit dem Grauen in Einklang zu bringen, das er soeben mit angesehen hatte. Limmer und der Protokollant kamen zu ihm heraus; letzterer war ein rundlicher, glatzköpfiger, rotgesichtiger Mann, dem seine Arbeit anscheinend Spaß machte, und der das Entsetzen, das er erlebte, als eine der grausigen Notwendigkeiten des Lebens betrachtete.

»Haben die Gefangenen gestanden?« fragte Corbett.

Limmer zuckte die Achseln.

»Ja und nein«, gab der Protokollant mit schmalen Lippen an.

»Was soll das heißen?«

»Nun, Sir Hugh, wir müssen da eine Grenze ziehen. Bruder Richard hat sich nichts weiter zuschulden kommen lassen als übermäßigen Weingenuß und den Bruch seiner klösterlichen Gelübde. Man hat ihm Angst gemacht, ihn aber nicht gefoltert. Ich empfehle nachdrücklich, ihn freizulassen.«

Corbett starrte dem Mann in die harten blauen Augen und nickte.

»Einverstanden: Man soll ihn noch bis zum Abend festhalten und ihn dann in den Gewahrsam des Bischofs von London überstellen. Und was weiter?«

»Der Verwalter, William von Senche, ist grober Pflichtverletzung gegenüber dem König schuldig.«
»Weiter nichts?«
»Geduld, Sir Hugh. Er hat außerdem gestanden, einen erwiesenen Verbrecher zu kennen, nämlich Richard Puddlicott. Master William kennt ein paar Diebe, denn sein Bruder führt das Gefängnis von Newgate. Nun wurde William von Senche von Puddlicott angesprochen, und gemeinsam haben er und Puddlicott geplant, sich auf Kosten der Allgemeinheit zu bereichern.« Der Protokollant fuhr sich mit der Zunge über die Lippen. »Williams Geständnis zufolge hat Puddlicott – und bevor Ihr fragt, Sir Hugh: Wir haben keine klare Beschreibung des Schurken; es ist allenfalls die Rede von schwarzem Haar und einem schwarzen Bart, und daß Puddlicott stets Umhang und Kapuze trug.« Der Mann zuckte die Achseln. »Das mögt Ihr glauben oder nicht – dem Geständnis zufolge jedenfalls spazierten der Verwalter und der Schurke eines Tages durch den Kreuzgang der Abtei. Habgierig betrachteten sie das schwere Silbergeschirr, auf dem den Brüdern im Refektorium das Essen serviert wurde.« Der Gerichtsschreiber lachte leise. »Das brachte sie auf den hübschen Einfall, daß solches Silber auch ihnen gehören könnte. Eines Abends stellten sie eine Leiter an die Wand des Refektoriums und schleppten eine reiche Beute an Silbergeschirr davon, die sie verkauften.«
»Und niemand merkte, daß es weg war?«
»Tja . . .« Der Schreiber lächelte düster. »Es ist immer die gleiche Geschichte. Ein kranker, alter Abt, kein Prior . . .« Er sah Corbett an. »Ja, Sir Hugh, der Gedanke ist mir wohl auch gekommen. Ich frage mich in der Tat, ob man dem guten alten Prior nicht geholfen hat, dieses Tal der Tränen zu verlassen. Aber nun kommen wir zu Adam von Warfield. Er merkte, daß das Silber verschwunden war. Er hörte auch von

den Festen, die William im Schloß veranstaltete, und er verlangte, an diesen frevelhaften Vorgängen beteiligt zu werden; sonst werde er geradewegs zum König gehen. Master William und Puddlicott waren einverstanden. Warfield bekam ein Drittel des Geldes, das bei dem Verkauf des Abteisilbers herausgesprungen war. Dann kam ihnen die brillante Idee, den Kronschatz zu berauben.« Der Schreiber blätterte in den Pergamenten in seiner Hand. »Die Sache war gut geplant. Vor sechzehn Monaten erließ Adam von Warfield ein Zugangsverbot für den Friedhof und verstreute eine Unmenge von schnellwachsender Hanfsaat, und Puddlicott begann mit seinen Tunnelarbeiten. Vor zehn Tagen brach er in die Krypta ein. Das Silbergeschirr wollte er nicht, das verkaufte unser guter Sakristan.« Der Schreiber lächelte. »Ich vermute, Master Corbett, daß es in unserer Stadt Goldschmiede gibt, die genau wissen, daß das Geschirr, das sie gekauft haben, Diebesgut war.«
Er schwieg, und Corbett pfiff ungläubig durch die Zähne.
»Wann hat Puddlicott denn an seinem Tunnel gegraben?«
»Warfield sagt, nachts, aber weil der Friedhof verlassen war, manchmal auch tagsüber.«
Corbett hob die Hand an den Mund. »Gütiger Gott!« hauchte er.
»Sir Hugh«, fragte Limmer, »was ist denn?«
Corbett schüttelte nur den Kopf. Er wollte nicht zugeben, daß er Puddlicott wahrscheinlich gesehen hatte; er dachte an seinen ersten Besuch in der Abtei und an den alten Gärtner mit der Kapuze, der ihm den Rücken zugewandt hatte. Kein Gärtner, dachte Corbett erbittert, sondern Master Puddlicott in einer seiner raffinierten Verkleidungen.
»Und weiter?« fragte er scharf. »Konnten sie uns noch etwas über Puddlicott sagen?«
»Nein. Der Schurke war ein Meister der Schatten. Er kam zu

ihnen; sie wußten nie, wo er zu finden war. Entweder kam er spät oder sehr früh, und immer verschwand er, ohne jemandem etwas zu sagen. Eine Zeitlang kam er regelmäßig, dann wieder war er wochenlang abwesend.«

»Und das gestohlene Gold und Silber?«

»Sie bekamen ihren Anteil, aber natürlich behielt Puddlicott das meiste für sich.«

»Und die Morde?«

»Ah.« Der Protokollant schüttelte den Kopf. »Sie bestreiten, mit irgendeinem der Todesfälle etwas zu tun zu haben, seien es Lady Somerville, Pater Benedict oder die Huren in der Stadt.« Er zog einen Federkiel hinter dem Ohr hervor und klopfte auf das Pergament. »Aber Warfield«, fuhr er hoffnungsvoll fort, »Warfield ist ein Mörder. Ein Mann Gottes ist er ebensowenig wie die Kreaturen in der königlichen Menagerie, Sir Hugh. Ich war bei vielen Verhören dabei.«

Corbett schaute in die steinharten Augen und glaubte es sofort.

»Ich habe viele ähnliche Vernehmungen erlebt«, fuhr der Mann fort. »Warfield ist ein Mörder. Er hat schon getötet. Ich bin sicher, daß er beim Tod des Priors die Hand im Spiel hatte. Ihr kennt den Lauf der Welt, Sir Hugh. Einer, der einmal gemordet hat, wird es immer wieder tun.« Er rollte sein Pergament zusammen. »Darüber hinaus«, schloß er nüchtern, »kann ich Euch nichts sagen.« Er lächelte düster. »Natürlich sind wir mit Bruder Adam noch nicht fertig.«

Corbett dankte ihm, und der kleine Mann watschelte davon, zurück zu seinen Pflichten.

»Was können wir jetzt noch tun?« fragte Limmer.

»Wie gesagt: Überstellt Bruder Richard in den Gewahrsam der Kirche. Verhört Warfield. Auch möchte ich, daß eine Nachricht an die Sheriffs und Zunftherren überbracht wird. Im Namen des Königs soll man die ganze Stadt durchsuchen. Man soll nach Silbergeschirr mit den königlichen Insignien suchen und jeglichen Zustrom von frischgeprägten Münzen melden. Die Sheriffs sollen mir einen umfassenden Bericht über ihre Untersuchungsergebnisse nach Hause in die Bread Street bringen. Habt Ihr das alles verstanden?«

Corbett wartete ab, während der Soldat getreulich alle Anweisungen wiederholte; dann verabschiedete er sich und verließ den Tower.

Als er in der Bread Street ankam, war auch Ranulf von seinem Botengang zurück. Maeve war mit ihrer kleinen Tochter und der Magd Anna zu einem Kaufladen nach Cornhill gegangen. Müde und niedergeschlagen stieg Corbett hinauf in seine Schlafkammer. Er streifte die Stiefel ab und legte sich auf die rotweiße Seidendecke auf dem Bett. Immer wieder nickte er ein, geplagt von grausigen Alpträumen, bevölkert von Folterknechten und den wandelnden Leichen junger Mädchen mit durchschnittenen Kehlen, Adam von Warfields haßerfüllten Augen und dem Zorngebrülle seines königlichen Herrn. Corbett erwachte und starrte auf den Wandbehang, auf dem Salomes Schleiertanz vor Herodes abgebildet war. Warum hatte Maeve ihn hier aufgehängt? Er wälzte sich hin und her und dachte an den Tod der letzten Hure, Hawisa. Warum war sie ausgerechnet zu diesem Zeitpunkt ermordet worden? Corbett hatte damit gerechnet, daß der nächste Mord irgendwann Mitte Juni geschehen würde. Er dachte an Lady Mary Neville, die genauso liebreizend lächelte wie seine erste Frau, und er versank in einen ruhigeren Schlaf, aus dem Maeve ihn mit einem Schulterrütteln weckte.

»Hugh! Hugh! Das Abendessen ist fertig!«

Corbett schwenkte gähnend die Beine vom Bett.

»Komm schon, Schreiber!« neckte Maeve mit gespielter Strenge. »Du liegst im Bett, und dabei gibt es genug Arbeit. Und, was noch wichtiger ist, der Tisch ist gedeckt und das Essen aufgetragen.«

Maeves Späße rissen ihn schließlich aus seiner finsteren Niedergeschlagenheit. Zudem bestand seine Frau entschlossen darauf, daß er sich jetzt um bestimmte Haushaltspflichten zu kümmern habe. Von der Verwaltung ihres Landguts zu Leighton in Essex waren Briefe gekommen, und sie wollte die Vorbereitungen für Lord Morgans Aufenthalt mit ihm besprechen. Ob Hugh sich nicht ein paar Tage freimachen könnte?

Also verbrachte Hugh auf Beharren seiner Frau die nächsten Tage zu Hause. Er spielte mit seiner Tochter Eleanor. Er saß mit seinem Verwalter Griffin im Garten und ging die Haushaltsbücher durch, und noch einmal versuchte er, den ungestümen Ranulf von seinem Liebeswerben um Lady Mary Neville abzubringen. Aber Ranulf war bis über beide Ohren verliebt, und Corbett spürte die Veränderung. Das rote Haar seines Dieners war jetzt gekämmt und säuberlich eingeölt; Wams, Hose und Stiefel waren vom Feinsten, das die Cheapside zu bieten hatte, und insgeheim lächelte Corbett über die schwer parfümierten Öle, mit denen Ranulf seine Haut einrieb. Maeve genoß jede Einzelheit, und als Ranulf einen Trupp Musikanten anheuerte, um Lady Mary ein Ständchen zu bringen, bekam sie einen heftigen Kicheranfall.

Aber Maltotes Rückkehr aus Winchester machte solcher Häuslichkeit ein Ende. Er war aschgrau und sehr nervös, als Corbett und Ranulf sich in der Privatkanzlei des Sekretärs mit ihm trafen.

»Du hast dem König meine Nachricht überbracht?«

»Jawohl, Master.«

»Und was hat er gesagt?«

»Er zog den Dolch, und wenn Lord de Warenne nicht dabeigewesen wäre, hätte er ihn nach mir geworfen.«

»Und dann?«

»Die meisten Möbel in dem Gemach gingen zu Bruch. Der

König nahm eine große Keule von der Wand und zerschlug alles ringsumher. Master, ich dachte, er sei in Raserei verfallen! Er fluchte und wetterte und wollte jeden verdammten Mönch in der Abtei aufhängen.«
»Und ich?«
»Ihr werdet auf die Insel Lundy verbannt, aller Ämter enthoben und auf Brot und Wasser gesetzt.«
Corbett stöhnte und ließ sich auf einen Stuhl fallen. Die Wutanfälle des Königs waren fürchterlich, und wahrscheinlich meinte Edward jedes Wort ernst, zumindest, bis er sich beruhigt hatte.
»Und was jetzt?«
»Ich habe Winchester noch am selben Abend verlassen. Der König war im Schloßhof und schrie alles an, Pförtner, Knechte, Soldaten und Hofbeamte. Man solle die Truhen packen, die Saumtiere beladen, Boten ausschicken. Morgen früh wird er in Sheen sein, und er befiehlt Euch, dort zu erscheinen.«
Corbett sah Ranulfs boshaftes Grinsen.
»Du wirst mitkommen, Ranulf!« bellte er. »Gütiger Gott!« murmelte er dann. »Morgen der König, und übermorgen Lord Morgan! Glaube mir, Ranulf, die Heilige Mutter Kirche hat recht, wenn sie sagt, die Ehe sei ein Stand, in den sich nur die Toren stürzen.«
»Was sollen wir denn nun machen, Master?«
Ranulfs Schadenfreude über die Bestürzung unter den Edlen des Landes verflog zusehends. Außerdem behielt er den König stets wachsam im Auge, und wenn er dachte, daß die Laufbahn seines Herrn in Gefahr sei, wurde er immer besonders fürsorglich. Corbett starrte aus dem Fenster. Die Sonne ging unter, und er hörte von ferne die Glocken der Stadt, die zur Vesper läuteten.
»Wir werden ausgehen«, antwortete er. »Wir werden über die Stränge schlagen, werden Ale und Wein trinken und singend

nach Hause kommen. Denn, wie man im alten Rom zu sagen pflegte, wenn du sterben mußt, sollst du es dir gutgehen lassen.«

Ranulf sah Maltote an und verzog das Gesicht. Die beiden hatten vorgehabt, Lady Mary in Farringdon zu besuchen, aber Corbett blieb hart, und so packten sie ihre Mäntel und Gürtel, schlüpften zur Haustür hinaus und liefen die mittlerweile verlassene Cheapside hinauf. Corbett ging schnell, als könne die körperliche Anstrengung die finsteren Ahnungen im Hinblick auf das Treffen mit dem König aus seinem Kopf vertreiben. Sie betraten die Schenke zu den Drei Rosen in Cornhill, und während Ranulf und Maltote über alles mögliche plauderten, saß Corbett da und trank, wälzte in Gedanken die Probleme, denen er sich gegenübersah. Je mehr er trank, desto größer wurde seine Verzweiflung, denn er begriff, daß er nur zweierlei hatte beweisen können. Erstens, daß die Mönche in Westminster ihr Gelübde gebrochen hatten, und zweitens, daß der Kronschatz vom größten Dieb im ganzen Königreich beraubt worden war.

Drei Stunden später taumelte ein zutiefst niedergeschlagener Corbett, gestützt von Ranulf und Maltote, zur Schenke hinaus und machte sich auf den langen Heimweg durch die nachtschwarzen, menschenleeren Straßen. Ranulf hielt ihn nicht für betrunken, aber doch für beschwipst, denn die letzte Stunde hatte Corbett damit verbracht, ihm einen Vortrag zu halten: Ehen zwischen Menschen von unterschiedlichem gesellschaftlichen Rang seien niemals erfolgreich; Lady Mary Neville spiele womöglich nur mit ihm und mache sich über seine Zuneigung lustig. Jetzt aber war Corbett verstummt, denn plötzlich war ihm de Craon eingefallen, und er versuchte, sich zu erinnern, was da nicht gestimmt hatte, als er den Franzosen besucht hatte. Am unteren Ende von Walbrook angekommen, bogen sie in die Budge Row ein. Sie überquerten den Bach auf einem losen Holzgitter und wandten sich in die schmale Gasse, die an der Kirche von St. Stephen vorbeiführte. Maltote ging vorneweg und sang ein albernes Lied, als die maskierten Männer über sie herfielen. Sie hatten damit gerechnet, daß Corbett und Ranulf neben dem jungen Kurier hergingen, und so hatte Maltote die ganze Wucht des ersten Angriffs allein zu tragen. Ungelöschter Kalk flog ihm ins Gesicht, und er schrie schmerzerfüllt auf, als seine Augen wie Feuer brannten, und brach im Schlamm zusammen. Der restliche Kalk traf Corbett und Ranulf an Haar und Wange, aber ihre Augen blieben verschont. Jetzt traten die verhüllten Männer – es waren vier, mit Schild und Schwert bewaffnet – weiter aus dem Schatten und dem verblüfften Sekretär und seinen Gefährten entgegen. Sie kümmerten sich nicht um Maltote, der auf den Knien lag und kreischend klagte, er könne nichts sehen. Überrascht und verwirrt wichen Corbett und Ranulf zurück. Dann begriff Ranulf, daß es sich um einen Überfall handelte; er zog Schwert und Dolch und stürzte sich wie ein Berserker auf die Angreifer. Sie waren Räuber und Schläger und kannten den seltsamen Tanz des Straßenkampfes, aber nicht Ranulfs wilden Kampfesmut. Er prallte gegen den Anführer, daß es diesem den Atem verschlug und er der Länge nach auf den Boden flog. Der zweite bekam Ranulfs Dolch in die Schulter; er preßte die Hände auf die Wunde, aus der heiß das Blut spritzte, und taumelte rückwärts in die Gasse, als Ranulf sich schon auf den dritten stürzte. Als der vierte Angreifer wieder zu sich kam, stürzte sich auch Corbett, in dessen Kopf sich der Weindunst rasch verzogen hatte, ins Getümmel. Wirbelnd ging der Kampf hin und her. Corbett und Ranulf drangen immer weiter vor; sie kämpften Rücken an Rücken, und ihre Schwerter und Dolche sausten hierhin und dorthin, bis die dunkle Gasse widerhallte vom Klirren des Metalls, dem Scharren der Stiefel und dem atemlosen Grunzen kämpfender Männer. Noch einmal stürzte Ranulf sich wütend ins Getümmel, denn er sah, daß Maltote beide Hände auf die Augen preßte und verzweifelt Hilfe brauchte. Dann hatten die Angreifer genug und waren plötzlich schattengleich verschwunden. Ranulf schob sein Schwert in die Scheide, und Corbett hastete den verwundeten, aber immer noch kampffähigen Männern nach; er schrie und fluchte hinter ihnen her, bis er die Nutzlosigkeit seiner Wut erkannte und zu Ranulf zurückkehrte. Dieser kauerte im Schlamm, hielt Maltote im Arm und versuchte, die Finger des jungen Mannes von seinen Augen zu lösen.

»Das arme Schwein ist geblendet!« schrie Ranulf. »Das ist Eure Schuld, verdammter Schreiber! Ihr und Eure Weinerlichkeit! Wir hätten nach Farringdon gehen sollen.«

»Halt's Maul!« schnarrte Corbett.

Corbett kniete neben Maltote nieder und zog dem jungen Mann die Hände vom Gesicht. Im trüben Licht der Gasse sah er, daß die Haut rings um die Augen aussah, als sei glühende Asche darauf gefallen, und die Augen selbst waren entzündet und tränten heftig. Corbett rannte die Gasse hinauf und hämmerte an jede Tür, bis ein Häusler, mutiger als der Rest, ihm öffnete. Maltote wurde in den beleuchteten Eingang geschleift. Der Schaden an seinen Augen war jetzt deutlicher sichtbar, als Corbett ihn mit kaltem Wasser Krug um Krug überschüttete, um den Kalk auszuwaschen. Der Lärm hatte die Wache alarmiert, und vier Soldaten und ein Ratsherr kamen um die Ecke. Corbett befahl ihnen, zu verschwinden und sich nicht aufzuspielen, es sei denn, sie wollten helfen. Dem Ratsherrn gelang es, zwei Pferde herbeizuschaffen. Sie halfen Maltote in den Sattel, Ranulf lief hinterher, und Corbett galoppierte, so schnell sein verwundeter Gefährte es erlaubte, die Budge Row hinauf nach Westcheap und durch die Shambles nach Newgate. Die Stadtwache ließ sie durch eine Torpforte hinaus. Maltote stöhnte und jammerte, und Ranulf lief neben ihm her und schrie ihn an, er solle die Hände von den Augen lassen.

Ohne haltzumachen, ritten sie nach St. Bartholomew; schweißgebadet und völlig verdreckt hämmerten sie ans Tor und schrien nach Pater Thomas. Man ließ sie ein, und Laienbrüder halfen Maltote aus dem Sattel. Pater Thomas' war in der Kirche gewesen; er kam herausgelaufen und führte den jungen Kurier weg. Corbett und Ranulf blieben in dem langen, leeren Korridor zurück und warteten. Hinter der dicken, verschlossenen Tür hörten sie Maltote immer wieder schreien, und zwischendurch vernahmen sie Pater Thomas ruhige Stimme, während Laienbrüder mit gelassener Sicherheit Schüsseln mit Wasser und Tabletts voller Kräuterarzneien und Salben herbeitrugen. Nach einer Weile hatte Corbett die Nase voll von Ranulfs Vorhaltungen; er legte sich auf die Bank, um ein Stündchen zu schlafen, während sein Diener rastlos auf und ab ging. Nach einer Weile erwachte der Sekretär belebt und erfrischt und schickte einen Laienbruder mit Botschaften in die Bread Street; dann wartete er, bis Pater Thomas Maltotes Augen zu Ende behandelt hatte. Der Morgen graute, als der Arzt herauskam.

»Nein, sehen könnt Ihr ihn jetzt nicht«, meinte er müde. »Er hat einen Becher Wein mit einem Betäubungsmittel getrunken, und bis Mittag wird er schlafen.«

»Und seine Augen?« Ranulf packte den Priester am Ärmel. »Hat er sein Augenlicht verloren?«

Der Arzt entwand sich sanft seinem Griff. »Das weiß ich nicht«, sagte er leise. »Das Wasser, das Ihr ihm ins Gesicht geschüttet habt, hat ihn vor weiteren Verletzungen bewahrt. Ich habe seine Haut gesäubert und ihm den Kalk aus den Augen gespült, aber vorläufig ist das alles, was ich tun kann.«

Ranulf wandte sich ab und hämmerte mit den Fäusten an die Wand im Korridor.
»Corbett«, sagte Bruder Thomas, »ich muß jetzt gehen. Aber ich halte Euch auf dem laufenden.«
Corbett gab ihm einen warmen Händedruck; dann nahm er Ranulf beim Arm und schob den immer noch Fluchenden und Murrenden zur Spitaltür hinaus.
Am Tor trafen sie auf den Laienbruder, der eben aus der Bread Street zurückkam.
»Ich habe Lady Maeve Bescheid gesagt«, berichtete er. »Sie macht sich Sorgen, und sie möchte, daß Ihr gleich nach Hause kommt.«
Corbett dankte ihm und ging weiter. Sie waren die Straße halb hinunter in Richtung Newgate gegangen, als Corbett den Laienbruder hinter sich hörte.
»Ach, Sir Hugh! Sir Hugh!«
»Was ist denn noch, Bruder?«
»Als ich Euer Haus verließ, hielt mich ein kleiner Straßenbengel an. Er hüpfte auf und ab wie ein Kobold aus der Hölle und sagte, er habe eine Botschaft für Lord Corbett.«
»Nämlich?«
»Er sagte, der Franzose schicke sich an, mit allem Gepäck fortzugehen.«
»Ist das alles?«
»Ja, Sir Hugh.«
Der Laienbruder eilte davon. Ranulf war jetzt mürrisch und verschlossen, obwohl die Wut des Kampfes Gesicht und Augen immer noch glühen ließ. Er hob einen Stein auf und warf ihn die Straße hinunter, so weit er konnte.
»Was sollte das alles bedeuten, Master?«
Corbett stand nur da und schaute dem Laienbruder nach.
»Master, ich habe Euch etwas gefragt!«
»Das weiß ich wohl, Ranulf, aber du kannst deine schlechte

Laune für dich behalten. Diese Kerle haben uns wahrscheinlich den ganzen Abend nachgestellt. Wenn ihr nach Farringdon gegangen wärt, dann hätten sie euch da aufgelauert. Was weiß ich – wenn wir daheim geblieben wären, hätten sie uns vielleicht sogar dort überfallen.«

»Na, und wer hat die Dreckskerle geschickt?«

Corbett lächelte schmal. »Maltote ist in guten Händen. Lady Maeve weiß, wo wir sind. Laß uns frühstücken.« Er deutete auf eine kleine Schenke, die für die Metzger und Schlachter, die in den Shambles arbeiteten, schon frühmorgens geöffnet hatte. »Etwas zu essen und ein wenig verdünntes Ale?«

»Maltote ist derweilen halb tot«, versetzte Ranulf erbost.

»Das weiß ich«, sagte Corbett. »Aber wir müssen jetzt nachdenken. Die Botschaft, die der Laienbruder mir gebracht hat, bedeutet, daß de Craon sich anschickt, abzureisen. Ich vermute, daß man uns in seinem Auftrag überfallen hat.«

Achselzuckend ließ Ranulf sich von Corbett über die Straße und in den noch stillen Schankraum führen. Schlaftrunkene Hausknechte und Küchenjungen mit rußigen Gesichtern servierten frische Pasteten und Krüge mit Ale. Corbett befahl Ranulf, mit seinem Gejammer aufzuhören, und setzte sich hin, um zu essen und zu trinken. Dabei versuchte er, sich an alle Einzelheiten seines Besuches bei de Craon zu erinnern. Nach einer Weile zeigte Ranulf sich wieder zugänglicher.

»Master, wieso glaubt Ihr denn, daß de Craon hinter dem Überfall steckt?«

»Ranulf, du hast das Haus des Franzosen in der Gracechurch Street doch besucht, oder du hast es zumindest gesehen. Ist dir irgend etwas aufgefallen?«

»Ziemlich dreckig und baufällig. Ich fand, für einen Gesandten des französischen Königs war es eine etwas merkwürdige Residenz. Ich meine, die Straße draußen war von Abfallhaufen übersät, aber die Müllkarren waren leer.«

Corbett wäre fast an dem Bissen Pastete erstickt, den er gerade kaute.

»Natürlich«, flüsterte er. Bilder huschten ihm durch den Kopf: das Zusammentreffen mit de Craon und de Nevers, der alte Gärtner auf dem Friedhof bei der Westminster Abbey, die stille Straße, der einsame, leere Müllkarren, Puddlicott in Paris, Puddlicott in London ...

»Paß auf, Ranulf, du mußt schleunigst zweierlei tun. Miete dir ein Pferd und reite zum Rathaus, als wäre der Teufel hinter dir her. Cade wird dort sein. Sag ihm, die Hafenmeister an der Themse sollen allen Schiffsverkehr einstellen. Und jeder Soldat der Stadt soll sich an der Ecke der Thames Street einfinden, und zwar innerhalb von einer Stunde.« Er nahm Ranulf den Humpen aus der Hand. »Rasch, Mann! Vielleicht können wir Maltotes Augen nicht mehr kurieren, aber womöglich können wir die Leute fassen, die seine Peiniger beauftragt haben!«

Ranulf verschwand, und Corbett saß da und verfluchte seine eigene Dummheit. Er hatte herausgefunden, daß die Schatzkammer beraubt worden war und daß man die Mauer innerhalb der letzten paar Tage geschickt durchbrochen hatte. Puddlicott mußte an dem Tunnel gearbeitet haben, wie der Bauer einen Acker rodete, langsam und regelmäßig, mehrere Monate lang. Nun war der größte Teil des Silbergeschirrs nicht angerührt worden, weil es zu klobig und zu auffällig war, um es rasch zu verhökern. Vielleicht hatten die Diebe beschlossen, sich die Beute zu teilen. Warfield bekam das Geschirr, Puddlicott die Münzen. Corbett nagte an der Unterlippe und stand langsam auf. Aber galt das gleiche nicht auch für die Säcke mit Münzen? Wegschaffen konnte Puddlicott sie, aber wenn er anfinge, sie auszugeben, würde man ihm doch sicher auf die Spur kommen? Wo würde der Strom solcher Münzen unbemerkt bleiben ...? Ja, natürlich ...! Corbett stöhnte auf, nahm seinen Mantel und verließ eilends die Schenke.

ZWÖLF

Corbett machte es sich in einer der zahlreichen Tavernen an der Thames Street bequem und wartete auf Ranulf und Cade. Er warb fünf Fischer an, die hier den reichen Fang der vergangenen Nacht feierten, und beauftragte sie, die Kais und Docks nach einem französischen Schiff abzusuchen, das zum Auslaufen mit der Morgenflut klargemacht wurde. Nach etwas über einer Stunde kamen seine Spione zurück; eine französische Kogge, die *Grace à Dieu,* liege in Queenshite, und an Bord herrsche reges Treiben. Einer der Fischer gab eine genaue Beschreibung von de Craon, und Corbett erschrak, als ein anderer berichtete, das Schiff sei gut bemannt und bewaffnet und werde von Soldaten bewacht.

»Angeblich ein Weinhändler«, meinte der Bursche säuerlich. »Aber kennt Ihr die Franzosen, Master? Es ist ein Kauffahrer, den sie in ein Kriegsschiff verwandelt haben.«

Corbett fluchte und zahlte den Burschen ihren Sold. Er wollte nicht, daß das Schiff ablegte und womöglich in ein Seegefecht auf der Themse oder, schlimmer noch, im Kanal verwickelt wurde, wo es jedem Verfolger ausreißen und schnurstracks nach Dieppe oder Boulogne entkommen könnte. Er verließ die Schenke und ging draußen rastlos auf und ab. Von Rechts wegen hätte er auf dem Weg nach Sheen sein müssen, aber der König mußte noch warten. Hoffentlich hatte er richtig vermutet ...

Endlich kam Ranulf mit Cade zurück; sie hatten einen Sheriff und einen Trupp städtischer Bogenschützen und Soldaten bei sich. Sie drängten sich in den Straßen und schmalen

Gassen und riefen unter den frühmorgendlichen Einkäufern, Seeleuten, Händlern und Hökern einige Verwunderung hervor. Der Untersheriff sah immer noch unruhig und nervös aus; ihm war klar, daß seine Unehrlichkeit im Zusammenhang mit Judith noch nicht restlos vergessen war.
»Gibt es Neues aus dem Tower, Master Cade?«
Der Untersheriff schüttelte den Kopf.
»Bruder Richard wurde freigelassen, und Adam von Warfield wiederholt immer nur seine Geschichte. Aber was soll dieser Wirbel, Sir Hugh?«
»Dieser Wirbel«, fauchte Corbett, »dreht sich um Hochverrat!« Er sah Ranulf an. »Der Hafenmeister ist gewarnt?«
Ranulf nickte.
»Zwei Kriegsschiffe sind auch alarmiert«, fügte Cade hinzu. »Die Themse unterhalb von Westminster ist abgeriegelt, aber mit der Tide könnte einem Schiff der Durchbruch in die offene See gelingen. Ich nehme an, wir haben es auf ein Schiff abgesehen?«
Corbett nickte. »Auf einen zum Kriegsschiff umgebauten französischen Kauffahrer, die *Grace à Dieu.* Sie liegt in Queenshite. Ich wünsche keine Mätzchen. Vergeßt Proteste, Protokolle und diplomatische Verbindlichkeiten. Man soll das Schiff beschlagnahmen, die Soldaten entwaffnen und alles durchsuchen, vom Kiel bis zu den Mastspitzen.«
Cade erbleichte. »Sir Hugh, Ihr wißt hoffentlich, was Ihr tut? Wenn Ihr Euch irrt – und ich nehme an, Ihr sucht nach dem gestohlenen Schatz –, dann wird das Faß des königlichen Zorns überlaufen und sich über uns alle ergießen!«
»Und wenn ich recht habe«, sagte Corbett beruhigend, »werden wir alle um den Maibaum tanzen!«
Er führte die Bogenschützen und Soldaten durch die enge Gasse hinunter zu den Docks. Im Flüsterton wurden Befehle erteilt, und dann hatten sie den Fluß erreicht. Corbett sah die

Grace à Dieu; die Gangways lagen noch auf dem Kai, aber schon enterten die Matrosen in die Wanten, um die Segel zu setzen.
»Los!« schrie Corbett.
Er, Cade und Ranulf führten die Angreifer über das Kopfsteinpflaster. Die Gangways wurden gestürmt. Zwei Soldaten in der königlich-französischen Livree versuchten, ihnen den Weg zu versperren, wurden aber beiseite gestoßen, und englische Bogenschützen und Soldaten schwärmten auf dem ganzen Schiff aus. Die Matrosen, die in der Takelage überrascht wurden, mußten herunterkommen, die Soldaten im Zwischendeck wurden entwaffnet.
Im Handumdrehen war das Schiff beschlagnahmt, und die französischen Soldaten waren zu Zuschauern degradiert. Die Luke der kleinen Kajüte auf dem Achterdeck öffnete sich, und de Craon, gefolgt von de Nevers, stürmte über die Decksplanken zu Corbett und Cade, die am Großmast standen.
»Das ist unerhört!« schrie de Craon. »Wir sind akkreditierte Gesandte König Philipps, und dies ist ein französisches Schiff!« Er deutete auf ein großes Banner am Heck. »Wir segeln unter dem königlichen Schutz des Hauses Capet!«
»Von mir aus könnt Ihr unter dem Schutz des Heiligen Vaters segeln!« versetzte Corbett. »Ihr habt wieder einmal Schurkereien im Schilde geführt, de Craon! Ich will das Gold des Königs von England wiederhaben. Sofort!«
De Craons Augen funkelten belustigt. »Wir sind also Diebe?«
»Ja, das seid Ihr!«
»Dafür werdet Ihr Euch zu verantworten haben!«
»So oder so, Monsieur, werde ich das tun müssen.« Corbett wandte sich an Cade. »Durchsucht das Schiff.«
Der Untersheriff drehte sich um, erteilte ein paar Befehle, und de Craons Protesten zum Trotz machten die englischen

Soldaten sich entschlossen ans Werk. Die Kajüte wurde auf den Kopf gestellt, aber die Sucher kamen mit finsterer Miene heraus und schüttelten die Köpfe. Ein Trupp wurde in den Laderaum hinuntergeschickt. Corbett starrte de Craon an, der mit verschränkten Armen dastand und mit der Stiefelspitze ungeduldig aufs Deck klopfte. Dem Blick de Nevers' wich Corbett absichtlich aus, befahl aber Ranulf im Flüsterton, sich an eine bestimmte Stelle zu postieren. Dann kamen die Soldaten wieder herauf.

»Da ist nichts«, berichteten sie. »Nur Tuchballen und Säcke mit Lebensmitteln.«

Corbett bemühte sich, seine Panik niederzukämpfen; er spürte, daß Cade und die anderen Offiziere nahe daran waren, zu verzweifeln. Er wußte, daß Gold und Silber an Bord waren. Aber wo?

»Master?«

»Still, Ranulf.«

Ranulf packte Corbett beim Arm. »Master, ich war früher oft hier im Hafen. Das Schiff ist bereit zum Ablegen, nicht wahr? Die Matrosen sind in die Wanten geentert, um die Segel zu setzen. Sie wollen schnell von hier verschwinden.«

»Ja, und?«

»Master, aber der Anker ist noch unten. Er müßte längst aufgezogen sein.«

Corbett wandte de Craon den Rücken zu. »Ranulf, was willst du damit sagen?«

»Master, sie haben den Anker nicht aufgezogen!«

Corbett lächelte und wandte sich an Cade. »Drei Schwimmer sollen sich davon überzeugen, daß der Anker dieses Schiffes in Ordnung ist. Vielleicht prüfen sie auch die Ankerkette?«

De Craon erbleichte, und sein Mund klappte auf. De Nevers schob sich auf die Reling zu, aber Corbett packte ihn beim Arm.

»Master Puddlicott!« zischte er. »Ich bestehe darauf, daß Ihr hierbleibt!«
»Puddlicott?« fauchte de Craon.
»Ja, Monsieur. Ein englischer Verbrecher, gesucht vom Sheriff dieser Stadt und anderer Grafschaften wegen einer Liste von Verbrechen, die so lang ist wie dieser Fluß!«
De Nevers wollte sich losreißen. Corbett schnippte mit den Fingern und bedeutete zwei Soldaten, ihn festzuhalten. Unterdessen hatte Cade seine Freiwilligen gefunden. Drei Bogenschützen legten Helm und Schwertgurt ab, zogen die Stiefel aus und glitten wie Wasserratten ins schaumige Flußwasser. Sie tauchten unter und kamen mit Triumphgeschrei wieder hoch.
»Säcke!« rief einer, spuckte aus und schüttelte den Kopf. »Da sind schwere Säcke mit Münzen an die Ankerkette gebunden!«
»Bringt ein Boot her!« befahl Corbett. »Die Schwimmer sollen die Säcke sicherstellen. Sie sind unter starker Bewachung mit Fuhrwerken zum Palast nach Sheen zu bringen.«
Cade eilte davon und brüllte Befehle. Corbett schaute seine Widersacher an.
»Monsieur de Craon, ich werde Euch jetzt verlassen. Master Puddlicott nehme ich mit – denn er ist Richard Puddlicott und nicht etwa Raoul de Nevers, nicht wahr? Er ist ein englischer Untertan, der dem König Gefolgschaft schuldet und sich ohne Zweifel für seine schrecklichen Verbrechen wird verantworten müssen.«
De Nevers schrie de Craon an, aber der Franzose schüttelte nur den Kopf, und der Gefangene wurde mit bleichem Gesicht abgeführt.
»Wir wußten nichts davon«, beteuerte de Craon. »Wir haben de Nevers als das akzeptiert, was er zu sein vorgab.«
Corbett grinste, als er diese dreiste Lüge hörte, und deutete

auf die Ankerkette. »Und wenn Ihr den Anker gelichtet und die Segel gesetzt hättet«, antwortete er, »dann hättet Ihr vermutlich Säcke entdeckt, die mit starken Schnüren an die Kette gebunden waren. Natürlich hättet Ihr Euch dann für den rechtmäßigen Finder gehalten und den Schatz zu Eurem königlichen Herrn gebracht, damit er seine Truppen in Flandern finanzieren kann. Und wenn die Zeit reif wäre, würdet Ihr ausplaudern, was Ihr getan habt, und Edward von England damit zum Gespött machen, als einen Fürsten, der sein Gold an den Feind verlor, so daß dieser seine Verbündeten überfallen konnte.« Corbett schüttelte den Kopf. »Ich muß doch bitten, Monsieur. Unsere Staatskanzlei wird bei der Euren protestieren. Ihr werdet Eure Unschuld beteuern, aber Ihr seid trotzdem ein Lügner und ein stümperhafter Trottel.« Gefolgt von Ranulf, trat Corbett an die Reling.

»Habt Ihr sie geschickt?« rief er dann über die Schulter. Er fuhr herum und schaute dem Franzosen in die haßerfüllten Augen.

»Wen?« zischte de Craon.

»Die Mörder, die uns überfallen haben!«

De Craon lächelte böse und schüttelte den Kopf. »Nein, Corbett, aber eines Tages werde ich es tun.«

Corbett und Ranulf liefen die Gangway hinunter zu ihrem wartenden Gefangenen, der inzwischen sicher angekettet zwischen zwei Gardesoldaten stand. Hinter sich hörte er die Pfiffe der Offiziere, die ihre Leute von dem französischen Schiff herunterholten, und die hastigen Kommandos des französischen Kapitäns, der darauf brannte, die *Grace à Dieu* so schnell wie möglich aufs offene Meer zu bringen.

»Wohin sollen wir den Gefangenen bringen, Sir Hugh?«

Corbett sah erst den Offizier, dann Puddlicott an.

»Newgate wird genügen; aber er soll zwischen den beiden Soldaten angekettet bleiben.« Corbett trat an den Meister-

betrüger heran und schaute ihm in das sanfte Gesicht. »Puddlicott, der Schauspieler«, sagte er leise und berührte die blonden Haare des Mannes. »Wie oft wurden die gefärbt, hm? Schwarz, rot, braun? Und der Bart? Gewachsen und abrasiert und wieder gewachsen, wie Ihr es gerade brauchtet?«
Puddlicott schaute ihn kühl an. »Was für Beweise habt Ihr gegen mich, Master Corbett?«
»So viele, wie ich brauche. Ihr wißt, daß Adam von Warfield verhaftet ist? Er beschuldigt Euch ganz unumwunden. Oh, ich weiß von Euren Verkleidungen, dem Bart, dem unterschiedlich gefärbten Haar, von der Mönchskutte und dem Kapuzenumhang, aber das alles wird Euch nicht vor dem Strick des Henkers bewahren. Es macht mir keine Freude, Puddlicott, aber Ihr werdet hängen.«
Die arrogante Kühle schwand aus Puddlicotts Blick.
»Wenn Ihr gesteht«, fuhr Corbett fort, »und bestimmte Fragen beantwortet, dann läßt sich vielleicht noch etwas machen.«
»Zum Beispiel?« höhnte Puddlicott.
»Ihr habt Hochverrat begangen. Ihr kennt die neuen Gesetze: Ihr werdet dafür gehängt, dann abgeschnitten, gestreckt und gevierteilt.«
Corbett sah, wie sich die Augen des Gefangenen vor Angst und Schrecken weiteten.
»Nun ja, Schreiber«, sagte Puddlicott mit schwerer Zunge, »vielleicht sollten wir uns unterhalten.«
Corbett schaute am Kai entlang. Er konnte nichts für diesen Mann tun; nur die Gefangenschaft konnte er ihm vielleicht ein wenig erleichtern.
»Bringt den Gefangenen dort hinüber«, befahl er.
Die Soldaten folgten Corbett und Ranulf mit Puddlicott in der Mitte in eine kleine Bierschenke. Corbett ließ den Schankraum räumen.

»Laßt ihn los«, befahl er den Soldaten. »Aber die Ketten muß er behalten. Ihr könnt die Tür draußen bewachen.«
Die Soldaten sahen enttäuscht, daß ihre Hoffnung auf eine kostenlose Mahlzeit sich zerschlug. Sie ließen Puddlicott los und legten ihm die Hand- und Fußschellen so an, daß er schlurfen und die Hände gebrauchen konnte. Corbett schob seinen Gefangenen an einen Ecktisch.
»Macht es Euch dort auf dem Schemel bequem. Wirt, Euer bestes Gericht. Was ist es?«
»Fischpastete.«
»Ist sie frisch?«
»Gestern schwammen die Fische noch im Meer.«
Corbett lächelte. »Die größte Portion für meinen Gast hier. Und Weißwein.«
Puddlicott sah mit halbem Lächeln zu, wie der Wirt davoneilte, um ihn zu bedienen, als sei er ein wichtiger Staatsgast, nicht etwa ein gefaßter Straftäter. Sie warteten schweigend, bis der Wirt zurückkam. Puddlicott aß hungrig, und Corbett mußte den kühlen Kopf des Mannes bewundern. Als er aufgegessen hatte, trank Puddlicott seinen Weinbecher leer und hielt ihn Corbett entgegen, um sich nachschenken zu lassen.
»Man soll Heu machen, solange die Sonne scheint«, grinste Puddlicott und wurde dann ernst. »Ich muß Euch um einen Gefallen bitten, Schreiber.«
»Ich schulde Euch keinen.«
»Ich habe einen Bruder.« Puddlicott ließ sich nicht abweisen. »Er ist von Geburt an ohne Verstand. Die Brüder im Spital von St. Anthony kümmern sich um ihn. Gebt mir Euer Wort, daß er gut versorgt bleiben wird. Eine königliche Rente, und ich sage Euch, was Ihr wissen wollt.« Er hob den Becher. »Und wenn ich sterben muß, dann soll es schnell gehen. Richard Puddlicott war nicht auf Gottes Erde, um den Londoner Pöbel zu belustigen.«

»In beiden Dingen habt Ihr mein Wort. Also – Ihr habt das Gold und Silber gestohlen?«
»Natürlich. Adam von Warfield und William, der Verwalter, waren daran beteiligt. William ist bloß ein Säufer, aber Adam ist ein bösartiger Hund. Ich hoffe, er baumelt neben mir.«
»Das wird er.«
»Gut, das wird es um so angenehmer machen.« Puddlicott nahm einen Schluck aus seinem Becher.
»Vor achtzehn Monaten«, begann er, »war ich in Frankreich; ich hatte gerade einen kurzen Aufenthalt in Westminster hinter mir, wo ich William von Senche geholfen hatte, ein wenig von den Schätzen der Abtei aus dem Refektorium der Mönche beiseite zu schaffen. Nun bin ich kein Dieb«, fuhr er grinsend fort, »aber es fällt mir doch schwer, zwischen meinem Eigentum und dem anderer Leute zu unterscheiden. Den gleichen Kniff probierte ich auch in Paris im Hause der Minoritenbrüder. Ich wurde verhaftet und zum Strick verurteilt. Da sagte ich meinem Kerkermeister, ich wisse einen Weg, den französischen König auf Kosten Edwards von England reich zu machen.« Puddlicott blies die Wangen auf. »Ihr wißt doch, wie es zugeht in der Welt, Corbett. Wer in die Enge getrieben ist, wird nichts unversucht lassen. Ich dachte, die Sache sei vergessen, aber am Tag, bevor ich hängen sollte, besuchten mich de Craon und der Bewahrer der königlichen Geheimnisse, William de Nogaret, in meiner Todeszelle. Ich erzählte ihnen von meinem Plan, und – horrido! – schon war ich auf freiem Fuß.«
»Ihr hättet Euer Wort brechen können«, meinte Ranulf. »Warum habt Ihr nicht Fersengeld gegeben?«
»Und wohin hätte ich fliehen sollen?« fragte Puddlicott. »Nach England? Als zerlumpter Bettler? Nein.« Er grinste und schüttelte den Kopf. »De Craon sagte, wenn ich mein Wort bräche, würde er mich zu Tode hetzen. Überdies hegte

ich ja auch einen Groll gegen Edward von England. Übrigens, Corbett: De Craon haßt Euch, und eines Tages will er mit Euch abrechnen.«

»Bis jetzt habt Ihr mir noch nichts erzählt, was ich nicht schon gewußt hätte.«

»Nun, ich kehrte nach England zurück, ließ mir einen Bart wachsen, färbte mir das Haar und veranstaltete die Festlichkeiten im Palast.«

»Wieso?«

»Adam von Warfield trägt sein Hirn zwischen den Beinen. Er hat eine Schwäche für Huren, starke Getränke und gutes Essen. William vom Palast kann man mit einem guten Krug Wein kaufen, und so hatte ich sie beide. Ich erzählte ihnen von meinem Plan. Der Friedhof wurde gesperrt. Ich machte das Gestrüpp ein wenig dichter, indem ich Hanfsaat ausstreute – die wuchs schnell und überdeckte meine Tätigkeit.«

»Den Tunnel habt Ihr nachts gegraben?«

»Meistens. Aber manchmal auch tagsüber. Es war ein brillanter Plan, Corbett. Niemand mag Friedhöfe bei Nacht oder bei Tag, und unter dem Schutze Warfields und Williams kam ich so schnell voran, wie ich nur wollte.« Er zuckte die Achseln. »Den Rest kennt Ihr. Ich hatte es auf die Münzen abgesehen. Warfield nahm sich von dem Silbergeschirr, der dumme Hund! Ich transportierte die Säcke mit einem alten Müllkarren und versteckte sie. Das habt Ihr Euch schon gedacht, nicht wahr?«

»Ja«, sagte Corbett. »Ranulf und ich haben den Karren dort stehen sehen, und die Straße war trotzdem um keinen Deut sauberer.«

Puddlicott grinste. »Was habe ich sonst noch falsch gemacht?«

Corbett griff nach Puddlicotts Händen und drehte die Handflächen nach oben. »Als ich Euch in de Craons Haus die

Hand schüttelte, spürte ich, daß etwas nicht stimmte, aber ich begriff erst später, was es gewesen war. Ihr wart ein Edelmann, Puddlicott, oder solltet doch einer sein, aber Eure Hände waren schwielig und rauh. Das Vermächtnis einer vergeudeten Jugend und eine Folge des Grabens auf dem Friedhof der Abtei.« Corbett schenkte seinem Gefangenen Wein ein. »Und jetzt zu den Morden.«

Puddlicott lehnte sich zurück. »Zu welchen Morden?«

»Die Huren. Pater Benedict. Lady Somerville. Wir glauben, daß die Huren wegen der nächtlichen Ausschweifungen umgebracht wurden, und Lady Somerville und Pater Benedict wurden ermordet, weil sie zuviel wußten.«

Puddlicott warf den Kopf in den Nacken und lachte. »Corbett, ich bin ein Dieb und ein Gauner. Wenn ich dächte, ich könnte Euch umbringen und fliehen, dann würde ich es tun. Aber ein paar arme Mädchen, einen alten Pfaffen, eine grauhaarige Lady? Ich bitte Euch, Master Corbett.« Er nahm einen Schluck Wein, und seine Miene verhärtete sich. »Für eine behagliche Zelle in Newgate erzähle ich Euch noch etwas außer der Reihe.«

Ranulf schnaubte vor Lachen. »Wenn das so weitergeht, Master, wird er bald um seine Freilassung feilschen.«

»Ich bin einverstanden«, sagte Corbett knapp. »Aber dann ist Schluß. Was habt Ihr noch?«

»In der Nacht, als Pater Benedict ermordet wurde, habe ich etwas gesehen. Ich war auf dem Abteigelände und ruhte mich aus, denn ich hatte ein paar Stunden gegraben. Da sah ich eine große dunkle Gestalt vorbeischleichen. Mein Interesse erwachte, und ich folgte ihr. Die Gestalt blieb vor Pater Benedicts Haus stehen und hockte sich vor das Schlüsselloch. Dann lief sie, nicht mehr als ein Schatten, zum offenen Fenster und warf etwas hinein. Ich sah, wie ein Flämmchen aufzüngelte und ahnte, was da geschah, und so ergriff ich die Flucht.«

»Und mehr wißt Ihr nicht?«
»Ich würde es Euch erzählen.«
»Dann, Master Puddlicott, sage ich Euch adieu.« Corbett stand auf und rief nach der Wache, und Puddlicott griff nach seinem Becher und trank ihn aus.
Corbett blieb stehen und sah zu, wie die Soldaten Puddlicotts Handgelenke sorgfältig an sich ketteten.
»Bringt ihn nach Newgate«, befahl er dann. »Man soll ihn dort als Gast des Königs unterbringen. Gebt ihm die beste Zelle und auch sonst alles, was er will. Das Schatzamt kommt für die Kosten auf.«
Corbett machte auf dem Absatz kehrt und verließ die Schenke, und Puddlicotts freundlicher Abschiedsgruß hallte ihm in den Ohren.

Edward von England kniete auf der Fensterbank und schaute hinaus auf die Gärten des Schlosses von Sheen. Corbett und de Warenne, der Earl von Surrey, saßen da und beobachteten ihn wachsam. Natürlich war der König erfreut gewesen; die Barone des Schatzamtes zählten bereits die Münzen aus den Säcken, und hochrangige Schreiber waren zu einer umfassenden Inventur in die Schatzkammer geschickt worden. Die Londoner Märkte waren nach dem königlichen Silbergeschirr abgesucht worden, und auf dem Gelände der Abtei waren königliche Truppen in Stellung gegangen. Edward hatte bereits eine wütende Protestnote an seinen geliebten Bruder, den König von Frankreich, geschickt und darin erklärt, daß Monsieur Amaury de Craon *persona non grata* sei, und wenn er je wieder einen Fuß auf englischen Boden setzen sollte, werde er das englische Gesetz in seiner ganzen Härte zu spüren bekommen. Corbett hatte seinen Dank erhalten: eine Silberkette mit einem goldenen Keltenkreuz für Maeve und einen Silberbecher voller Goldstücke für die kleine Eleanor.

Corbett hatte der König auf die Schulter geklopft und ihn seinen treuesten und loyalsten Diener genannt, aber Corbett war auf der Hut. Edward von England war ein vollendeter Schauspieler und beherrschte Wutanfälle, Tränen, falsche Leutseligkeit ebenso wie die Rolle des mutigen Generals und des strengen Gesetzgebers. All das waren Masken, die Edward ganz nach Belieben auf- und wieder absetzen konnte. Jetzt zeigte er sich kühl, ruhig und gefaßt, und Corbett spürte seine echte Wut über das, was der König als Verrat, Vertrauensbruch und Blasphemie empfand.

»Ich könnte Cade aufhängen«, murmelte der König über die Schulter.

»Euer Gnaden, der Mann ist noch jung und unerfahren«, sagte Corbett. »Er hat sich als äußerst wertvoll erwiesen. Er war der einzige Beamte in London, der mir geholfen hat. Eine Belohnung würde ihn zu größerer Gefolgschaftstreue anspornen als ein Tadel.«

Edward lachte leise. »Einverstanden. Ich kannte schon Cades Vater. Er begann sein Leben als Bogenschütze am königlichen Hofe. Cade war sein dreizehnter Sohn. Wußtet Ihr, daß er schon als Kind den Mädchen unablässig unter die Röcke schaute? Er muß auf hartem Wege lernen, daß ein Beamter der Krone darauf achtgeben muß, mit wem er schläft und mit wem er seine Geschäfte macht.«

»Und das Mädchen? Judith?«

»Sie wird ihren Lohn bekommen.«

Corbett scharrte mit den Füßen und warf einen Seitenblick auf de Warenne.

»Und Puddlicott und die anderen?«

»Ah!« Edward drehte sich um, und Corbett gefiel sein Gesichtsausdruck überhaupt nicht. »Die werden hängen!«

»Aber Warfield ist ein Priester, ein Mönch!«

»Er hat einen Hals wie jeder andere Mann.«

»Die Kirche wird Einwände erheben.«
»Das glaube ich nicht. Ich werde darauf hinweisen, daß die Mönche von Westminster nicht nur ihre Gelübde, sondern auch ihren König verraten haben. Könnt Ihr Euch den alten Winchelsea von Canterbury vorstellen?« Edward grinste verschlagen. »Lieber Gott, manchmal bin ich zu gern König. Ich freue mich schon darauf, unserem ehrwürdigen Bischof von Canterbury und seinen bischöflichen Brüdern zu erzählen, wie nachlässig sie in ihrer pastoralen Sorgfalt gewesen sind. Sie sollten ein schärferes Auge auf ihre Weinberge und auf diejenigen haben, die sie so scheinheilig ›ihre Schäfchen‹ nennen.«
»Ich habe Puddlicott mein Wort gegeben«, sagte Corbett, »daß er zwar hängen, aber eines schnellen Todes sterben werde. Ohne Verstümmelungen. Und dann wäre da noch die Angelegenheit mit seinem Bruder ...«
Der König sank auf seiner Fensterbank zusammen. »Ich habe keinen Streit mit einem Schwachsinnigen; für den Burschen wird gesorgt werden. Aber Puddlicott ...« Der König schüttelte den Kopf.
»Euer Gnaden, ich habe ihm mein Wort gegeben.«
Der König verzog das Gesicht.
»Ich habe ihm mein Wort gegeben«, fuhr Corbett fort, »weil ich wußte, daß Euer Gnaden es respektieren würden.«
Edward machte eine herrische Handbewegung.
»Na gut! Einverstanden! Puddlicott wird von den Richtern in Westminster der Prozeß gemacht werden. Er wird ein gerechtes Verfahren bekommen, und dann wird er hängen.« Der König rieb sich die Hände und lächelte de Warenne boshaft an. »Eine schöne Schweinerei, was, Surrey?«
»Ganz recht, Euer Gnaden.« Der Earl sah Corbett an. »Aber da wäre die Sache mit dem Mörder, der durch die Straßen streift und immer noch nicht verhaftet ist. Das war Eure Aufgabe, Corbett.«

»Ich wurde abgelenkt, Euer Gnaden!« fauchte Corbett.
»Ihr habt keine Ahnung, wer es ist?« fragte Edward.
»Keine. Einen unbestimmten Verdacht hier und da, aber sonst nichts.«
»Und die Schwestern der Hl. Martha sind hilfsbereit?«
»Selbstverständlich.«
Der König grinste. »Vor allem Lady Neville?«
»Vor allem Lady Neville!«
»Und vor der alten de Lacey haben immer noch alle eine Heidenangst?«
»Ich habe mehr mit Lady Fitzwarren zu tun.«
»Ah ja.« Der König machte schmale Augen. »Ich erinnere mich, wie ihr Mann starb. Wir waren in Wales, bei Conway, am Fest des hl. Martin, des Papstes und Märtyrers. Ein guter Mann, dieser Fitzwarren.« Der König stand auf und klatschte in die Hände. »Nun, wenn das so ist, Corbett, dann ab nach London mit Euch.« Edward streckte Corbett die Hand zum Kuß entgegen. »Ich werde Eure hingebungsvolle Treue in dieser Sache nicht vergessen, Hugh«, sagte er leise.
Edward schloß die Tür hinter seinem Sekretär und lehnte sich dagegen, bis die Schritte verklungen waren. De Warenne grinste spöttisch.
»Ihr werdet Euer Wort halten, Edward?«
»In bezug worauf?«
»Auf Cade und diese Judith.«
Edward zuckte die Achseln. »Natürlich. Ihr kennt das Motto Edwards von England: ›In Treue fest‹.«
»Und Puddlicott?«
»Natürlich werde ich auch da mein Wort halten.« Edward zwinkerte. »Aber jetzt habe ich eine Aufgabe für Euch, Surrey. Ihr sollt mit Corbett nach London gehen, dem Lord Sheriff meine Empfehlungen übermitteln, Cade öffentlich loben,

Puddlicotts Hinrichtung beaufsichtigen und dafür sorgen, daß er schnell stirbt.«

»Und dann, Euer Gnaden?«

»Dann soll man die Leiche dieses Dreckskerls häuten!« zischte der König. »Habt Ihr verstanden, de Warenne? Ich will, daß ihm das Fell abgezogen und an die Abteitür genagelt wird wie bei einem geschlachteten Schwein, damit jeder weiß, was einer bezahlen muß, der den König von England beraubt!«

DREIZEHN

Corbett war erleichtert, als er feststellte, daß Lord Morgan noch nicht in der Bread Street eingetroffen war.

»Er wurde aufgehalten«, klagte Maeve. »Wie sich zeigt, kann er in Wales nicht alles so einfach stehen und liegen lassen, wie er dachte.«

Wahrscheinlich ist er bloß sternhagelvoll, dachte Corbett, und kann sein Pferd nicht dazu bringen, ihn über die Zugbrücke zu tragen. Aber er behielt seine unfreundlichen Vermutungen bei sich, denn Maeve war ganz krank vor Sorge um Gesundheit und Wohlergehen des alten Schurken.

Ranulf war bei Corbetts Eintreten nicht da, aber als er heimkehrte, gab er bekannt, daß Maltote nicht in Lebensgefahr schwebe, wenngleich Bruder Thomas immer noch nicht sagen könne, ob er sein Augenlicht wiederfinden werde.

Corbett zog sich in seine kleine Schreibstube zurück und blätterte müßig durch Briefe, Memoranden, Noten und Bittschriften, die ihm von der Staatskanzlei zugeschickt worden waren. Mit den Gedanken war er woanders: Er sah die dunkle Gestalt auf dem Abteigelände, die Puddlicott so lebendig beschrieben hatte, wie sie zu Pater Benedicts Haus schlich und das furchtbare Feuer legte.

Maeve kam mit der kleinen Eleanor herein, und Corbett neckte und koste die beiden, bis Anna erschien und weitschweifig auf Walisisch zu plappern begann. Sie packte das Kind, funkelte Corbett an und murrte etwas davon, daß der Säugling zu sehr aufgeregt werde. Maeve blieb noch eine Weile, und Corbett berichtete von seinem Gespräch mit dem

König, und wie mißmutig es ihn mache, daß er den Brandstifter nicht fassen und dem Hurenmörder keine Falle stellen könne.

»Es könnte jeder sein«, brummte er. »Es könnte Warfield oder irgendein anderer Mönch gewesen sein.«

Maeve nahm ihn bei der Hand. »Du bist aufgebracht, Hugh. Komm zu mir in die Küche. Ich bereite das Abendessen.«

Corbett folgte ihr durch die Diele und half ihr, das Essen zuzubereiten, und Maeve plauderte über dies und das und versuchte, ihren Mann auf andere Gedanken zu bringen. Er sah ihr immer gern beim Kochen zu; sie war so erfahren, so sauber und ordentlich, und die Gerichte, die sie auf den Tisch brachte, dufteten stets köstlich. Nach dem hartgebackenen Brot und dem fauligen Fleisch der Londoner Tavernen und der königlichen Küchen wußte Corbett besonders zu schätzen, was sie kochte.

Geschickt schälte sie das weiße Fleisch eines gebratenen Huhns von den Knochen, würfelte es mit einem kleinen Messer, schabte die Portion in eine Schüssel und mischte Öl und Kräuter darunter. Dann blickte sie erschrocken auf, denn ihr Mann schnappte plötzlich nach Luft. Mit offenem Mund stand er da und starrte sie an.

»Hugh«, rief sie, »was ist denn?«

»Natürlich!« flüsterte Corbett wie in Trance. »Oh, bei den Zähnen der Hölle – natürlich!« Er legte das Messer weg, das er in der Hand gehalten hatte, und ging wie ein Schlafwandler auf die Küchentür zu.

»Hugh!« rief Maeve noch einmal.

Er schüttelte nur den Kopf und ließ seine Frau verwirrt und verärgert zurück. Draußen in der Diele starrte Corbett die weiß verputzte Wand an; er war von seinen eigenen Gedanken so überrascht, daß er das heiße Gesicht an die Wand lehnte und die Kühle genoß.

»Nein«, flüsterte er, »das kann doch gewiß nicht sein?«
Ranulf kam den Gang heruntergelaufen. »Master, fehlt Euch etwas?«
»Nein, nein«, antwortete Corbett geistesabwesend. »Ich bin froh, daß es Maltote gutgeht.« Er klopfte dem überraschten Ranulf auf die Schulter. »Lady Maeve braucht vielleicht Hilfe.« Er schüttelte sich und machte schmale Augen. »Was habe ich gesagt, Ranulf?«
Der Diener schüttelte nur den Kopf. »Habt Ihr getrunken, Master?«
»Nein«, murmelte Corbett und marschierte den Gang hinunter zu seinem Arbeitszimmer. »Nein«, wiederholte er, »aber ich wünschte bei Gott, ich hätte!« In seiner Schreibstube schlug Corbett den Heiligenkalender am Ende eines Stundenbuchs auf, und dann saß er eine Stunde lang da und schrieb wie wild, während er die Idee entwickelte, die ihm in der Küche so überraschend gekommen war. Er versuchte seine eigene Theorie zu widerlegen, aber wie er es auch anstellte, die Schlußfolgerung, zu der er gekommen war, ließ sich nicht erschüttern, und er verfluchte seinen eigenen Mangel an Logik.
»So simpel«, murmelte er und starrte aus dem Fenster. »Ich kenne die Person, die die Morde begangen hat, und ich kann es nachweisen. Aber was sonst noch?«
Er stand auf, ging zur Tür und rief nach Ranulf.
»Komm schon, Mann!« drängte er. »Wir haben in der Stadt etwas zu erledigen. Du bringst diese Botschaft hier zu Lady Mary Neville.«
Er ging zu seinem Schreibpult und kritzelte ein paar Worte auf ein Stück Pergament, das er dann mit geschickten Fingern zusammenfaltete und versiegelte.
»Gib ihr das, und beobachte ihre Augen. Und dann gehst du zum Rathaus und tust folgendes ...«

Corbett hörte Maeves Schritte in der Diele, und so flüsterte er Ranulf, dessen Überraschung immer weiter zunahm, seine Anweisungen hastig ins Ohr.
»Master, das ist doch töricht!«
»Tu, was ich sage, Ranulf. Geh jetzt!«
»Was ist los, Hugh?«
Corbett nahm seine Frau in den Arm und küßte sie auf die Stirn. »Ich war ein Dummkopf, Maeve. Aber habt Geduld mit mir.«
Er ging Schwertgurt, Stiefel und Mantel holen, rief Frau und Tochter einen Abschiedsgruß zu und lief auf die dunkle Straße hinaus. Am Fish Quay nahm er ein Boot, und ohne auf das Geplapper des Bootsmanns zu hören, saß er in seinen Mantel gehüllt auf der Bank, während das Boot, von der Tidenströmung beschleunigt, zur Königstreppe nach Westminster hinunterglitt. Auf dem Gelände von Abtei und Palast wimmelte es jetzt von Soldaten und Bogenschützen, die sich aus den Ästen benachbarter Bäume Unterstände gebaut hatten, während für die Offiziere Pavillons aus rauhem Segeltuch aufgeschlagen worden waren.
Corbett wurde ständig angehalten, aber nachdem er seine Papiere vorgewiesen hatte, ließ man ihn die einzelnen Sperrgürtel rings um die Abtei passieren, bis er am Kapitelhaus angekommen war. Ein Offizier hatte jetzt die Schlüssel der Abtei, und er schloß die Tür auf.
»Holt Euch drei Männer und bleibt draußen stehen«, befahl Corbett. »Aber laßt jeden Besucher hinein.«
Der Soldat gehorchte, und Corbett betrat den langgestreckten, leeren Raum mit der Gewölbedecke; seine Schritte hallten hohl und gespenstisch in der wachsamen Stille. Obwohl es ein warmer Sommerabend war, erfüllten Kälte und Dunkelheit das Kapitelhaus. Corbett nahm etwas Zunder und zündete ein paar der Fackeln an den Wänden und auch die

Wachskerzen auf dem Tisch an; dann setzte er sich auf Lady de Laceys Stuhl und wartete auf den Anfang des Dramas.

Ranulf und Cade erschienen als erste; der Untersheriff sah ausgemergelt und müde aus.

»Sir Hugh, was gibt es?«

»Setzt Euch, Master Cade. Ranulf, hast du die andere Sache erledigt?«

»Ja.«

Corbett trommelte mit den Fingern auf der Tischplatte. »Dann wollen wir auf unsere Gäste warten.«

Sie hatten wohl eine halbe Stunde so dagesessen, während Cade versuchte, oberflächliche Konversation zu machen. Da klopfte es an der Tür.

»Herein!« rief Corbett, und Lady Mary Neville schlüpfte durch die Tür.

Sie hatte die Kapuze ihres Mantels tief ins Gesicht gezogen, und als sie sie jetzt zurückschlug und sich auf den Stuhl setzte, den Corbett ihr anbot, merkte er, daß sie nervös war. Ihre Haut hatte allen Glanz verloren, und sie fuhr sich immer wieder mit der Zunge über die Lippen; ihre Blicke huschten hin und her, als ahne sie, daß eine große Gefahr drohte.

»Ihr wolltet mich sprechen, Sir Hugh?«

»Ja, Lady Mary. In der Nacht, da Lady Somerville starb, wart Ihr im Spital von St. Bartholomew?«

»Das habe ich doch schon gesagt.«

»Ja, das stimmt. Und wer wußte sonst noch, daß Ihr dort hinwolltet?«

Corbett beobachtete die Frau aufmerksam, und er hörte, wie sich die Tür des Kapitelhauses leise öffnete. »Ich habe Euch etwas gefragt, Lady Mary. Wer wußte es sonst noch? Oder soll ich es für Euch beantworten?« Er blickte auf und schaute die Frau an, die in der Tür stehengeblieben war.

»Nun, Lady Fitzwarren, könnt Ihr es mir beantworten?«

Die große, kantige Frau kam auf ihn zugerauscht; ihr strenges Gesicht wirkte hart, und ihre Augen waren wie zwei Schieferstücke in ihrem zornig verdüsterten Antlitz. Corbett sah, daß sie die Hände in die Ärmel ihres Mantels geschoben hatte, und er hinderte Ranulf nicht, als dieser seinen Dolch zog.
»Master Cade, einen Stuhl für unseren zweiten Gast.«
Lady Fitzwarren setzte sich behutsam.
»Wie ich sagte, Lady Mary und ihre Gefährtin gingen am Montag, dem elften Mai, ins Hospital von St. Bartholomew. Nun habe ich immer geglaubt, Lady Somervilles Tod sei auf einen Zufall zurückzuführen, aber jetzt habe ich es mir anders überlegt. Mir ist klar, daß ich einen Fehler begangen habe, indem ich den Einzelheiten zuwenig Aufmerksamkeit schenkte. Nur jemand, der Lady Somerville kannte, konnte auch wissen, daß sie allein durch Smithfield gehen würde.«
Corbett lächelte die beiden Frauen an. »O ja, Lady Somerville kannte ihren Mörder. Denn, wißt Ihr, der Mord wurde von jemandem beobachtet.« Er sah, wie in Lady Fitzwarrens Augen die Angst aufflackerte. »Ein verrückter Bettler hockte unter dem Schafott und sah, wie Lady Somerville stehenblieb und auf ihren Mörder wartete, und er hörte sie rufen: ›Ach, du bist es.‹« Corbett legte die Hände flach auf den Tisch. »Ich hielt mich für allzu schlau, hätte dem Bettler besser zuhören sollen. Er hat mir den Mörder beschrieben: groß wie der Teufel, mit knorrigen Füßen. Ich habe das als Trugbild seiner Phantasie abgetan – aber natürlich sprach er von Euch, Lady Catherine. Ihr seid größer als die meisten Männer. Und Ihr trugt Mönchskutte und Kapuze, wenn Ihr Eure blutigen Morde begingt.«
Lady Mary fuhr erschrocken und entsetzt zurück. Lady Fitzwarren schürzte die Lippen.
»Ihr redet Unsinn, Schreiber!«
»O nein, ganz und gar nicht. Laßt uns von einem anderen

Mord reden. Pater Benedict. Jemand hat das Schlüsselloch in der Tür des armen Priesters verstopft, einen Krug Öl durch das offene Fenster geworfen, etwas Zunder in Brand gesetzt und hinterhergeschleudert. Geht und schaut Euch die Ruinen von Pater Benedicts Haus an. Das Fenster ist hoch in der Wand. Wer den Ölkrug hineinwarf, muß überdurchschnittlich groß sein.«

»Er könnte doch auch auf einen Holzklotz oder einen Stein gestiegen sein«, gab Lady Mary flüsternd zu bedenken.

»Ja, das stimmt, aber so war es nicht. Am Fenster wurden weder Holzklotz noch Stein gefunden, und der Boden zeigte auch keine Spuren davon.«

»Beweise habt Ihr aber immer noch nicht vorgelegt«, meinte Lady Fitzwarren herausfordernd.

»Oh, dazu komme ich schon noch. Seht Ihr, als ich den Raum untersuchte, fand ich Spuren von dem Öl; es war klar und rein, von sehr guter Qualität. Nur die reichen Leute kaufen solches Öl für ihre Küche. Das wurde mir heute abend klar, als ich meiner Frau beim Zubereiten des Essens zusah. Der Mörder benutzte dieses Öl, weil es nicht roch und weil es rasch Feuer fangen würde, wenn man es auf trockene Binsen schüttete.«

»Der Mörder könnte es ebensogut gekauft haben!« fauchte Lady Fitzwarren.

Corbett stählte sich für die nächste Lüge, die gleich kommen würde.

»Ah ja, aber in Newgate sitzt ein Mann namens Puddlicott, der ein Todesurteil zu erwarten hat; er ist verantwortlich für den Einbruch in die Schatzkammer des Königs. Davon habt Ihr sicher gehört? Er war in jener Nacht auf dem Abteigelände, als Pater Benedicts Haus abbrannte. Er hat Euch gesehen, Lady Fitzwarren, als Ihr einen Krug Öl durch Pater Benedicts Fenster warft.«

»Er ist ein Lügner und ein Gauner«, zischte Lady Fitzwarren. »Wer würde ihm glauben?«

»Der König, um nur einen zu nennen. Puddlicott hat ja nichts gegen Euch. Er will keine Schonung, keinen Pardon. Beides käme nicht in Frage. Lady Fitzwarren, er hat Euch erkannt.«

Das Gesicht der alten Edelfrau verlor ein wenig von seiner hochfahrenden Arroganz. Corbett beugte sich vor und betete lautlos darum, daß sein Bluff sie zu einem Geständnis bringen würde.

»Selbst wenn man Puddlicotts Aussage verwirft«, fuhr er ruhig fort, »haben Euch noch andere gesehen. Erinnert Ihr Euch an die Hure Judith? Ich glaube, Ihr hattet Euch in einem großen Schrank in ihrer Kammer versteckt. Sie öffnete die Schranktür, und Ihr schlugt mit Eurem Messer zu. Ihr nahmt Euch nicht mehr die Zeit, ihren Leib zu verstümmeln, weil sie geschrien hatte – aber, Lady Fitzwarren, sie hat überlebt und steht jetzt unter königlichem Schutz. Das wird Euch Master Cade beschwören.«

Der Untersheriff, der Lady Catherine mit offenem Mund anstarrte, nickte ernst und feierlich.

»Auch sie hat Euch erkannt«, behauptete Corbett. »Sie hat Euer Parfüm gerochen und einen Blick auf Euer Gesicht werfen können. Ich mache Euch nichts vor. Judith muß überlebt haben: Nur sie und der Täter können von dem Versteck im Schrank wissen.«

Lady Fitzwarren wich zurück; sie zischte und murmelte vor sich hin.

»Es gibt noch mehr«, sagte Corbett. »Die Hure Agnes, die Ihr in der Kirche bei Grey Friars ermordet habt, hat Euch gesehen, als Ihr das Haus verließt, in dem ihre Freundin ermordet worden war. Ich glaube, sie wollte eine Mitteilung an Lady de Lacey hierher nach Westminster schicken, aber der

Botenjunge hat die Nachricht in die Gosse geworfen. Irgendwie habt Ihr gemerkt, daß das Mädchen zu einer Gefahr für Euch wurde. Sie hat Euch gesehen, und vielleicht habt Ihr sie auch gesehen. Jedenfalls fälschtet Ihr einen Brief, vermutlich in Lady de Laceys Handschrift, und schobt ihn, als Mönch verkleidet, unter ihrer Tür hindurch. Das arme Mädchen fiel darauf herein. Sie hätte nicht im Traum daran gedacht, daß der Mörder sie auf heiligen Boden locken könnte, um sie dort umzubringen. Sie war eine der wenigen, die nicht am dreizehnten eines Monats zu Tode kamen. Aber weil sie gesehen hatte, wie Ihr Euch von der Leiche eines Opfers davonschlicht, mußte Agnes so schnell wie möglich zum Schweigen gebracht werden. Was nun Lady Somerville angeht ...«

»Das ist doch unmöglich«, unterbrach Lady Mary. »Warum sollte Lady Fitzwarren eine ihrer Schwestern und den armen Pater Benedict ermorden?«

»Ihr habt recht, wenn Ihr eine Verbindung zwischen beiden Fällen vermutet. Seht Ihr, die Mörderin hat sich als Mönch verkleidet. Sie trug Sandalen, Kutte und Kapuzenumhang eines Benediktinermönchs, die sie aus der Kleiderkammer hier neben dem Kapitelhaus entwendet hatte. Es ist nur eine Vermutung, aber ich nehme an, daß Lady Somerville beim Reinigen und Waschen der Gewänder eine Mönchskutte fand, die Blutspuren trug, vielleicht auch die Reste eines Parfüms. Natürlich dürfte sie sich darüber gewundert haben – daher ihre ständige Wiederholung der Redensart ›Die Kutte macht noch keinen Mönch‹. Das sollte keine moralische Platitüde über unsere mönchischen Brüder sein – obgleich sie, weiß Gott, auch damit vielleicht recht gehabt hätte. Sie meinte es ganz wörtlich. Wenn jemand eine Kutte anzieht, ist er damit noch lange kein Mönch.«

»Und Pater Benedict?« fragte Cade, der sich allmählich wieder faßte.

»Oh, ich nehme an, Lady Somerville hatte mit ihm gesprochen. Vielleicht hatte sie ihm sogar ihren Verdacht mitgeteilt, daß die Morde an den Londoner Huren von einer ihrer eigenen Schwestern begangen würden, von einer der Schwestern der Hl. Martha.« Corbett sah Lady Mary Neville an. »Was Lady Somerville da erfahren hatte, war ein solcher Schock für sie, daß sie eine Karikatur dessen zeichnete, was in Westminster vor sich ging. Die Mönche hier waren nachlässig, und in ihrer Mitte beherbergten sie einen geifernden Wolf. Das erklärt auch, weshalb Lady Somerville daran dachte, die Schwestern der Hl. Martha zu verlassen.«

»Aber warum sollte die Mörderin Lady Somerville mißtrauen?« wollte Ranulf wissen.

»Eine Frage von Spekulationen, aber auch der Logik. Lady Somerville murmelte geheimnisvolle, rätselhafte Worte vor sich hin, die nur die Mörderin verstehen konnte, und vielleicht wurde ihr auch klar, daß sie einen Fehler begangen hatte, als sie die blutbefleckte Kutte zurückgab. Eine ganz unverwechselbare Kutte, weil sie für eine sehr große Person gemacht war. Die Mörderin behielt Lady Somerville im Auge und beobachtete, wohin sie ging. Mit den Brüdern in der Abtei sprach Lady Somerville nicht, und ihre Geschichte war zu unglaubhaft, um damit zu den Behörden zu gehen; ihrem eigenen Sohn war sie entfremdet, und folglich war es logisch, daß sie sich an Pater Benedict wandte.«

»Er hat recht«, sagte Lady Mary und starrte Lady Fitzwarren an. »Er hat recht.« Ihre Stimme wurde lauter. »Lady Somerville und Pater Benedict standen einander sehr nahe.«

»Ja, ja, das stimmt wahrscheinlich«, meinte Corbett.

»Und alles andere paßt ins Bild«, bemerkte Ranulf, stand auf und stellte sich hinter Lady Fitzwarren. »Unsere Mörderin war zweifach im Vorteil: Als Mönch verkleidet, konnte sie überall hingehen, und als Mitglied der Schwestern der Hl.

Martha wußte sie, welche Huren die Verwundbarsten waren; sie wußte, wo sie wohnten, kannte ihren Tagesablauf und ihre persönlichen Umstände. Und keine Frau würde sich von einer anderen bedroht fühlen.« Ranulf beugte sich über den Stuhl der Frau und packte sie bei den Handgelenken.

Lady Fitzwarren wehrte sich und fletschte die Zähne wie eine in die Enge getriebene Füchsin.

»Du Dreckskerl!« zischte sie. »Nimm deine Pfoten weg!«

Ranulf zog Lady Catherines Hände aus den Ärmeln ihres Gewandes und sah Corbett überrascht an, denn sie hatte keinen Dolch.

Corbett starrte in das verzerrte, alte, von giftigem Haß erfüllte Gesicht. Sie ist verrückt, dachte er. Wie alle Mörder hat sie tief in ihrer Seele eine Krebsgeschwulst, eine Fäulnis, die ihren ganzen Geist vergiftet hat. Lady Fitzwarren schaute ihn an wie eine boshafte Hexe, die bei einer Missetat ertappt worden war.

»Und schließlich«, fuhr Corbett fort, »fesselte mich die Frage, weshalb die Frauen alle am dreizehnten eines Monats hatten sterben müssen. Ihr wißt, warum. Euer Gemahl, Lady Catherine, starb an St. Martin, am Fest des Papstes und Märtyrers, das wir am dreizehnten April begehen.«

»Aber bei der letzten, Hawisa, galt dieser Ablauf nicht«, wandte Cade ein.

»Ja, das weiß ich«, antwortete Corbett. »Doch das sollte uns nur verwirren. Seht Ihr, Master Cade, nur wenigen ist diese Regelmäßigkeit aufgefallen. Ranulf, mir, Euch und zwei anderen Personen, mit denen ich gesprochen habe: Lady Mary Neville und Lady Catherine Fitzwarren.« Corbett lächelte matt. »Ich gestehe, eine Zeitlang, Master Cade, hatte ich Euch im Verdacht. Lady Mary, auch bei Euch war ich mir nicht sicher. Aber Puddlicott und der Bettler beschrieben den Mörder als sehr groß. Und schließlich verriet Seine Majestät der König mir unbeabsichtigt, wann Lord Fitzwarren starb. Das letzte Mädchen habt Ihr nur ermordet, um Eure Taten zu vernebeln, Lady Catherine.« Corbett trommelte mit den Fingern auf der Tischplatte. »Ihr habt immer alles vernebelt«, fügte er hinzu. »Als wir Euch in St. Katherine am Tower besuchten, habt Ihr eine Andeutung gemacht: Die Mönche in Westminster seien in einen Skandal verwickelt, der in einem Zusammenhang mit den Morden an den Straßenmädchen stehe.« Corbett lächelte schmal. »Ich nehme an, wenn der Staub sich erst gelegt hat, wird jedermann Bescheid wissen. Aber für Euch waren solche Gerüchte nur eine Tarnung für Euer mörderisches Treiben.«

Lady Fitzwarren spreizte sich und lächelte boshaft. »Alles nur Mutmaßungen«, erwiderte sie. »Einen richtigen Beweis habt Ihr nicht.«

»Vielleicht nicht; aber es wird den königlichen Richtern in Westminster genügen, um Euch den Prozeß zu machen. Und was dann, Lady Catherine? Öffentliche Demütigung? Verdächtigungen? Man wird Euch als niedersten Abschaum betrachten.« Er sah, wie der alten Frau das Lachen verging. »Und nach der Verurteilung? Das weiß der Himmel. Wenn man Euch für unschuldig erklärt oder, was wahrscheinlicher ist, aus Mangel an Beweisen freispricht, werdet Ihr dann noch durch die Straßen von London gehen können? Und wenn man Euch für schuldig befindet, so viele Morde begangen zu haben, dann wird man Euch in den scharlachroten Lumpen einer Mörderin aus dem Fleet-Gefängnis nach Smithfield bringen und dort verbrennen, und alle Huren der Stadt werden zusammenströmen und über Eure Todesschreie lachen.«

Lady Fitzwarren schlug die Augen nieder. Gleich darauf blickte sie zu Corbett auf.

»Welche Wahl hätte ich sonst?« fragte sie leise.

»Dem König liegt daran, um diese Sache kein Aufheben zu machen. Ein umfassendes, offenes Geständnis und Verzicht auf all Euren Besitz zur Wiedergutmachung.«
»Und ich?«
»Ihr nehmt den Schleier und geht in ein einsames, entlegenes Kloster, vielleicht irgendwo in den walisischen oder schottischen Grenzmarken. Dort lebt Ihr den Rest Eurer Tage von Wasser und Brot und sühnt so die schrecklichen Verbrechen, die Ihr begangen habt.«
Die alte Dame grinste und legte den Kopf schräg.
»Was seid Ihr doch für ein schlauer Junge«, murmelte sie. »Ich hätte Euch umbringen sollen«, fügte sie leise hinzu. »Ihr mit Eurem harten Gesicht, der sorgenvollen Miene und den verschlagenen Augen.«
»Versucht habt Ihr es, nicht wahr? Ihr habt die Mörder bezahlt, die uns am Walbrook überfallen haben.«
Lady Fitzwarren zog die Schultern hoch und machte einen Schmollmund, als habe Corbett sie milde kritisiert.
»Ein wirklich schlauer Junge«, wiederholte sie. »Seht Ihr, Corbett« – sie rückte sich auf ihrem Stuhl zurecht, als wolle sie Kindern eine Geschichte erzählen –, »seht Ihr, ich habe meinen Mann geliebt. Er war ein vornehmer Mensch. Wir hatten keine Kinder, und so lebte ich für ihn.« Sie sah sich um, und in ihren Augen standen die Tränen. »Versteht Ihr das? Jeder Atemzug, jeder Gedanke, jede Tat galt nur ihm. Er starb den Soldatentod im Kampf für den König in Wales.«
Lady Fitzwarren verschränkte die Arme, und ihr Gesicht wurde traurig und verlor die Maske des Hasses, als sie sich tiefer in die Vergangenheit zurückzog. »Ich habe meinen Mann wirklich geliebt«, wiederholte sie. »In gewisser Weise tue ich es immer noch, trotz der schrecklichen Kränkung, die er mir angetan hat.« In ihren Augen flackerte Bosheit auf, und sie funkelte Corbett an. »Ich trat in den Orden der Hl.

Martha ein und weihte mein Leben den guten Werken. Ich hatte Mitleid mit diesen Mädchen und hätte mir nicht träumen lassen, was ich erfahren sollte. Eines Tages sprach ich mit einer von ihnen; sie war jung, ihre Haut weiß und glatt wie Marmor, ihre Augen blau wie der Sommerhimmel. Sie sah aus wie ein Engel, so schön und unschuldig.« Ihre Arme verschränkten sich fester. »Das heißt, bis sie den Mund aufmachte. Ich versuchte es mit Vernunft, ihr zu erklären, weshalb es unrecht sei, was sie da tue. Ich wies darauf hin, wie hart mein eigenes Leben gewesen sei, als Lady Fitzwarren, mit einem Gemahl, der als General in des Königs Armee diente.« Lady Catherine kräuselte die Lippen. »Das Biest fragte mich nach meinem Namen, und ich wiederholte ihn. Sie fragte mich wieder und wieder und bog sich vor Lachen.« Die alte Frau verstummte und schaute auf den Tisch.

»Mylady?« drängte Corbett.

Lady Fitzwarren blickte auf; ihre Augen waren bösartige Schlitze, und Corbett spürte, daß ihr Geist in Raserei versank. »Dieses Biest!« zischte sie. »Sie hob ihre Röcke und zeigte mir ihre Scham! ›Seht Ihr, Lady Fitzwarren?‹ kreischte, sie. ›Die hat Euer Gemahl liebkost, geküßt und gepflügt um der Freuden willen, die Ihr ihm nicht geben konntet!‹« Lady Fitzwarren rieb sich das Gesicht mit beiden Händen. »Ich konnte es nicht glauben«, wisperte sie. »Aber die Hure beschrieb mir meinen Mann, seine Haut, seine Haarfarbe, seinen Gang, seine Haltung, sogar seine Lieblingsflüche. Und diesem Biest zufolge hatte mein Gemahl sich nicht nur mit ihr vergnügt, sondern auch mit anderen ihresgleichen. Ich konnte es nicht bestreiten, denn wenn wir in London waren, war er oft abwesend, in Geschäften des Königs, wie er behauptete.«

Die alte Edelfrau lachte unvermittelt auf. »Das Biest fand das alles so komisch. Da stand ich und diente denen, die meinem

Mann so gut gedient hatten! Immer wieder schlug sie die Röcke hoch; sie stieg auf einen Schemel und schwenkte ihre dreckige Nacktheit vor meinen Augen. Auf dem Tisch lag ein Messer. Ich weiß nicht, wie es geschah – ich nahm es und stieß zu. Das Mädchen schrie, und da riß ich ihr den Kopf bei den Haaren in den Nacken und schnitt ihr die Kehle durch.« Sie starrte Corbett an. »Wie konnte er nur?« flüsterte sie heiser. »Wie konnte er sich mit solchen Weibern herumtreiben und mich zum Gespött machen, zur Zielscheibe der Witze jeder gemeinen Hure? Oh, ich bin nicht dumm«, fuhr sie fort. »Die Worte des Mädchens riefen Gespenster aus meiner Erinnerung wach. Wie mein Mann mich vernachlässigt hatte ... es begann, in mir zu schwären. Aber ich stellte fest, daß der Tod der Hure wie eine Läuterung wirkte, mein Blut reinigte und meinen Geist klärte – und so schlug ich wieder zu. Jedesmal legte ich Kutte und Kapuze aus der Kleiderkammer von Westminster an.« Sie lächelte. »Diese fetten Mönche haben nie bemerkt, daß etwas nicht stimmte. Ich hörte die Gerüchte über ihre nächtlichen Ausschweifungen und betrachtete sie als vorzügliche Tarnung. Auch dachte ich an meinen lieben, verstorbenen Gemahl und schwor mir, daß jeden Monat am Tag seines Todes eine Hure sterben würde.« Sie hob die weißen Fingerknöchel an die Lippen. »Oh, ich habe es zu gern getan. Sorgfältig bereitete ich alles vor, suchte mir mein Opfer aus und plante seine Vernichtung.« Sie beugte sich vor und tippte Corbett mit eiskalten Fingern auf den Handrücken. »Ihr hattet natürlich recht, schlauer Junge, der Ihr seid. Hin und wieder ging etwas schief. Die Hure Agnes sah mich. Dummes, dummes Mädchen! Sie dachte, sie könnte sich im Dunkeln verstecken, aber ich sah das Licht, das auf ihrem billigen Schmuck funkelte, und ihr blödes Gesicht schimmerte im Schatten.« Sie rieb sich die Wange. »Sie umzubringen, war leicht, aber mit Lady

Somerville sah die Sache anders aus. Für gewöhnlich überprüfte ich die Kutte, die ich getragen hatte, und wusch sie wohl auch selbst, aber eines Tages beging ich einen Fehler. Ihr wißt, wie es ist, Corbett. Dunkelrotes Blut mischt sich leicht mit Braun. Und dann natürlich mein Parfüm. Jedenfalls ertappte ich Lady Somerville dabei, wie sie die Kutte vor sich hielt; sie stand bloß da und schaute mich an, und ich lächelte.«

»Und Pater Benedict?« fragte Corbett.

»Ich wußte, daß Lady Somerville zu ihm gehen würde«, spie sie. »Bei Lady de Lacey würde sie keine Freude finden.« Sie lächelte flüchtig. »Es wurde alles sehr lebhaft. Lady Somerville hatte Verdacht geschöpft und redete schon mit Pater Benedict. Ich wußte, er würde nicht leicht zu überzeugen sein, und ich hatte mir Isabeau schon als nächstes Opfer auserkoren.« Lady Fitzwarren starrte ins Leere, als rede sie mit sich selbst. »Lady Somerville mußte sterben, und Pater Benedict möglichst gleich danach, bevor er seinen krausen Verstand zusammennehmen und womöglich begreifen konnte, was hier vor sich ging. Am folgenden Abend besuchte ich Isabeau. Ich hatte mir nicht träumen lassen, daß Agnes dort erscheinen würde. Der Rest ...« Lady Fitzwarren zuckte die Achseln und schob die Hand in ihr Gewand, als wolle sie sich an der Brust kratzen. »Tja«, flüsterte sie und stand auf, und im selben Augenblick fuhr ihre Hand in einer blitzschnellen Bewegung hervor. Aber die Geschwindigkeit machte sie ungenau, und statt zuzustechen, versuchte sie, auf sein Gesicht einzuhacken. Cade sprang auf, und Lady Mary kreischte, als Corbett Lady Fitzwarrens Handgelenk umklammerte und fest zusammenquetschte, bis seine Angreiferin mit schmerzverzerrtem Gesicht den Dolch fallenließ. Ranulf sprang vor und band ihr mit einer Schnur aus seiner Tasche geschickt die Daumen zusammen. Lady Fitzwarren stand da und zwinkerte zufrieden.

»Was für ein schlauer Junge«, murmelte sie. »Ich habe diesen Dreckskerlen gutes Geld bezahlt, aber Männer müssen ja immer alles verpatzen.« Sie warf den Kopf in den Nacken und lachte, bis Ranulf sie ohrfeigte. »Schwein!« kreischte sie.

Ranulf nahm sie bei der Schulter und flüsterte ihr etwas ins Ohr. Die alte Edelfrau wich zurück und erbleichte vor Angst.

»Das machst du nicht!« zischte sie.

»O doch, das mache ich«, antwortete Ranulf ruhig.

Corbett stand da und schaute dem gespenstischen Schauspiel zu.

Ranulf flüsterte der Alten noch etwas ins Ohr. »In der Schenke zum Wolfskopf in Southwark«, sagte Lady Fitzwarren. »Der frühere Henker, Wormwood.«

Ranulf nickte und trat zurück. Corbett sah Cade an und schnippte mit den Fingern.

»Sperrt sie in eine Kammer im White Tower«, befahl er. »Da soll sie bleiben, bis man weiß, was der König befiehlt.« Er nickte Lady Mary zu, die totenbleich dasaß; ihr Blick war starr, und ihr Mund stand halb offen. »Ranulf, du bringst Lady Neville nach Hause.«

Corbett setzte sich, und Cade schob die nicht mehr widerstrebende Lady Fitzwarren zur Tür hinaus. Ranulf half Lady Mary behutsam auf die Beine, legte schützend den Arm um ihre Schultern und verließ das Kapitelhaus, ohne sich umzusehen. Corbett sah zu, wie die Tür sich hinter ihnen schloß, lehnte sich zurück und schlang sich beide Arme um die Brust. Er blickte starr ins Dunkel. »Es ist vorüber«, flüsterte er. Aber war es das wirklich? Wie im Krieg, blieben Opfer und Wunden zurück. Er würde seinen Bericht schreiben, ihn mit dem Geheimzeichen versiegeln und sich anderen Dingen zuwenden. Aber was war mit Cade und seiner jungen Dirne Judith? Mit Puddlicott und seinem Bruder? Mit Maltote? Den Mönchen von Westminster? Den Schwestern der Hl. Martha? Alle

hatten zu leiden gehabt. Corbett seufzte und erhob sich müde. Was hatte Ranulf wohl der Lady Fitzwarren ins Ohr geflüstert?
»Er verändert sich«, sagte er leise. Lady Mary Neville, dachte er, ließ diese Veränderungen nur deutlicher hervortreten; Ranulf war umsichtiger und rücksichtsloser in seiner Entschlossenheit. Corbett hatte den brennenden Ehrgeiz im Herzen seines Dieners gesehen. »Tja ...« Er zog seinen Schwertgurt strammer und grinste. Wenn Ranulf mehr Macht haben will, dachte er, dann muß er auch die Verantwortung übernehmen, die damit einhergeht. Sein Grinsen wurde breiter, als er entschied, daß Ranulf dafür verantwortlich sein sollte, die furchterregende Lady de Lacey über die Vorgänge in ihrem Orden zu unterrichten.
Der Sekretär starrte in die zunehmende Dunkelheit. So viel war hier geschehen, daß der Raum von den vibrierenden Leidenschaften, die hier offenbart worden waren, widerzuhallen schien. Corbett mußte daran denken, wie Lady Fitzwarren ihn sarkastisch als »schlauen Jungen« abgetan hatte, und er grinste säuerlich. »So schlau nun auch wieder nicht!« murmelte er. Er hatte sich immer etwas auf seine Logik zugute gehalten, und dennoch hatte gerade sie seine Fortschritte behindert; er hatte geglaubt, Warfield, Puddlicott, de Craon, der Mörder und die Opfer seien allesamt miteinander verflochten. Er hätte daran denken müssen, daß der Logik zufolge nicht unbedingt alle Teile immer dasselbe Ganze bilden und daß Zufall, Glück und Fügung sich den Gesetzen der Logik entziehen. Der einzige gemeinsame Faktor war Westminster mit seiner Abtei und dem verlassenen Palast. Corbett trommelte geistesabwesend auf der Tischplatte. »Der König muß zurückkommen«, flüsterte er, »und sein Haus und seine Kirche in Ordnung bringen.«
Er verließ das Kapitelhaus, ging über das Abteigelände und

mietete sich ein Boot, um flußabwärts zu fahren. Er dachte immer noch an Ranulf, als er seine Haustür aufstieß und den Aufruhr aus dem Söller hörte: Baby Eleanors Quieken, Geschrei und Fußgestampfe und vor allem den wunderbar wilden Gesang walisischer Stimmen. Corbett lehnte sich an die Wand und schlug die Hände vors Gesicht. Er stöhnte. »Jetzt ist mein Glück vollkommen!«

Oben an der Treppe flog eine Tür auf, und Corbett zwang sich zu einem Lächeln, als Maeve, auf den Arm einer kraftvollen, langhaarigen Gestalt gestützt, herunterrief: »Hugh! Hugh! Du wirst ja so erfreut sein! Onkel Morgan ist eben gekommen!«

Ranulf verließ Lady Mary Neville an der Ecke ihrer heimatlichen Straße in Farringdon. Sanft küßte er ihre duftenden Fingerspitzen und nickte erkennbar, als sie ihm zuflüsterte, wie dankbar sie für seinen Schutz sei. Dann sah er der schönen Witwe nach, als sie auf ihre Haustür zuging. Sie legte die Hand auf den Türgriff, blieb stehen und schaute noch einmal zur Straße zurück, wo Ranulf mit gespreizten Beinen dastand, die Daumen in den Schwertgurt gehakt. Sie schlug die Kapuze zurück, schüttelte ihr Haar, hob die Hand und warf ihm eine liebreizende Kußhand zu. Ranulf wartete, bis sie hineingegangen war, und lächelte; er hatte große Mühe, seine Ausgelassenheit zu beherrschen, denn am liebsten hätte er vor Freude gebrüllt und geschrien.

Aber Ranulf war zu dem Schluß gekommen, daß die Pflichten des Tages noch nicht erledigt waren. Er kehrte zurück in die Stadt, ging an einem Pfeilmacherladen unweit von Westcheap vorbei und eilte dann, so schnell er konnte, zur Thames Street und zu den Barken hinunter, die in Queenshite lagen. Gern wäre er auf einen Sprung in die Bread Street oder auch zu Maltote nach St. Bartholomew gegangen, aber er war entschlossen, durchzuführen, was er sich vorgenommen hatte. Wenn sein Herr es wüßte oder auch nur ahnte, würde er all seine Macht daransetzen, ihn an der Verwirklichung seiner Pläne zu hindern. Ranulf schlug sich die Kapuze über den Kopf, zog sich den Mantel fester um die Schultern und kletterte in ein Fährboot mit zwei Rudern. Er hielt sein Gesicht verhüllt und wies den Bootsmann mit knappen Worten an, ihn in Southwark abzusetzen, gleich unterhalb der London Bridge. Und während der stämmige Rudersmann das kleine Boot über die aufgewühlte Themse trieb, hielt Ranulf sein Schwert umklammert und überlegte sich sorgfältig, wie er seinen Plan ausführen wollte. Hoffentlich hatte die alte Fitzwarren auch die Wahrheit gesagt. Ranulf hatte ihr gedroht, jeder Hure in London von ihr zu erzählen, wenn sie es nicht täte. Aber sie zu einer Aussage zu zwingen, war noch der leichtere Teil gewesen. Southwark bei Nacht galt in London als Pforte zur Hölle, und Ranulf wußte, daß die Schenke zum Wolfskopf verrufener war als der Teufel selbst.

Der Fährmann, den Ranulfs Schweigsamkeit faszinierte, glaubte, daß sein Fahrgast eines der berüchtigten Bordelle von Southwark besuchen wolle, und ließ ihn nicht an Land gehen, ohne ihm zuvor in krassen Worten ein paar Ratschläge zu geben, wie er das meiste für sein Geld bekommen könne: Im Wirtshaus zur Goldenen Glocke rammelten die Weiber für einen Penny wie die Karnickel, und für zwei würden sie alles tun. Ranulf dachte an die armen, erbarmungswürdigen Leichen, die er gesehen hatte; er lächelte nur düster, und als er an Land war, begab er sich sogleich in das Gewirr der Gassen, die vom Flußufer wegführten. Hier flackerten keine Lampen oder Fackeln. Wohnhäuser und Hütten standen dicht an dicht, und Ranulf hatte das Gefühl, durch ein finsteres Labyrinth zu irren. Aber er wußte, daß Southwark erst nachts zum Leben erwachte: Halsabschneider, Taschendiebe, Zuhälter, Vagabunden und Gesetzlose durchstreiften die Gassen auf der Suche nach Opfern unter den Schwachen und Unbewaffneten. Die Gossen waren verstopft von allerlei Dreck, der stank wie der faulende Abfall aus einem Leichenhaus. Als Ranulf weiter in die Dunkelheit vordrang, lösten sich finstere Gestalten aus schmalen Haustüren, verdrückten sich aber gleich wieder, als sie seinen Dolch und sein Schwert erblickten.

Endlich hatte er den Wolfskopf gefunden; es war eine kleine, schmutzige Taverne mit schmalen Fensterschlitzen, aus denen wilder Lärm drang. Ranulf stieß die wacklige Tür auf und trat ins stickige Halbdunkel. Als er eintrat, verebbte das Getöse. Ranulf schlug den Mantel beiseite, so daß man Schwert und Dolch sehen konnte, und die Unterhaltung lebte wieder auf. Ein schmieriger, fettgesichtiger Schankwirt kam unter wippenden Verbeugungen herbei, als sei Ranulf der König selbst. Mit gierigen Augen musterte er den feinen Stoff von Ranulfs Mantel und die gutbesohlten Lederstiefel.

»Ale? Oder Wein, Master?« winselte er. »Ein Mädchen? Oder vielleicht zwei?«

Ranulf winkte ihn dichter zu sich heran und packte den Mann bei seinem bekleckerten Wams.

»Ich will Wormwood sprechen!« knurrte er. »Und lüg nicht, du Fettkloß. Er und seine Kumpane treffen sich immer hier. Man kann sie kaufen, oder?«

Der dicke Schankwirt leckte sich die Lippen, und seine Augen blickten flink hin und her wie die einer gefangenen Ratte. »Nicht hinschauen!« zischte er. »Aber da hinten in der Ecke, da sitzen Wormwood und seine Kumpane. Sie sind hier. Was wollt Ihr denn, Herr? Ein Würfelspiel vielleicht?«

Ranulf stieß ihn von sich. »Ja. Ja«, murmelte er. »Ein Würfelspiel.«

Er stieß den Mann beiseite, ging in die Ecke und betrachtete

die vier Spieler, die rissige Würfel aus einem schmutzigen Becher rollen ließen. Erst beachteten sie ihn nicht, aber dann blickte der Einäugige in der Ecke auf. Sein Gesicht war schmal und hager; ein Mund wie eine Rattenfalle und eine Schnittwunde unter dem gesunden Auge ließen es desto bösartiger aussehen. Sein fettiges Haar war in der Mitte gescheitelt und fiel ihm in strähnigen Locken bis auf die Schultern.
»Was willst du, Freundchen?«
»Du bist Wormwood?«
»Bin ich. Und wer bist du?«
»Jemand hat dich empfohlen.«
»Wofür?« Wormwoods Hände fuhren unter den Tisch, und die seiner drei Kumpane ebenfalls.
Ranulf strahlte die vier an. Sie sahen aus wie das, was sie waren: Gauner und Halsabschneider, Männer, die einem Baby für einen Penny die Gurgel durchschneiden würden. Ranulf sah, daß der eine an der Schulter verletzt war, und da wußte er, daß er sein Wild aufgespürt hatte.
»Ich möchte euch anheuern«, sagte er. »Aber vorher möchte ich um etwas von meinem Gold mit euch spielen.«
Wormwoods Hände kamen unter dem Tisch hervor, und die seiner drei Kumpane ebenfalls. Ranulf sah die Fetzen, die sie sich um die Finger gewickelt hatten, und er sah auch die Kalkflecken. Er wußte, daß jeder Berufsmörder sein eigenes Kennzeichen hatte. Manche benutzten die Garotte, andere die Armbrust, und die vier Hübschen hier liebten es, ihr Opfer mit ungelöschtem Kalk zu blenden, ehe sie mit Dolch und Schwert zu Werke gingen. Wormwood spreizte die mit Lumpen umwickelten Hände.
»Du willst uns anheuern, aber erst willst du würfeln?« Er zwinkerte seinen Kumpanen zu. »Mutter Fortuna lächelt uns heute abend zu, meine Brüder. Wirt!« rief er dann. »Bring

einen Stuhl für unseren Freund, einen Krug von deinem besten Wein und fünf Becher. Er zahlt!«
Der Wirt beeilte sich, aber er hielt das Gesicht abgewandt, als wisse er schon, was gleich kommen würde. Ein Stuhl wurde gebracht, der Wein aufgetragen. Wormwood schüttelte den Becher mit den Würfeln.
»Na los, Meister, Gäste zuerst.«
Ranulf schüttelte den Becher, würfelte eine Zehn und gab die Würfel an den Kerl zu seiner Linken weiter. Jeder kam an die Reihe; sie schlürften ihren Wein, brüllten Schmähungen und warfen alle weniger als Ranulf. Der Würfelbecher machte erneut die Runde.
»Der beste von dreien!« verkündete Wormwood erbost. »Und für den Fall, daß du verlierst, wollen wir die Farbe deines Goldes sehen!«
Ranulf legte eine Münze auf den Tisch, und die vier beglotzten sie gierig. Ranulf griff nach dem Würfelbecher.
»Merkwürdig!« rief Wormwood.
»Was denn?« Ranulf lächelte.
»Dein Gold haben wir gesehen, aber was setzen *wir* eigentlich?«
Ranulf stellte den Becher hin. »Ach, habe ich das nicht gesagt?« Er lächelte freundlich. »Euer Leben!«
Wormwood ließ die Hände sinken, aber bevor die anderen sich gefaßt hatten, war Ranulf aufgesprungen und trat den Schemel hinter sich beiseite. Die kleine Armbrust, die er unter seinem Mantel verborgen hätte, kam hoch, und ein Bolzen mit Widerhaken fuhr Wormwood in die Brust, bevor die Hand des Schurken seinen Dolch erreicht hatte. Seine Kumpane waren zu langsam oder zu betrunken. Der eine sprang auf und wäre fast in Ranulfs Dolch gestürzt. Kreischend fuhr er zurück, und seine Hände preßten sich auf die blutende Wunde in seinem Bauch. Den beiden anderen

erging es nicht besser. Ranulf bewegte sich geschmeidig, stieß mit dem Stiefel gegen den Tisch und klemmte den einen an die Wand. Er trat zurück und zog sein Schwert, als der andere Gauner mit dem Dolch in der Hand, betrunken vor sich hin fluchend, auf ihn zugewankt kam. Ranulf schlug eine Finte, der Mann taumelte an ihm vorbei und stürzte dann schreiend vor Schmerzen zu Boden, als Ranulf sein Schwert zurückschwang, daß die Klinge dem Kerl tief ins Kreuz drang. Der vierte Mörder, der immer noch zwischen Tisch und Wand klemmte, mühte sich zappelnd, freizukommen. Ranulf riß den kleinen Beutel vom Gürtel eines der gefallenen Kerle. Er öffnete ihn, schüttete sich den Kalk in die hohle Hand und warf ihn dem Sitzenden ins Gesicht. Der Mann fuhr schreiend zurück und trommelte mit den Absätzen auf den Fußboden. Ranulf drehte sich um und blickte in die stille Schankstube.

»Gerechtigkeit ist geschehen!« brüllte er. »Ist jemand hier, der das anzuzweifeln wünscht?«

Niemand meldete sich. Ranulf zog seinen Dolch aus dem Bauch des toten Mörders und ging langsam zur Tür. Man hörte nichts als das Scharren der Stühle und die gemurmelten Flüche des letzten von Wormwoods Kumpanen, der stöhnend nach Wasser winselte.

Ranulf huschte in die Nacht hinaus und durch die dunklen Gassen hinunter zum Fluß. Dort reinigte er seine Waffen, steckte sie ein und ging am Kai entlang auf der Suche nach einem Fährboot. Er fand eins, zahlte und kletterte hinein. Der Bootsmann legte ab, und Ranulf starrte über den schnell fließenden Fluß. Er empfand keine Skrupel bei dem, was er getan hatte. Diese Kerle hatten ihn ohne Grund überfallen, nur weil diese Hexe Fitzwarren sie dafür bezahlt hatte. Sie hatten ihn und seinen Herrn fast umgebracht, und der Himmel wußte, wie sehr sie die Augen des armen Maltote beschädigt hatten. Ranulf lehnte sich im Heck zurück. Zur rechten Zeit würde er Corbett schon erzählen, was er getan hatte. Er dachte an Lady Mary und lächelte. Vielleicht war es Zeit, daß er »Master Langgesicht« ein bißchen mehr erzählte? Über ihm schrie eine Möwe, aber Ranulf rührte sich kaum. Er dachte daran, wie er sich Corbett gegenüber gebrüstet hatte: Er, Ranulf-atte-Newgate, sei ebenso gut wie jeder andere Mann; er werde vor dem König knien, zum Ritter geschlagen und in ein hohes Amt befördert werden, und dann werde er Lady Mary Neville als seine Gemahlin in sein Bett holen. Und was konnte »Master Langgesicht« dagegen ausrichten? Ranulf schloß die Augen und träumte von künftiger Glorie.

Als sie bei den Stufen von Fish Wharf anlegten, war Ranulf so tief in seinen Träumereien versunken, daß der Bootsmann ihn anbrüllen und heftig schütteln mußte. Abwesend warf Ranulf ihm ein paar Münzen in die Hände und starrte dann am Kai entlang; er mußte an Corbetts Gespräch mit Puddlicott denken. Der Betrüger, der jetzt im Gefängnis saß, hatte ein bestimmtes kleines Geheimnis nicht aufgeklärt, etwas, das Master Corbett übersehen hatte, eine Kleinigkeit nur, die Ranulf aber mit Ratlosigkeit erfüllte. Er dachte an seine ehrgeizigen Träume und fragte sich, ob dies der Augenblick war, den ersten Schritt zu ihrer Verwirklichung zu tun. Oder sollte er einfach nach Hause gehen? Er schaute die Gasse hinauf zur Thames Street. Eine nasse Ratte huschte über seinen Stiefel. Ranulf trat wütend nach ihr, aber er nahm es auch als Zeichen. Er hatte es allmählich satt, im Dunkeln umherzuhuschen und Botengänge für seinen Herrn zu erledigen. Ja, dachte er, jetzt war es Zeit, daß Ranulf-atte-Newgate seine Zukunft selbst in die Hand nahm. Als er zielstrebig die Gasse hinaufging, lösten sich zwei dunkle Gestalten aus einer Haustür. Ranulf schlug seinen Mantel zurück und zog sein Schwert.

»Verpißt euch!« schrie er.

Die Gestalten verschwanden, und Ranulf wanderte weiter durch die Gassen bis zur Carter Lane; dann überquerte er die Bowyers Row und ging die Old Deans Lane hinauf, die sich an den dunklen Massen von St. Paul entlangzog. Neugierig geworden, blieb er stehen und zog sich Stück für Stück an der hohen Friedhofsmauer der Kathedrale hoch. Wie immer herrschte auf dem alten Friedhof dahinter reges Treiben. Ranulf roch Kochdünste und sah dunkle Gestalten, die sich um die Feuerstellen und die Stände drängten, an denen billiger Schmuck und anderer Tand verkauft wurde und die auch nachts nicht geschlossen wurden. St. Paul war die Zuflucht der Obdachlosen, der »Wolfsköpfe«, die sich hierher flüchteten, wo die Machtbefugnis der städtischen Behörden und der königlichen Justizbeamten zu Ende war. Ranulf spähte stumm in die Nacht. Wenn sein Herr ihn nicht aus dem Gefängnis von Newgate geholt hätte, dann wäre dies hier das Beste gewesen, was die Zukunft ihm zu bieten hatte. Entschlossener denn je kletterte er von der Mauer, klopfte sich die Hände ab und ging hinauf nach Newgate. Er bestach einen schlaftrunken blickenden Wächter, damit er ihn durch die Torpforte hinausließ, und dann wanderte er durch Smithfield zur Priorei von St. Bartholomew. Am Schafott blieb er stehen; die verwesenden Kadaver, die hier baumelten, störten ihn nicht.
»Bist du da, Ragwort?« rief er leise.
»Der alte Ragwort ist nicht da, und hier ist er auch nicht«, antwortete der verrückte Bettler erbost.
Ranulf lächelte, warf einen Penny in Richtung des Galgens und ging weiter. An der Priorei angekommen, hämmerte er an die Pforte. Wenig später führte ein Laienbruder ihn ins Spital. Eine Zeitlang wartete Ranulf im zugigen Gang und fragte sich, was für Neuigkeiten ihn wohl erwarten mochten.
»Ranulf, Ranulf.« Pater Thomas kam auf ihn zu. »Du kommst wegen Maltote?«

»Ich war sowieso in der Gegend, Pater. Ich störe Euch nur ungern.«
»Macht nichts, Ranulf. In der Nacht kann ich am besten arbeiten.«
»Und?« fragte Ranulf hastig. »Ist Maltote blind?«
Pater Thomas nahm ihn sanft beim Arm und führte ihn zu einer Bank.
»Maltote wird wieder gesund«, sagte er und setzte sich neben Ranulf. »Die Augen werden ihm noch eine Weile weh tun und brennen, aber der Kalk wurde sehr schnell ausgewaschen. Seine Wange wird ein bißchen vernarbt aussehen, aber er ist jung, und sein Körper wird schnell heilen.«
Ranulf starrte ihn bang an. »Wo liegt dann das Problem, Pater?«
»Um seinen Geist mache ich mir Sorgen.«
»Was meint Ihr damit?«
»Es kann sein, daß ihm vor jeder Gewalttätigkeit graut, vor allem vor Waffen.«
Ranulf nagte an der Unterlippe. »Weiter, Pater.«
»Nun, wir haben ihm ein Messer gegeben, damit er sein Fleisch kleinschneiden kann. Da hat er seine Finger schlimmer zerschnitten als sein Essen.«
Ranulf lehnte sich zurück und lachte voller Erleichterung, und sanft tätschelte er Pater Thomas die Hand. Der Arzt sah Ranulfs Ausbruch mit Verwunderung.
»Oh, es tut mir leid, Pater. Ich muß mich entschuldigen. Wußtet Ihr es denn nicht?«
Pater Thomas schüttelte den Kopf.
»Gebt Maltote niemals ein Messer in die Hand, keinen Dolch, nichts, womit man irgendwie schneiden kann. Er wird nur sich selbst und alle anderen in St. Bartholomew verletzen. Aber, Pater, ich danke Euch für Eure Fürsorge.«
»Willst du ihn nicht sehen?«

»Schläft er?«
»Ja.«
»Dann laßt ihn schlafen, Pater. Ich habe noch andere Dinge zu erledigen.«
Ranulf verließ St. Bartholomew, wanderte über die Gemeindewiese zurück und verhüllte sein Gesicht, um sich vor dem schrecklichen Gestank des Stadtgrabens zu schützen, als er der gewundenen, kopfsteingepflasterten Gasse zum Tor des Fleet-Gefängnisses folgte. Der Pförtner war nicht eben entgegenkommend; erst nachdem ein wenig Silber den Besitzer gewechselt hatte, ließ er Ranulf in die düstere, stinkende Eingangsdiele. Ein vierschrötiger Kerkermeister mit fettigem Stachelhaar und einem vom Trinken aufgedunsenen Gesicht sprach ihn an.
»Was willst du?« fragte er und wischte sich die Hände an einem fleckigen Wams ab.
»Ich will mit Puddlicott sprechen.«
Die dicken Lippen des Kerkermeisters teilten sich zu einem Grinsen.
»Ah, mit dem Kerl, der die Schatzkammer des Königs geplündert hat! Aber wir haben Befehl, niemanden in seine Nähe zu lassen.«
»Wer hat das befohlen?«
»Sir Hugh Corbett, der Bewahrer des Geheimsiegels.«
Ranulf wühlte in seiner Tasche und zog ein Dokument mit Corbetts Siegel heraus. »Mein Herr schickt mich ja. Tut, was ich sage.«
Natürlich konnte der Kerl nicht lesen, aber das Siegel beeindruckte ihn um so mehr, als Ranulf eine Silbermünze auf das Dokument legte.
»Dann komm mal mit. Er ist jetzt hübsch sicher untergebracht. Ein behagliches Quartier hat er, weit weg vom übrigen Abschaum.«

Der Kerkermeister führte ihn durch ein höhlenartiges Gewölbe, in dem die gemeinen Verbrecher hockten, an die Wand gekettet. Die Fesseln waren so lang, daß die Gefangenen aufstehen und umhergehen konnten, aber jetzt lagen sie zusammengekrümmt unter ihren fadenscheinigen Decken und stöhnten und wimmerten im Schlaf. Ranulf sah mit Ekel den langen, von Schmutz überzogenen Gemeinschaftstisch, auf dem die Mäuse, ohne sich von ihrer Anwesenheit stören zu lassen, an alten Essenskrumen und Fettbröseln nagten. Ein paar Gefangene wachten auf und wankten auf sie zu, dreckige, stinkende Männer und Frauen, überwiegend in Lumpen gekleidet, und ihre nackte Haut war von schrecklichen Geschwüren und Blutergüssen übersät. Ein Wärter brüllte sie an, und sie zogen sich geduckt zurück.

Ranulf und der Kerkermeister verließen den Saal und gingen einen mit Steinplatten ausgelegten Gang hinunter, vorbei an vergitterten Fenstern, hinter denen Verbrecher, die auf den Henkerskarren warteten, ihre Bettelschalen zwischen den Gitterstäben hindurchstreckten, weinten oder Beschimpfungen hinausschrien. Sie stiegen ein paar schmierige, rissige Treppenstufen hinauf und kamen in einen langen, von Fakkeln erhellten Korridor, an dem mehrere Zellen lagen. Ranulf sah gleich, wo Puddlicott wohnte, denn vor der Tür hockten zwei Wachen. Sie regten sich kaum, als der Kerkermeister die Zellentür aufschloß und Ranulf hineinschob.

»Puddlicott, mein Junge!« rief der Kerkermeister. »Armer, verkommener Hund! Du hast Besuch!«

Ranulf spähte ins Dunkel. Die Zelle war vollkommen quadratisch, sauber und ausgefegt. In einer Ecke war ein Abort, der anscheinend in den Stadtgraben abgeleitet wurde, und es gab sogar Möbel: einen kleinen Tisch, einen zerbrochenen Stuhl und ein Bett mit einer strohgefüllten Matratze, auf der Puddlicott sich jetzt mit schlaftrunkenem Gesicht halb aufrichtete. Er schüttelte sich, um wach zu werden, streckte sich und gähnte. Ranulf mußte sein kühle Fassung bewundern. Der Gefangene lächelte ihn an.

»Da steht eine Kerze auf dem Tisch, aber ich habe keinen Feuerstein.«

Ranulf holte seinen hervor, und gleich darauf flackerte die Kerze auf. Puddlicott ging zum Pissen in die Ecke, nahm dann seinen Mantel und setzte sich auf die Bettkante.

»Corbett schickt dich also noch einmal, he? Hat er etwas übersehen?«

Ranulf setzte sich auf den Tisch. »Eigentlich nicht. Wir wissen jetzt, was passiert ist. Anscheinend bist du ganz nach deinem Belieben in unserem Land ein und aus gegangen und hast die Säcke mit den Münzen auf einem Müllkarren zur Gracechurch Street und hinunter zum Hafen befördert.«

Ranulf lehnte sich zurück und schaute zur Decke. Er und Corbett hatten einen Fehler begangen: Nicht ein einziges Mal hatten sie gefragt, weshalb ein bedeutender Gesandter wie de Craon sich kein besseres Quartier ausgesucht hatte. Andererseits hatten akkreditierte Gesandte natürlich das Recht, zu wohnen, wo sie wollten.

»Hast du dich nicht gefragt, weshalb einige der Huren, die in die Abtei eingeladen wurden, plötzlich sterben mußten?« fragte Ranulf unvermittelt. »Unter den Opfern müssen doch auch ein paar von euren Mädchen gewesen sein.«

Puddlicott zuckte die Achseln und zog den Mantel fester um sich. »Du weißt doch, wie es zugeht in der Welt. Ranulf heißt du, nicht wahr?«

Sein Besucher nickte.

»Männer sterben eines gewaltsamen Todes, und Frauen und Kinder ebenfalls; warum also sollte es Huren anders ergehen?« Puddlicott streckte die Beine aus. »Dein Herr wird sein Wort halten, was meinen Bruder betrifft?«

»Ja«, sagte Ranulf. »Und wenn du mir mehr erzählst, dann schwöre ich dir, daß ich zweimal im Jahr selbst nach St. Anthony gehen werde, um mich davon zu überzeugen, daß alles in Ordnung ist.«
Puddlicott stand auf und blieb vor Ranulf stehen. »Dich schickt nicht Corbett. Du kommst aus eigenem Antrieb her. Ich habe euch erzählt, was ich weiß. Ich halte zwar alle Justizbeamten für Dreckskerle, aber du bist nicht aus Schadenfreude hier. Was willst du also? Den Mörder der Dirnen?«
»Nein«, sagte Ranulf abwehrend. »Den haben wir schon selbst in Erfahrung gebracht.«
»Was dann?«
»Erkenntnisse.«
»Für Corbett?«
»Nein. Für mich.«
Puddlicott brüllte vor Lachen und setzte sich wieder auf sein Bett. »Das also ist dein Spiel, Ranulf? Der Diener im Wettstreit mit seinem Herrn? Wieso, glaubst du, hätte ich dir weitere Erkenntnisse zu vermitteln?«
Ranulf beugte sich vor. »Ich begreife«, begann er, »daß de Craon nach England kommt, um den Schatz heimzuholen. Ich verstehe auch, warum er sich versteckt hält, aber was ich nicht verstehe, Puddlicott, ist, weshalb du, während du dich durch die Fundamente der Krypta wühlst, eine so wichtige Arbeit unterbrechen und immer wieder nach Frankreich reisen mußtest.« Ranulf sah den Gefangenen an. »Das ist das einzige, was ungeklärt geblieben ist. Wieso bist du nicht in London geblieben? Was war so wichtig, daß du nach Paris und zurück reisen mußtest? Wir wissen, daß du es getan hast; deine Komplizen haben ausgesagt, daß du zuweilen wochenlang weg warst. Was also hast du sonst noch getrieben?«
Puddlicott drohte ihm mit dem Finger. »Du bist sehr scharfsinnig, Ranulf. Corbett hat mich nicht danach gefragt.«

»Vielleicht dachte er, du habest dir nur neue Anweisungen holen müssen.«
Puddlicott zuckte die Achseln. »Und?«
»Sagst du mir den wahren Grund?« fragte Ranulf.
Puddlicott ließ sich auf sein Bett zurücksinken und verschränkte die Hände hinter dem Kopf.
»Du hast nichts zu verlieren.«
»Ich habe auch nichts zu gewinnen«, fauchte Puddlicott.
»Da wäre dein Bruder, und wie du weißt, Puddlicott, hat der Henker so seine Methoden, den Schmerz zu lindern. Außerdem bin ich sicher, unser guter Freund, der Kerkermeister, könnte einen großen Becher mit gewürztem Wein beschaffen, ehe du die letzte Fahrt auf dem Henkerskarren antrittst.«
Puddlicott lag da und pfiff leise durch die Zähne.
»Einverstanden«, sagte er dann in schneidendem Ton und schwenkte die Beine vom Bett. »Ich bin ein sterbender Mann, Ranulf. Du weißt, daß ein Eid, den man mir schwört, heilig ist?«
»Ich werde ihn halten.«
Puddlicott klopfte mit der Stiefelspitze auf den Boden. »Möchtest du ins Angesicht Christi sehen?« fragte er plötzlich.
»Was?«
»Ob du ins Angesicht Christi sehen möchtest?«
»Natürlich. Was meinst du damit?«
»Du kennst den Orden der Templer?«
»Natürlich!«
»Tja ...« Puddlicott holte Luft. »Ich kenne auch nicht die ganze Geschichte, aber manchmal, wenn de Craon beschwipst war, hat er sich verplappert. Sein Herr, Philipp von Frankreich, braucht verzweifelt Geld; die Straßen in ganz Nordfrankreich sind von Soldaten verstopft, weil er Truppen für den Krieg gegen Flandern aushebt.« Puddlicott hob die

Hand. »Mir ist klar, daß du das weißt. Aber nun hat Philipp von einer kostbaren Reliquie gehört, dem Leichentuch Christi, das sich im Besitz der Templer befindet.«

»Und das will er haben, um es ins Ausland zu verkaufen?«

Puddlicott verzog das Gesicht. »Ah, aber da steckt noch mehr dahinter. Du mußt wissen, ich hatte drei Aufgaben. Der Einbruch in die Krypta war die eine; die beiden anderen bestanden darin, Erkenntnisse über die Templer in England und über den Aufbewahrungsort ihrer berühmten Reliquie zu sammeln.«

»Wozu?«

»Ah.« Puddlicott stand auf und flüsterte Ranulf etwas ins Ohr. Dann trat er zurück und betrachtete genüßlich Ranulfs erstauntes Gesicht.

»Sagst du die Wahrheit?« fragte Ranulf.

Puddlicott nickte. »Der Einbruch in die Krypta ist nichts im Vergleich zu Philipps Plänen für die Zukunft. Nur vier andere wissen, was du jetzt weißt.« Puddlicott zählte sie an den Fingern ab. »Philipp von Frankreich, Master Nogaret, de Craon und ich.« Puddlicott zuckte die Achseln. »Und ich bin bald tot. Sehen wir den Tatsachen ins Auge: Dieser Mistkerl de Craon hat keinen Finger gerührt, um mich zu retten.«

Ranulf rutschte vom Tisch herunter und hämmerte an die Zellentür.

»Du wirst dein Wort halten?« fragte Puddlicott flehentlich.

Ranulf sah sich um. »Natürlich – vorausgesetzt, daß du mir die Wahrheit gesagt hast.«

In der Pförtnerstube wühlte Ranulf tief in seiner Börse und drückte dem Kerkermeister ein paar Silbermünzen in die Hand.

»Du wirst tun, worum ich dich gebeten habe?« fragte er.

»Ich habe alles verstanden, Master«, antwortete der Mann.

»Am Morgen seines Todes wird Puddlicott sich einen Rausch antrinken und sehr hoch auf die Henkersleiter steigen.«
Ranulf versicherte ihm, daß er sich davon überzeugen werde, ob sein Geld gut angelegt sei, und mit einem Seufzer der Erleichterung verließ er das Gefängnis. Das eisenbeschlagene Tor schloß sich dröhnend hinter ihm. Eine Zeitlang blieb er noch stehen, sog die kühle Nachtluft ein und schaute zu den Sternen hinauf.
»Ranulf-atte-Newgate«, sagte er zu sich. »Der Erforscher der Geheimnisse.« Er dachte an das, was Puddlicott ihm zugeflüstert hatte. Oh, er würde es Corbett schon noch erzählen, aber sein eigener flinker Verstand würde Zeit und Ort bestimmen. Puddlicotts schreckliches Geheimnis und seine Offenbarung sollten der Schlüssel zu Ranulfs Glück sein.

ANMERKUNG DES AUTORS

Die Ereignisse, von denen in diesem Roman die Rede ist, haben sich tatsächlich zugetragen. Richard Puddlicott war ein gebildeter Schreiber, ein Meister der Verkleidungskunst und ein bekannter Gauner von internationalem Ruf. Er war Kaufmann in den Niederlanden gewesen und hatte infolge wirtschaftspolitischer Maßnahmen Edwards I. finanzielle Einbußen erlitten. Er kehrte nach England zurück, wo er zusammen mit Adam von Warfield und dem Palastverwalter William den großen Raub in der Abtei plante. Die Situation in Westminster war so, wie sie in diesem Roman geschildert wird; in den verlassenen Palastgebäuden gab es keine echte Aufsicht, und die Benediktinermönche, die ihre Mönchspflichten nur nachlässig befolgten, waren für einen Mann wie Richard Puddlicott eine leichte Beute. Im verlassenen Palast wurden nächtliche Orgien gefeiert, bei denen Puddlicott, Adam von Warfield und William von Senche die Hauptrollen spielten. Prostituierte und Kurtisanen wurden zu diesen Orgien eingeladen, und von diesen nächtlichen Ausschweifungen gingen Puddlicott und Warfield zu ihren Räubereien über.

Auf dem alten verlassenen Friedhof wurde Hanf ausgesät, und Puddlicott grub, gedeckt von Warfield, seinen Tunnel in die Krypta. Große Mengen von Silbergeschirr und frischgeprägte Münzen wurden beiseite geschafft. Fischer fanden Becher, die in der Themse schwammen, ein Teil des Silbers tauchte in Kentish Town auf, und sogar die Londoner Goldschmiede, Männer wie William Torel, dessen Arbeiten man noch heute in Westminster Abbey betrachten kann, kauften das gestohlene Edelmetall mit Vergnügen an. Als der Einbruch entdeckt wurde, tobte Edward vor Wut; die Mönche wurden ins Gefängnis geworfen, und Richard Puddlicott und William von Senche bezahlten für das Verbrechen mit ihrem Leben. Die Krypta von Westminster kann man heute noch besichtigen, und ich habe dort gesessen, wo früher der verlassene Friedhof war, und über diesen höchst waghalsigen Raub nachgedacht, der vor beinahe sechshundertneunzig Jahren stattfand.

Berichte über den Raub sowie Puddlicotts Geständnis existieren nach wie vor. Wichtigste Quelle ist das Manuskript Chetham Nr. 6712, das in der Chetham Library in Manchester aufbewahrt wird. Der Autor dieses Berichts kann durchaus zu den neunundvierzig Mönchen gehört haben, die bei der folgenden Untersuchung angeklagt und zu einer Haftstrafe im Tower verurteilt wurden. Puddlicotts freches Geständnis, in welchem er die volle Verantwortung für alles übernimmt, kann man im Original nachlesen (Exchequer Accounts K.R. 322/8 im Record Office, Chancery Lane), und es gibt sogar ein Bild von der mutmaßlichen Raubszene in einem Manuskript in der Cotton Collection Nero D. ii Folio 192D in der British Library. In allen diesen Originaldokumenten erscheint Puddlicott als begabter Gauner mit wachem Verstand und als ein geborener Charmeur, und man kann die Art seines Todes nur bedauern. Er hat für seine Dreistigkeit die Höchststrafe erleiden müssen, und es unterliegt keinem Zweifel, daß man seinem Leichnam die Haut abzog und sie an die Abteitür nagelte. Jahrhunderte später haben Archäologen Spuren dieser Haut in der alten Abteitür sichern können. Vielleicht hat man sie dort verfaulen lassen: ein machtvolles Zeugnis für Edwards wütende Reaktion auf den Raub seiner Schätze.

Bei der Durchsicht der Londoner Gerichtsakten für das Jahr, in dem dieser Roman spielt, findet man, daß etliche Prostituierte ermordet wurden. Ich habe die Liste der tragischen Todesfälle mit Puddlicotts Einbruch in Westminster Abbey verwoben.

Beweise für Puddlicotts Verbindungen nach Frankreich sind im besten Fall dürftig, aber was sich nicht leugnen läßt, sind die zunehmenden diplomatischen Aktivitäten von Agenten Philipps und Edwards, während jeder der beiden Könige bemüht war, die Oberhand über den anderen zu gewinnen. Die wirtschaftlichen und finanziellen Maßnahmen Philipps IV. reichten von Angriffen auf die Kirche bis zu Untersuchungen zu der Frage, ob Alchimie tatsächlich funktionierte. Seine Pläne im Hinblick auf die Templer, den berühmten religiösen Kampforden, führten später zu einem der größten Skandale im mittelalterlichen Europa, aber dies wird das Thema eines anderen Romans sein.

Viele Leute haben mir geschrieben und mich gefragt, ob die Gestalt des Hugh Corbett auf einer historischen Person basiert, und vielleicht ist es jetzt an der Zeit, daß ich die Wahrheit gestehe. Es gab ihn, und dieser historische Schreiber war in führender Stellung an der Aufklärung des Verbrechens in Westminster beteiligt; er brachte Puddlicott vor Gericht und stellte den Schatz des Königs sicher. Sein Name war John de Droxford, und wenn jemand die Handschrift des echten Corbett sehen möchte, werfe er einen Blick in Cole's Records (Record Commission 1844); sie enthalten die Inventarliste, in der de Droxford die gestohlenen und wiederbeschafften Kostbarkeiten spezifiziert. John de Droxford wurde überdies beauftragt, die Richter zu bestellen, die Puddlicott den Prozeß machten, und er war entscheidend daran beteiligt, diesen und manchen anderen mysteriösen Fall aufzuklären. Vielleicht ist es nur recht und billig, Ehre zu geben, wem Ehre gebührt.